KB132931

# 스페이드3

# 스페이드 3

초판 1쇄 인쇄 2016년 7월 4일
초판 1쇄 발행 2016년 7월 11일

지은이 아사이 료
옮긴이 문기업
발행인 김우진

발행처 이야기가있는집
등록 2014년 2월 13일 제2014-000062호
주소 서울시 마포구 월드컵북로 375, 2306(DMC 이안오피스텔 1단지 2306호)
전화 02-6215-1245 | 팩스 02-6215-1246
전자우편 editor@thestoryhouse.kr



ISBN 979-11-86761-06-9 03830

이 도서의 국립중앙도서관 출판예정도서목록(CIP)은 서지정보유통지원시스템 홈페이지
(http://seoji.nl.go.kr)와 국가자료공동목록시스템(http://www.nl.go.kr/kolisnet)에서
이용하실 수 있습니다.(CIP제어번호: CIP2016015777)

· 이야기가있는집은 ㈜더스토리하우스의 단행본 브랜드입니다.
· 이 책 내용의 전부 또는 일부를 재사용하려면 반드시 동의를 받아야 합니다.
· 책값은 뒤표지에 있습니다.

아사이 료 지음 / 문기업 옮김

이야기가있는집

제1장

# 스페이드 3

"모든 시간은 자동적으로 흘러간다.
그 애가 오기 전, 모든 게 좋았다."

# 1

퍼밀리어는 철가루와 닮았다. 그 어떤 사람도 이 거대한 자석의 힘을 거스를 수 없다.

마스크가 촉촉이 젖어 왔다. 마스크의 흰 섬유가 입김 속에 포함된 수분 입자를 흠뻑 머금었기 때문이다. 에사키 미치요는 마스크를 젖히고는 큰 소리로 말했다.

"선물을 가져오신 분은 저에게 주십시오. 오늘 츠카사 님은 한 분 한 분께 인사를 드릴 시간이 없습니다. 저에게 선물을 주시면 제가 한꺼번에 전달해드리겠습니다."

목청껏 외치며 줄을 서 있는 사람들 앞을 왔다 갔다 하는 것만으로도 숨이 차올랐다. 퍼밀리어가 츠카사 님에게 주는 팬레터와 선물을 받아들면서 미치요는 생각했다. 겨우 이 정도로도 이렇게 숨이 차오르는데, 저 무대에서 몇 시간이나 노래하고 춤추는 츠카사 님은 대체 얼마나 연습을 많이 한 것일까.

"선물을 가져오신 분은 저에게 주십시오. 오늘은 츠카사 님에게 직접 전달할 시간이 없습니다."

미치요가 몇 번이나 같은 말을 반복하자, 이윽고 한 사람이 포기했다는 듯이 작은 봉투를 건네주었다. 팬레터와 과자일까. 뭔가 상자 같은 것이 들어 있었다.

"감사합니다."

음식은 나중에 빼놓자, 그렇게 생각하면서도 미치요는 전혀 표정을 바꾸지 않았다. 조직의 꼭대기에 있는 사람은 감정이 흔들린다고 해도 그것을 겉으로 드러내서는 안 된다.

'잘난 척하기는…….'

뒤에서 누군가가 은근슬쩍 그렇게 말하는 소리가 들렸다. 미치요에게 선물을 건네주길 끝끝내 거부한 사람 중 한 명일 게 틀림없다. 퍼밀리어에 들어온 지 며칠밖에 되지 않은 신규 팬은 퍼밀리어의 질서를 유지하기 위해 일하는 미치요를 비롯한 운영팀에게 반항적인 태도를 보이는 경우가 많다.

이런 사람은 과학실에도 있었다. 미치요는 턱 밑으로 살짝 내려놓았던 마스크를 다시 원래대로 썼다. 하지만 괜찮다. 이런 사람조차도 자석의 힘을 거스를 수는 없으니까.

"자, 내가 수거해온 거."

오타 게이코가 몇 개의 팬레터와 꾸러미를 들고 분주하게 달려왔다. 미치요는 종이봉투를 열더니 게이코가 모아 온 선물을 그 안에 넣었다.

"아~, 춥다. 화장실 가고 싶어졌어."

게이코는 꽃 모양 귀마개까지 하고 있으면서 무척이나 추운 듯이 몸을 떨었다. 게이코는 가장 좋아하는 핑크색 부츠를 신고 있다. 미치요보다 두 살이나 많으니, 서른이 넘었는데도 게이코는 항상 미치요보다 밝은색 옷을 입는다.

츠카사 님의 퍼밀리어 멤버들은 모두 코트나 머플러로 몸을 빙

빙 감싼 채 서로 바짝 붙어 서 있었다. 다들 오늘 무대의 감상이나 무대에서 알게 된 정보를 교환하느라 바쁜 듯 보였다. 어떤 사람은 장갑을 낀 채 손바닥을 비볐고, 어떤 사람은 상반신을 부르르 떠는 등 모두가 가만히 있지 못했다. 그렇게 하지 않으면 이 추위를 견딜 수 없기 때문이다. 가이카쓰 극장은 위치가 좋아 밖에서 기다리기 괜찮은 편이지만, 빌딩 사이로 불어오는 바람은 매우 강하다. 공연이 끝난 시각은 한겨울 밤이기 때문에 체감온도가 굉장히 낮아 기다리기 힘들 것이다.

미치요는 코트의 소매를 내려 장갑을 낀 손을 덮었다. 연말이 코앞으로 다가온 이 시기에도 겨울 공연이 끝난 뒤 밖에서 츠카사 님을 기다리는 멤버가 누구인지, 미치요는 대충 파악하고 있다.

큰길을 내달리는 택시가 이쪽에서 저쪽으로, 저쪽에서 이쪽으로 차가운 공기를 갈랐다. 커다란 것들이 앞뒤 생각하지 않고 마구 움직이는 한밤중에, 이쪽 모퉁이만이 추위를 견디기 위해 작고 섬세하게 몸을 떨고 있었다.

"이쪽도 끝! 선물은 이게 다 아닐까?"

사사키 유카가 종이봉투를 내밀며 말했다. 이걸로 츠카사 님에게 전달할 선물은 모두 모였다. 에사키 미치요, 오타 게이코, 사사키 유카가 이렇게 한곳에 모이면 퍼밀리어 멤버는 조금 긴장한 표정을 짓는다.

연말이 다가오자 가이카쓰 극장의 라인업은 예년과 마찬가지로 활기가 넘쳤다. 연말연시 극장의 스케줄은 젊고 멋진 남자 아이돌의 공연으로 가득 차기 때문에, 츠카사 님에게는 차례가 돌아오지 않는다. 30대 후반에 들어선 츠카사 님은 주력 활동 무대인 뮤지컬에서도 주연을 맡지 못하는 경우가 많지만, 그래도 주인공을 보조하는 중요한 역할을 맡고 있다. 이전에 어떤 연극 평론가가 한 잡지에서 '고호쿠 츠카사는 국내 최고의 역사를 자랑하는 가이카쓰 극장의 연간 라인업을 지탱해주는 중요한 기둥이다'라고 평했던 내용을 본 적이 있다.

가이카쓰 극장의, 더 나아가 일본 뮤지컬의 기둥이신 츠카사 님을 지탱해주는 기둥은 다름 아닌 우리들, 퍼밀리어다. 가슴속에 담아두었던 달콤한 짜릿함을 떠올리자 미치요는 조금 몸이 후끈해진 듯한 기분이 들었다.

저 유명한 대극단의 '유메구미'에 소속되어 있던 츠카사 님이 처음으로 서열 2위 배우인 '준 톱스타'를 차지한 작품명이 〈퍼밀리어〉였다. 유럽 왕가의 비극적인 말로를 그린 2부작 뮤지컬이다. 무대라는 한정된 공간에서 장면 전환을 솜씨 좋게 살려낸, 완성도가 높게 평가받는 작품으로, 굳이 따지자면 배우의 연기보다 연출에 관한 평가가 더 좋았다. 큰 키에 짧은 머리카락, 그리고 오뚝한 콧날. 알토 음역대인 츠카사 님은 다양한 곡을 멋들어지게 노래했다. 때로는 넘쳐날 듯한 사랑을 정열적으로, 때로는 땅을 기는 듯한 불행을 절망적으로…….

미치요는 츠카사 님이 무대 위를 이리저리 이동할 때마다 흰 장갑을 낀 손끝과 검은 부츠를 신은 발끝이 만들어내는 공기의 파동을 느꼈다.

당시 롱런 기록을 갈아치운 〈퍼밀리어〉의 종연 후, 츠카사 님을 뒤쫓아 다니는 팬들은 그 이름을 그대로 이어받아 '퍼밀리어'라고 불리게 되었다.

"선물이나 팬레터를 전해주실 분은 이제 안 계신가요?"

미치요는 장갑을 낀 오른손을 들고 4열로 늘어선 퍼밀리어 멤버들 앞을 천천히 걸었다. 추운 겨울밤, 몸을 떠는 퍼밀리어 멤버들의 시선이 자신의 가슴으로 모여들었다.

가슴에 달아 놓은 왕가의 문장紋章, 겨울밤의 찬 공기에 가슴의 문장도 얼음처럼 차가워졌다.

"오늘은 밤 공연이 끝난 뒤에 환송식이 있기 때문에 시간이 많지 않습니다. 따라서 츠카사 님에게 직접 물건을 전달할 수 없습니다. 선물, 팬레터 등 전달하고자 하는 물건이 있는 분은 저에게 맡겨주십시오."

마스크를 젖히고 입을 열자 말이 술술 흘러나왔다. 처음에는 창피해서 큰 소리를 내지 못했던 게이코도 지금은 멋진 '집'의 일원답게 등을 곧추세우고 당당하게 행동하고 있다. '가슴에 문장을 달고 다니기 시작한 뒤부터였을까, 새우 등이 곧게 펴졌어. 전부 츠카사 님 덕분이야.' 게이코는 언젠가 기쁜 표정으로 이렇게 말한 적이 있다.

에사키 미치요, 오타 게이코, 사사키 유카. 이렇게 세 명으로 구성된 '집'은 퍼밀리어의 간부 조직을 가리킨다. 퍼밀리어를 관리하는 '집'은 대대로 퍼밀리어 멤버 세 명으로 구성되어왔다. '집'의 멤버가 되면 츠카사 님의 매니저 연락처와 뮤지컬 〈퍼밀리어〉에서 실제로 사용된 왕가의 문장 레플리카를 전달 받는다. 이 문장은 츠카사 님을 맞이할 때나, 츠카사 님을 배웅할 때 등 퍼밀리어가 활동할 때에 반드시 가슴에 달고 있어야 한다.

이른 아침일 때가 많은 츠카사 님 맞이는 전업 주부인 게이코가 대부분 도맡아 담당할 때가 많다. 인원도 많고 밤이 늦어질 때가 많은 무대 인사는 될 수 있으면 '집'의 멤버 세 명 모두가 모이기 위해 노력하고 있다. 직장에 다니면서 '집'과 관련된 일까지 하기에는 어려움이 많지만, 미치요를 비롯한 세 사람은 일을 세세하게 분담하여 어떻게든 역할을 완수하고 있다.

"선물, 팬레터 등 전달하려는 물건이 있으면……."

유카의 목소리가 중간에 멈췄다. 문이 열렸기 때문이다. 4열로 늘어선 퍼밀리어 멤버 모두의 얼굴이 순식간에 문이 있는 곳으로 향했다. '츠카사 님!' 어딘가에서 황홀하지만 성급한 목소리가 들려왔다. 그리고 곧장 백 개에 가까운 입술에서 흰 입김이 일제히 쏟아져 나왔다.

몸집이 작은 여성이 코트로 몸을 감싼 채 면목 없다는 듯이 뒷문으로 빠져나가는 모습이 보였다. 아르바이트 학생으로 보이는 그 여성은 수십 명이나 되는 사람들이 동시에 내쉬는 한숨 소리를 듣더니, 장갑을 고쳐 끼고 역을 향해 잔걸음으로 사라져 갔다.

실망하는 분위기가 퍼밀리어 멤버들 사이에 퍼져나갔다.

"츠카사 님, 오늘은 좀 늦으시네."

게이코가 손목시계를 흘끔 보며 말했다. 이상한 나라의 앨리스 이미지를 차용해 만들었다는 시계는 시침과 분침의 모양이 독특했다.

"오늘도 굉장히 고됐잖아. 더블 캐스팅 조합도 지금까지와는 달랐으니, 지금쯤 반성 토론회라도 하고 있는 거 아니야?"

공연이 끝난 지 한 시간 가까이 지났지만 츠카사 님은 좀처럼 나올 생각을 하지 않았다.

츠카사 님의 무대 인사를 기다리는 퍼밀리어 멤버들은 어느 극장을 가든지 4열로 늘어선다. 문장을 달고 있는 미치요를 비롯한 '집'의 멤버는 그 줄에 맞춰 서지 않는다. 퍼밀리어 멤버들은 공헌도가 높은 순으로 첫 번째, 두 번째 줄로 배치한다. 첫 번째 줄에는 판단력이 좋은 퍼밀리어 멤버를 배치하여 츠카사 님이 나오셨을 때 순간적으로 이성을 잃고 구획 밖으로 뛰쳐나오는 사람이 없도록 방지한다. 줄의 배치에 관해 여러모로 궁리하는 것도 '집'의 멤버들이 할 일이다.

"여러분, 많이 춥겠지만 조금만 더 기다려주세요."

미치요가 그렇게 말하자, 퍼밀리어 멤버들은 "네" 하고 입을 맞추어 대답했다. 특히 첫 번째 줄 퍼밀리어 멤버들은 대답하는 목소리가 제일 크다. 첫 번째 줄 정도가 되면 차기 '집'을 노리는 멤버들도 꽤 많다. 그만큼 츠카사 님에 대한 지식이나 공헌도 등이 미치요를 비롯한 '집'의 멤버에 뒤처지지 않는다.

미치요는 열이 흐트러지지 않았다는 사실을 확인한 뒤, 선물과 팬레터로 빵빵해진 봉투를 잠시 지면에 내려놓았다. 봉투를 땅에 내려놓자 손잡이가 파고들었던 손의 관절에 찡 하는 통증이 느껴졌다.

"저, 퍼밀리어 멤버이신가요?"

유카의 목소리였다. 지정 장소에서 벗어난 곳에 서 있는 두 사람을 보고 말을 건 것이다.

"퍼밀리어?"

지금 막 근처 카페에서 밖으로 나온 것으로 보이는 두 사람은 팸플릿이 들어 있는 종이봉투를 팔에 건 채 고개를 갸웃거렸다. 연극 공연이 끝난 뒤부터 지금까지, 근처 카페에서 시간을 때우고 있었을 게 틀림없다. 편한 장소에서 츠카사 님을 기다리려고 하다니, 정말 속편한 사람들이다.

"고호쿠 츠카사 님의 공식 퍼밀리어 멤버이신가요?"

유카는 '집'의 멤버 중 가장 기가 세다. 이런 때에는 눈꼬리를 길게 늘어뜨린 그녀 특유의 눈 화장은 아주 긍정적인 효과를 발휘한다.

"공식 퍼밀리어 멤버가 아니면 무대 인사에 참가하실 수 없습니다."

난처한 표정으로 서로의 얼굴을 마주 보고 있는 두 사람에게 유카가 계속 설명해주었다.

"그리고 이곳은 환송 인사를 위해 할당된 구역 밖입니다. 구역 밖이라도 퍼밀리아 멤버가 아니라면 서 계셔서는 안 됩니다. 다른 분들께 피해가 가니 부디 물러나 주십시오."

매우 정중하지만 유카는 자신의 말을 들은 상대가 다른 선택을 하지 못하도록 확실히 못을 박아둔다. 상대가 아무 말도 하지 못하는 그 순간을 놓치지 않고 유카는 두 사람에게 퍼밀리어에 관한 자료를 건네주기 시작했다. 퍼밀리어에 들어오면 환송 인사를 기다리는 퍼밀리어 틈에 섞일 수 있다. 미치요는 설명을 들은 두 사람이 기분 나쁘다는 듯 살짝 얼굴을 찡그리는 모습을 보았다.

환송 인사를 하기 위해 기다리는 동안 퍼밀리어 멤버들이 정해진 구역에서 벗어나지 않도록 체크하는 일도 미치요를 비롯한 '집' 멤버들의 역할이다. 가이카쓰 극장이 물건의 반출과 반입, 배우를 기다릴 때 등에 사용할 수 있는 구역은 미리 정해져 있다. 그렇기 때문에 어쩌다 공공도로까지 사용해야 할 일이 생기면 가이카쓰 극장의 스태프가 경찰에 사용 신청을 해야 하며, 사용 수수료도 내야만 한다.

미치요는 이런 이야기를 퍼밀리어에 들어오고 싶어 하는 신입에게 자세히 알려준다. 우리는 '츠카사 님께 인사를 하기 위해 모이는 것이 아니라, 츠카사 님에게 친히 인사를 받기 위해 모이는 것이다'라고.

밝게 빛나는 달 아래로 구름이 지나가고 있었다. 내일은 비가 온다고 한다.

"앗!"

유카 맞은편에 있던 두 명이 까치발을 들며 펄쩍 뛰었다.

"츠카사 님이 나오셨습니다!"

게이코가 목소리를 높였다. 그러자 첫 번째 줄이 웅크려 앉았다. 두 번째 줄은 무릎을 꿇고 앉았다. 세 번째 줄은 어중간하게 허리를 숙였고, 네 번째 줄은 그대로 선 자세를 유지했다. 순식간에 4열로 늘어서 있던 퍼밀리어 멤버들의 줄이 계단식으로 변했다.

미치요는 가슴의 문장이 츠카사 님을 향하도록 몸을 돌렸다.

"츠카사 님, 수고하셨습니다."

"수고하셨습니다."

퍼밀리어 멤버들이 입을 맞추어 말했다. 미치요는 머리를 숙였다. 뒤에서 퍼밀리어 멤버들도 자신과 똑같이 고개를 숙이고 있는 기척이 느껴진다. 두 명의 여자를 성공적으로 쫓아낸 유카가 미치요의 오른편에 나란히 섰다. 게이코는 미치요 왼편에 잔뜩 긴장한 모습으로 서 있다.

"여러분, 추운데 기다려주셔서 감사합니다."

츠카사 님은 뒷문으로 나와 천천히 퍼밀리어 멤버들 앞으로 걸어 나왔다. 그 순간 전 세계의 모든 꽃이 한꺼번에 핀 것처럼 분위기가 바뀌었다는 사실을 피부로 느낄 수 있었다.

츠카사 님은 천천히 걸었다.

"고맙습니다, 많이 춥죠?"

분장실에서 화장을 다시 고쳤는지, 무대 위의 모습과는 표정이 완전히 달랐다.

"아, 그쪽 분은 제가 극장에 올 때도 기다려 주셨죠? 정말 고마워요."

첫 번째 줄에 약 스무 명. 4열로 늘어서 있는 퍼밀리어 멤버들 앞을 츠카사 님은 천천히 두 번 왕복했다. 처음 멤버들 앞을 지날 때는 첫 번째 줄을, 다시 원래 위치로 돌아올 때는 두 번째 줄을. 이런 식으로 4열로 늘어선 모든 멤버의 얼굴을 순서대로 바라보면서 츠카사 님은 감사의 마음을 표현했다.

"고마워요"라고 말할 때 츠카사 님의 눈썹은 여덟 팔八 자가 된다. 눈 화장으로 인해 무대 위에서는 그토록 강인하게 보이는 츠카사 님이지만, 퍼밀리어 멤버 한 명 한 명과 마주 볼 때는 면목이 없다는 듯한 표정을 짓는다.

미치요를 비롯한 세 명은 퍼밀리어 멤버들을 정면으로 바라보며 그들의 동태를 살폈다. 누군가가 뛰쳐나오지 않도록, 누군가가 츠카사 님에게 접촉하지 않도록, 보이지 않는 압력을 가해 견제하는 것이다.

사삭사삭.

또 이런다. 미치요는 귀를 막았다.

"여러분, 오늘 정말 감사합니다."

츠카사 님은 계속 감사하다는 말을 했다. 그리고 계속 면목 없다는 표정을 짓는다. 퍼밀리어 멤버들은 눈물을 글썽이며 츠카사 님을 올려다본다. 츠카사 님은 키가 172센티미터이기 때문에, 마지막 네 번째 줄에 서 있는 퍼밀리어도 츠카사 님을 올려다보아야 한다.

사삭사삭, 사삭사삭.

미치요는 깊게 숨을 내쉬었다.

츠카사 님은 신이다. 츠카사 님은 단지 그 자리에서 천천히 걸어 주시는 것만으로도 퍼밀리어 멤버들이 마음속으로, 머릿속으로 온 힘을 다해 필사적으로 생각했던 무언가를 저 멀리로 날려주신다. 그런 경험을 한 퍼밀리어 멤버들은 어쩔 줄을 몰라, 그저 눈을 크게 뜨고 츠카사 님을 바라보는 것 외에는 아무것도 할 수 없다.

사삭사삭, 사삭사삭.

퍼밀리어 멤버들의 선물과 팬레터가 담긴 종이봉투. 미치요는 그 종이봉투를 들고 있던 손에 힘을 꽉 주었다. 손가락 살 속으로 손잡이의 끈이 깊게 파고들어 갔다.

츠카사 님이 두 번째 왕복길의 반환점을 돌아오기 시작하자, 츠카사 님의 걸음걸이 속도에 맞추어 네 번째 줄에 늘어서 있던 80여 명의 얼굴, 160개에 달하는 눈동자가 천천히 움직였다.

공연이 끝난 뒤, 츠카사 님이 팬과의 만남을 가질 때마다 미치요의 머릿속에는 어떤 소리가 들린다. 흰 종이 위에 놓인 검고 뾰족한 철가루가 서로 쓸리는 소리.

사삭사삭, 사삭사삭.

츠카사 님의 자석이 귓속에서 굼실거렸다.

막차 시간이 다가오는 지하철을 탈 때는 샛길로 샐 일이 없다. 미치요는 쓸데없는 정보는 모두 차단한 채 망설임 없이 목적지를 향해갔다.

"오늘 무대는 평소랑 캐스팅이 달라서 그런지 꽤 신선했어."

의자에 몸을 푹 기대어 앉았기 때문인지, 유카의 가는 턱은 다운재킷 안쪽으로 깊숙이 잠겨 들어가 있었다.

"더블캐스팅을 하면 어떻게 조합하느냐에 따라 변화가 다양해서 그런지 재미있더라고."

"음, 오늘 출연한 애는 솔직히 말해서 해도 너무했지만."

유카는 그렇게 말을 한 다음, 맞은편 창문을 거울 대신 이용해 앞머리를 정리했다. 유카의 쇼트커트 머리는 아마 츠카사 님을 따라 한 것이겠지만 자연스럽게 머리카락이 넘어가는 방향이 달라서인지 별로 비슷해 보이지는 않았다.

지금 진행되고 있는 무대에서 츠카사 님은 조연에 해당하는 4순위 배우이다. 이번에 주연을 맡은 여배우와 상대역 배우는 양쪽 다 더블캐스팅이었는데, 모두 대형 연예기획사의 스카우트 캐러반이라는 오디션에서 입상한 사람들이다. 견실한 기획사이기 때문에 데뷔하기 전부터 레슨을 비롯해 많은 지원을 받았겠지만, 그래 봐야 가이카쓰 극장 전체를 울릴 만한 성량은 아니었다.

"이 작품 말이야. 매년 신인 배우를 필수로 등장시키는데, 등용

문이라기보다는 항상 함량미달이라는 게 들통 나 버리니, 좀 불쌍하더라."

유카는 게이코와 성격이 정반대다. 유카는 전철 안에서도 말소리가 시원시원한 것에서도 알 수 있듯이, 이목구비가 뚜렷한 그 이미지 그대로 상당히 기가 세다. 늘씬하고 큰 키, 짧은 머리카락 그리고 스커트와는 무관한 삶. 무대를 관람한 뒤에도 츠카사 님 이외의 배우는 거의 칭찬하지 않는다.

"그러고 보니 그 애들, 퍼밀리어에 들어온대?"

불만스런 표정으로 가이카쓰 극장을 떠난 여자 두 명이 떠올라 미치요가 유카에게 물었다.

"글쎄, 들어오려나?"

유카는 말을 흐렸다. 츠카사 님이 뒷문으로 나온 순간, 일사분란하게 높이를 바꾸어 줄을 계단식으로 만든 퍼밀리어 멤버들을 보고 그 두 사람은 작게 입을 움직였다.

'야, 좀 위험하지 않아?'

미치요에게는 분명히 그렇게 말한 것처럼 보였다.

"일단 홈페이지 주소라든가 이것저것 알려주긴 했는데, 솔직히 호응이 별로여서. 그냥 유행 따라 왔다 갔다 할 애들처럼 보이기도 했고."

스물여덟, 아홉 정도 됐을까? 자신들과 비슷한 세대로 보였던 그 두 명은 확실히 연극 애호가처럼은 보이지 않았다. 오늘 연극도 여러 취미 생활 중 하나일 뿐이겠지.

그런 사람들은 츠카사 님을 보러 오지 말았으면 한다. 자신의 모든 것을 걸고 무대에 서는 츠카사 님의 연기를 흥미 위주의 가벼운 마음으로 맛보지 말았으면 한다.

"그보다 게이코 말이야. 오늘도 부츠가 엄청나더라."

"아아, 그거? 요즘 들어 그거에 꽂혔나 봐."

미치요는 그렇게 대답하면서 힐끔 자신의 발을 확인해보았다. 발목 쪽에 벨트가 달려 있는 갈색 쇼트부츠. 가을에서 봄까지 언제든 신을 수 있는 심플한 디자인이다.

'이 정도면 괜찮아.'

"역시 명문 여대 출신답다고 할까, 게이코 말이야."

"귀하게 자란 것처럼 보인다는 거야?"

미치요는 일부러 시치미를 뗐다. 지하철이 속도를 늦췄다. 유카는 다음 역에서 내린다.

"나도 극장에서 곧장 택시 타고 집에 가고 싶어."

"둘 다 정말 수고 많았어."

하루의 마지막 공연이 끝나고 모든 일정이 정리되면 게이코는 미치코와 유카에게 인사를 한 후 가끔 극장 앞에서 택시를 잡는다. 도쿄 끝자락, 사이타마 근방 친정 근처의 신혼집까지 택시를 타고 돌아가는 것이다.

남편은 무슨 일을 하냐고 게이코에게 물어본 적이 있다. 그러자 게이코는 갑자기 애교 섞인 목소리로 이렇게 말했다. '요즘엔 대사관을 돌면서 법률을 바꾸려고 필사적인가 봐. 종합상사의

식품 담당인데, 법률을 안 바꾸면 외국 거래처에서 고기를 수입할 수 없대. 뭔가 거창해 보이지?'

"아기가 생기면 어떻게 할 생각일까. 이렇게 늦게까지는 못 돌아다닐 거 아냐. 나야 딱히 상관없지만……."

그렇게 덧붙인 유카는 후아암 하고 크게 하품을 했다. 잘 보니 얼굴의 파운데이션이 땀으로 녹아 있다. 유카는 게이코보다 먼저 '집'의 멤버로 승격됐다. 그때까지 '집'을 관리해오던 사람이 남편의 전근 때문에 규슈로 이사하게 되어 미치요가 새로운 관리자로 임명된 것이다. 미치요는 관리자가 된 뒤, 당시 퍼밀리어의 첫 번째 줄에 있던 유카를 '집'의 새로운 멤버로 맞아들였다.

게이코는 그로부터 6개월 뒤에 '집'의 멤버가 되었다. '집'의 세 번째 멤버였던 사람과 유카가 크게 싸워 그 세 번째 멤버가 퍼밀리어를 탈퇴해버렸고, 그 공백을 게이코가 메우게 된 것이다. 사람들 앞에 나서길 좋아하는 성격이 아닌 게이코가 '집'의 멤버로 임명되자, 예상대로 다른 퍼밀리어 멤버들이 크게 반발했다.

하지만 게이코를 '집'의 멤버로 선정한 사람은 미치요다. 가장 오래 '집'의 멤버로 활동해왔던 미치요의 판단을 거스를 수 있는 사람은 아무도 없었다.

"앗, 저거."

저기를 보라고 말하며, 유카가 고개를 돌렸다. 지하철 문 위에 설치된 디스플레이에는 콤팩트를 얼굴 옆에 들고 미소 짓고 있는 여배우의 모습이 비치고 있었다. 화장대에 비치된 네 종류의 파우더는 호평을 받으며 꽤 판매가 순조로웠다.

"저거, 퍼밀리어 애들이 좋다고 하더라. 미치요가 키키에서 일하고 있다고 하니 다들 깜짝 놀라기도 했고."

미치요가 다니는 회사의 봉투에서도 볼 수 있는 'KiKi(키키)'라는 로고가 디스플레이 오른쪽 아래에서 작게 빛나고 있었다.

"다른 멤버들한테 직장에 대해서는 말하지 말아줘."

"왜 다들 부러워하던데? 그리고 뭐 어때, 얘기한다고 닳는 것도 아니고."

그렇게 말하며 유카가 자리에서 일어섰다. 유카는 조미료를 제조, 판매하는 회사의 영업부에서 일하고 있다. 얼마 전, 유카는 퍼밀리어 '집'의 멤버들이 회의를 할 때, 게이코의 여자다운 모습에는 당해낼 수 없지만 숫자키를 누르는 속도만큼은 지지 않는다고, 알쏭달쏭한 농담을 하며 혼자 웃었다.

"그보다 츠카사 님을 키키의 CF에 좀 써줘라. 피부도 굉장히 매끈하잖아."

"맞아."

미치요가 가볍게 고개를 끄덕였지만, 유카는 더 이상 아무 말도 하지 않았다.

"그럼, 다음에 또 봐. 수고했어."

유카는 이 역에서 내려 JR로 갈아탄다. 토요일, 일요일에는 환승시간이 2분밖에 남지 않아서 정신없이 뛰어가야 한다. 유카가 내린 뒤에도 디스플레이 안의 여배우는 여전히 콤팩트를 얼굴 옆에 들고 미소를 짓고 있었다. 파우더를 바른 피부는 먼지가 앉았다 그대로 흘러내려가지 않을까 생각할 만큼 매끄러웠다.

미치요는 장갑을 벗고 가방 안쪽 주머니에서 핸드크림을 꺼냈다. 회사에 다니기 시작한 뒤로 손가락 위쪽 피부가 거칠어지기 시작했다. 매일 만지는 박스나 송장에 사용하는 잉크가 아무래도 피부에 좋지 않은 듯하다.

산 지 1년이 넘은 핸드크림은 이제 그냥 기름처럼 보인다. 반들반들하게 빛나는 손끝을 내려다보며 미치요는 후우 하고 한숨을 내쉬었다. 츠카사 님을 CF 모델로 발탁할지 안 할지 판단하는 사람은 과연 어디에 있을까. 미치요는 알 수가 없다.

신입 채용 때, 미치요는 키키의 서류전형에서 탈락하고 말았다. 그래도 동경하는 회사에 들어가고자 하는 마음만은 꺾을 수 없어, 키키 서비스 포트라고 하는 관련 회사에 취직했다.

그곳에서는 매일 키키 본사의 영업부에서 보내는 상품 보충 리스트를 보고 지정 상품을 요구하는 개수만큼 발송하는 일을 한다. 얼굴도 모르는 영업부 사원이 하루에도 몇 번씩 보내는 추가 보충 리스트는 보낼 때마다 파일명을 다르게 해서 미치요를 힘들게 했다.

내일도 일이다.

이제 차량에는 이제 승객이 세 명밖에 없었다. 큰 헤드폰을 쓰고 커다란 백팩을 맨 남자, 작은 가방을 무릎 위에 올려놓은 학생으로 보이는 여자아이 둘. 남자는 전철이 나아가는 방향에서 봤을 때 오른쪽 문에 몸을 기대고 서 있었다. 그 남자의 기름이 잔뜩 낀 무표정한 얼굴이 창문에 반사되어 보인다. 두 명의 여학생은 이제 친구 집에 묵으러 가는 건지, 정성스럽게 화장한 얼굴에 옷도 깔끔하게 챙겨 입었다. 어쩌면 그 두 사람이 도착하는 곳에 남몰래 마음에 둔 남자가 있을지도 모른다.

휴대전화를 꺼냈다. 배터리는 72퍼센트가 남았다. 집에 돌아가기 위해서가 아니라, 어딘가 다른 목적지에 가기 위해 막차를 탄 것이 대체 언제가 마지막이었을까. 대학을 졸업한 지 어느새 7년이 지났다.

모든 역에 정차하는 지하철이 어느 이름 모를 역에 멈췄다. 아무도 내리지도 타지도 않는다. 잠시 뒤, 문이 천천히 닫혔다. 학생들의 이야기 속도는 전철이 멈춰도 움직여도 아무런 변화가 없었다. 살아가는 데 일단락이라는 것은 없는 것처럼 보였다.

## 2

나무상자 같은 의자에 앉아 몸을 전후로 흔들고 있는 이가라시 소타. 이 아이는 반에서 첫째, 둘째를 다툴 만큼 덩치가 커서 그런지, 작은 나무상자가 매우 불편해 보였다.

"히로 샘이 누가 전학을 온다는데, 어떤 녀석일까?"

6학년이 된 지 2개월 정도 지났을 때, 종례 시간에 히로세 선생님이 말했다. '다음 주부터 우리 반에 새로운 친구가 올 거야. 미리 말해두는데 지난달까지 몸이 안 좋아서 병원에 입원했던 아이다. 물론 병이 다 나아서 학교에 다니기 시작하는 것이지만, 다들 체육시간이라든가, 그 아이를 배려해주었으면 한다. 하시모토, 에사키. 두 사람은 학급위원이니까 그 아이를 잘 지원해주도록.'

"몸이 약하다고 했었나? 그럼 여자?"

남자아이들의 목소리는 컸다. 과학 선생님이 실험 설명을 하든 말든 자기들과는 아무런 상관이 없어 보였다. 혼나는 게 무섭지 않은 걸까.

"남자면 소년 야구팀에 끌어들이자."

"근데 히로 샘이 체육 시간에 조심하라고 그랬잖아."

"소타, 선생님 말씀 좀 잘 들어."

보다 못한 미치요가 그렇게 말하자, 그 말을 기다렸다는 듯이 소타를 비롯한 남자아이들이 서로 얼굴을 마주 보고 씨익 웃었다.

"네네~. 알았습니다, 반장님."

덜컥, 덜컥, 덜컥. 소타는 일부러 조금 전보다 훨씬 더 큰 소리로 의자를 흔들기 시작했다. 미치요는 그런 소타의 모습을 보자, 서커스 그림책의 큰 코끼리가 작은 공 위에 올라가 있는 그림이 떠올랐다.

"그럼 각 조별로 필요한 도구를 가지고 가렴."

작은 몸집에 흰 가운을 걸치고 있는 선생님이 말씀하시자, 아이들이 도구를 가지러 가려고 벌떡 일어섰다. 하지만 소타는 당연히 일어나지 않았다. 선생님의 말씀을 듣지 않았기 때문에 실험을 위해 무엇을 어떻게 준비해야 하는지 모를 것이다.

미치요는 안다. 설명을 잘 들었기 때문에 잘 알고 있다.

"무쓰미, 자석 좀 갖다줘. 난 종이랑 철가루 가져올게."

앞에 앉은 아키모토 무쓰미에게 그렇게 지시하고, 미치요가 벌떡 일어섰다. 5학년이 된 뒤부터 미치요는 키가 조금씩 크기 시작했다. 반면에 아키모토 무쓰미는 키가 작다. 출석 번호순으로 세어도, 키 순서대로 세어도, 무쓰미는 미치요보다 항상 앞이다.

과학 실험 교실에서는 출석 번호순으로 앉는다. 교실에 있을 때와는 자리 배치가 달라 주변 친구들이 달라지기 때문인지 과학 시간에는 다들 조금씩 들뜬 모습이다. 아키모토 무쓰미, 이가라시 소타, 에사키 미치요. ㅇ으로 시작하는 이름의 아이들은 대체로 미치요가 조장을 맡은 실험 1조에 속하게 된다.

"반장은 오늘도 성실하네."

"야, 우리 실습은 여자애들끼리 하라고 하자."

소타를 비롯한 남자아이들이 지우개를 찢어 책상 위에 올려놓더니, 손가락으로 튕기며 축구 비슷한 놀이를 하기 시작했다. '실험은 다같이 협력해서 하자'라는 선생님의 목소리가 남자아이들에게는 들리지 않는가 보다.

"야, 지우개 치워. 더러워지잖아."

"뭐야, 짜증나게."

미치요가 실험 도구를 가지고 돌아오자, 소타는 투덜대면서도 지우개 조각을 치우기 시작했다. 얘네들은 실험 준비는 안 하면서 실험을 할 때는 목소리를 내고 싶어 한다. 소타뿐만이 아니다. 남자아이들은 다 그렇다.

덩치가 크고, 말은 험하지만 소타는 멋지다. '조용히 해. 가만히 좀 있어.' 미치요는 이렇게 주의를 주는 여자아이들을 보면서 역량을 시험하듯이 웃는 소타의 미소가 좋았다.

미치요는 6학년이 되었을 때, 남자아이들과 여자아이들은 이대로 섞이는 일 없이 서로 다른 방향으로 계속 뻗어나가는 생물이라는 사실을 깨달았다. 6학년이 될 때까지 다섯 번이나 반이 바뀌었다. 그때마다 트럼프를 마구 뒤섞듯이 사이가 좋았던 친구 그룹은 계속 해체되었다. 하지만 그런 일이 몇 번 반복되어도 남자와 여자의 거리감만큼은 전혀 변하지 않았다.

"실험이라니, 뭘 하는데?"

"선생님 말씀 좀 들어."

소타가 미치요가 가져온 흰 종이 위에 얼굴을 들이댔다. 소타의 얼굴 형태를 띤 그림자가 자신의 팔목 근처를 가리자, 미치요는 그 부분에 작은 열기를 느꼈다.

"종이 뒤편에 자석을 대고 천천히 움직여 보렴. 철가루가 어떻게 반응하는지 확인해보는 거야."

선생님이 그렇게 말씀하셨을 때, 자석을 가지러 갔던 무쓰미가 그제야 돌아왔다.

"왜 이렇게 늦었어, 곱슬."

소타는 고개를 숙이고 있는 무쓰미에게서 자석을 빼어 들었다. 키가 작고 안경을 쓰고 있는 무쓰미. 머리카락은 만화 캐릭터처럼 빙글빙글 곱슬머리이다. 무쓰미는 모든 조가 자석을 가져갈 때까지 손을 뻗지 못했다.

"곱슬이라고 하지 마."

미치요는 소타에게서 자석을 다시 빼어 들었다. '앙?' 거친 목소리를 내면서도 소타는 어딘가 즐거워 보인다.

"오늘도 반장은 잔소리가 많아."

"야, 조용히 해. 선생님 계시잖아."

소타는 미치요를 반장이라고 부른다. 다른 애들을 부를 때도 성姓을 부르지, 이름은 부르지 않는다.

미치요가 가지고 있는 흰 종이 위에는 철가루가 섞인 검은 모래가 조금 올려져 있다. 그 모래는 운동장이나 모래밭에 있는 것과는 색과 형태가 달라서, 미치요는 자석을 가까이 갖다 대기 전부터 작은 흥분을 느끼고 있었다.

"무쓰미, 자석 갖다줘서 고마워."

미치요가 다정하게 말을 걸자, 무쓰미는 고개를 끄덕였다. 무쓰미는 미치요가 자신의 조에 들어오라고 하지 않았으면 분명 계속 교실에 혼자 남아 있었을 것이다. 미치요는 무쓰미를 볼 때마다 자신의 다정함을 한껏 느낄 수 있었다.

"야, 빨리 하라니까."

어느새 검은 모래가 올려진 종이를 보며 소타가 미치요를 재촉했다. 조원들 모두가 미치요의 손을 바라보고 있었다.

샤.

흰 종이의 아래쪽에 자석을 갖다 대자, 작은 소리와 함께 자석 주변에 철가루가 들러붙었다.

"으악, 징그러."

소타가 얼굴을 찌푸렸다.

"뭐야, 애벌레 같아."

소타 옆에 있던 남자아이들이 자석에 들러붙은 철가루의 끝을 만지려고 손을 뻗었다. 그것을 피하려는 듯 미치요가 자석을 움직였다.

"으악, 도망쳤다. 대단해."

"근데 아무리 봐도 징그러~."

남자아이들이 깔깔 웃는다. 미치요는 천천히 계속해서 자석을 움직였다.

사삭사삭, 사삭사삭.

철가루는 작은 소리를 내면서 한 알갱이, 한 알갱이, 마치 인사를 하듯이 착착 달라붙으며 자세를 바로잡는다. 들러붙어 길게 자라난 철가루의 끝이 뾰족하게 솟아 있는 그 모습에서 미치요는 어떤 생명력을 느낄 수가 있었다.

사삭사삭, 사삭사삭.

종이를 들고 있는 소타의 얼굴이 미치요가 움직이는 자석과 똑같이 움직였다. 두꺼운 렌즈 너머에 있는 무쓰미의 작은 눈동자도 미치요가 움직이는 자석이 가는 길을 좇았다.

'내가 움직이고 있다.' 미치요는 그렇게 생각했다.

## 3

중지와 엄지를 맞대고 비볐다. 손톱으로 터뜨릴 수 없을 정도로 작은 물집이 터지지 않을 정도로 납작해진 모습이 보였다. 손가락 바닥 쪽에 점점이 생겨난 물집은 나타났다 사라지고, 나타났다 사라지기를 반복하다가 이윽고 그대로 사라져버린다.

"에사키 씨, 메일 봤어?"

소장 우스키는 마우스에서 손을 떼며 미치요를 바라보았다.

"난 이제 본사에 가봐야 하니까. 메일로 온 일을 맡기고 싶은데, 괜찮겠지?"

F5키를 누르고 잠시 기다리자, 미치요의 컴퓨터 화면에 새로 온 메일 한 통이 도착해 있었다. 우스키와 미치요 그리고 현장 담당인 가라키다에게 동시에 도착한 메일인 듯했다. 미치요는 메

일을 열었다. 스가 요코에게서 온 메일이었다. 6개월 정도 되었을 때였을까. 스가가 키키 서비스 포트에 견학 왔을 때를 미치요는 아직도 기억하고 있다. 스가는 이번 봄에 키키 본사의 영업 본부 상품 관리실에 배속된 신입이다.

키키 서비스 포트는 3층부터가 사무실이다. 1층과 2층은 벽 전체가 뻥 뚫려 있고 천장도 아주 높다. 그곳에는 키키가 취급하는 상품의 재고가 보관되어 있다.

스가가 서비스 포트에 견학 왔을 때, 미치요는 '스가 요코'라는 이름보다도 '신입사원'이라는 칭호가 이 사람에게는 더 잘 어울린다고 생각했다. 속까지 검어 보이는 머리카락과 컴퓨터의 페인트 소프트웨어로 칠한 듯이 주름이 없는 팬츠 슈트. 어느새인가 미치요는 스물세 살 여자아이를 머릿속으로 신입사원이라 부르고 있었다.

신입사원은 명함을 교환할 때 "저는 이게 명함 교환 데뷔예요"라고 말하며 수줍어했다. '그게 나랑 무슨 상관이야?' 미치요는 그렇게 생각했다. 누군가에게 취직 선물을 받았는지 명함 지갑은 매우 비싸 보였다.

키키 주식회사, 도쿄 본사, 영업 본부, 간토 영업 그룹, 제2영업과, 상품관리실 그리고 제일 마지막에야 겨우 스가 요코.

비비면 잉크가 번질 듯한 명함에는 그렇게 적혀 있었다.

큰 부서에서부터 점점 세세하게 나눠져 이윽고 작은 부서로 좁혀진다. 그러니 괜찮다. 익숙지 않은 손놀림으로 명함을 받고 넣는 신입사원을 보면서 미치요는 그렇게 생각했다. 우리들은 결국 몇 개로 나뉜 여러 톱니바퀴 중 하나가 된다. 자세 하나 흐트러뜨리지 않는 신입사원 앞에서 미치요는 새로 만든 명함을 물집이 있는 손가락으로 문질렀다. 큰 나무 줄기에서 뻗어서, 뻗어서, 뻗어서, 뻗어서 작은 나뭇가지 끝에 오도카니 존재하는 이름. 그 사실에 절망과 함께 안도감을 느꼈다. 사회의 톱니바퀴. 너무나 자주 사용되는 그 말을 완전히 다른 방법으로 선명하게, 기분 나쁘지 않게 표현한 것이 바로 명함이다. 그래서 미치요는 다른 사람의 명함을 보는 걸 좋아한다.

우스키가 의자에서 일어섰다. 양복바지의 주름이 거의 사라져 있었다. 우스키는 본사에서 서비스 포트로 좌천된 사람이다. 원래는 법무와 경리 등 관리 계열 쪽에서 오래 근무했다고 한다. 우스키는 턱의 털구멍이 굉장히 크고 점심을 먹은 후 이를 매우 오래 닦는다.

"이 보충은 오늘 중에 발송해달라고 하니까, 창고에 연락 좀 해두고."

우스키는 그렇게 말하고는 청소 도구도 들어갈 만큼 커다란 로커를 열어 재킷을 꺼냈다. 그리고 재킷을 입으면서 화이트보드에 늘어서 있는 이름 중 자신의 명찰 옆에 '본사'라고 적었다. 우스키는 회사에 언제 돌아올지 시간은 적지 않았다.

몇몇 남은 서비스 포트 직원이 우스키를 향해 드문드문 "수고하셨습니다"라고 인사하며 고개를 숙였다. 우스키가 사무실 밖으로 나가자, "후우" 하고 몇몇 사람들의 한숨이 겹쳐서 들려왔다.

「'상품보충 부탁' 첨부파일 있음」

신입사원의 메일은 처음과 끝이 항상 같다. '항'이라고 치면 '항상 감사합니다', '바'를 치면 '바쁘신 가운데 죄송합니다만, 부디 잘 부탁드립니다.' 한 글자를 치면 문장이 자동으로 입력되도록 설정해놓은 게 틀림없다.

'그런 거 보면 대충 알잖아.' 얼마 전, 회사에서 휴대전화로 보낸 문자를 확인하며 유카가 그렇게 말했다. 아무리 예의 바른 말이라도 결국엔 한 글자만큼의 정성밖에 담겨 있지 않다고 할까. 정성을 담는다는 것이 사실 그렇게 중요한 건 아닐지도 모르지만……. 어? 혹시 이런 걸 신경 쓰는 사람은 나 혼자뿐인가?

첨부된 엑셀 파일을 바탕화면에 다운로드했다. 엑셀의 세로축에는 신입사원이 담당하고 있는 지역의 점포명이 주르륵 나열되어 있고, 가로축에는 어떤 상품을 얼마나 보충해주기를 원하는지 그 수량이 적혀 있다.

「늦게 연락드려 정말 죄송합니다. 오늘 중으로 발송해주시길 부탁드립니다.」

잘 부탁드립니다. 이 말은 약자의 입장에서 애원하는 뉘앙스가 절대 아니다. 이미 결정된 사항을 결정된 대로 이행하도록 재촉하기 위해 만들어진 강제성을 띤 말이다.

시간은 벌써 오후 네 시에 가까워졌다. 지금부터 서둘러 작업을 하면 마지막 발송 시간 전에는 맞출 수 있을지도 모른다. 상품에 동봉되는 전표를 인쇄하기 위해 미치요는 의자에서 일어섰다.

복사와 팩스가 일체형으로 되어 있는 복합기 옆 선반에는 여러 종이와 책자가 들어 있다. 키키 상품의 PR 카탈로그, 사원 전용 진료소의 스케줄, 연말연시 휴가를 위한 휴양 시설 이용 안내, 모든 페이지가 컬러인 사내 신문.

복사기에서 전표가 잇따라 복사되어 나왔다. 상품을 보충해야 하는 점포의 전표 복사를 모두 끝내기 위해서는 어느 정도 시간이 필요하다.

선반에 놓여 있는 사내 신문 표지가 복사기의 진동에 맞춰 작게 흔들렸다. 표지에서 웃고 있는 사람은 전철 디스플레이에서 봤던 신상품 PR 영상에 나왔던 여배우다. '여자에게 두려울 것은 아무것도 없다.' 화제가 된 상품의 이 광고 카피를 생각해냈다는 광고팀의 여직원이 여배우를 인터뷰한 내용이 실려 있는 듯했다.

이 회사의 사내 신문에는 직원이 자사 상품 광고에 기용된 연예인을 인터뷰한 기사가 거의 항상 실린다. 미치요는 그 페이지가 가장 싫었다. 직원과 연예인이 같이 찍은 사진은 특히 역겨울 정도였다. 아무리 생각해도 살아가는 무대가 다르다는 사실을 누구나 다 알고 있는데, 왜 굳이 우리는 이렇게 가깝다는 분위기를 연출해야만 하는 걸까. 모두가 손을 잡고 거짓말을 하는 모습이 기분 나빴다.

복사기에서 나오는 전표의 리듬이 미치요의 심장박동과 겹쳐졌다. 퍼밀리어 회보에는 츠카사 님과 우리들이 등장하지 않는다. 아무도 츠카사 님에게 다가가려고 생각하지 않는다. 츠카사 님에게는 그런 완벽한 모습이 어울린다고 생각하기 때문이다.

미치요는 창고가 있는 층으로 가기 위해 공기가 차가운 계단을 내려갔다. 이제 30분 만 있으면 창밖은 어두워진다. 오늘 밤에는 비가 내린다고 했다. 아침 일기예보에서 그렇게 말했다. 비가 오기 전에 퍼밀리어가 모이는 가게에 도착할 수 있을까.

미치요의 머릿속을 지하철이 빙글빙글 돌았다. 가이카쓰 극장에서 가장 가까운 역, A5 출구. 그곳에 살짝 자석을 가까이 갖다 대본다. 게이코와 유카의 형태를 한 철가루가 사삭 하는 소리와 함께 들러붙는다.

2층 창고의 문을 열자 창고 현장의 책임을 맡고 있는 가라키다가 몇 명의 부하직원과 함께 박스를 쌓고 있었다. 1층, 2층. 어느 창고에 상품이 있는지 모르기 때문에 내선 전화가 있어도 결국에는 이렇게 창고까지 직접 와봐야만 한다.

"가라키다 씨."

미치요가 말을 걸자 가라키다가 이쪽을 바라보았다.

"지금 추가로 부탁을 드려도 발송 시간에 맞출 수 있을까요?"

"수량이 어느 정도죠? 어떤 상품인데요?"

가라키다가 먼저 필요한 정보를 물었다.

"수량은 그다지 많지 않아요. 확실한 수량은 올라가 다시 확인해봐야겠지만, 이미 발매된 지 꽤 오래된 거라서요."

미치요는 그렇게 대답하면서, 첨부되어 있던 표의 세부 사항을 떠올리려 했다.

"오늘 중에 발송해달라고 하는데, 어떤가요?"

"네. 전표하고 송장, 될 수 있으면 빨리 주세요."

"알겠습니다."

미치요가 대답했다. 이런 대화를 하루에도 몇 번씩 한다. 미치요가 일을 할 때에 필요한 대화는 기껏해야 이 정도다.

신입사원이 보낸 추가 보충 일람표를 보고 미치요가 전표와 송장을 작성했다. 가라키다는 그 전표대로 상품을 포장하여 발송한다.

서비스 포트. 다섯 글자의 이름 뒤에 숨겨진 일은 전표, 포장, 발송, 창고, 재고 관리. 모두 단순한 작업들뿐이었다. 광고 디자인, 선전 카피, 클라이언트, 프레젠테이션 등 화려해 보이는 일은 모두 본사에서 처리한다.

사무실로 돌아와 보니, 창고에 내려갈 때와 비교해 물건의 배치도, 종업원의 자세도, 아무것도 변한 게 없었다. 우스키가 없기 때문에 미치요는 당당하게 휴대전화를 꺼내 확인한다. 라인에 몇 개의 메시지가 도착해 있었다.

분명 퍼밀리어 멤버겠지. 미치요는 뻔히 알면서도 메시지를 읽지 않았다. 오늘은 퇴근 후, 퍼밀리어 멤버가 모여서 다음 회보와 총감상회에 관한 미팅을 할 예정이다.

"미치요의 일이 끝날 때까지 다 같이 기다릴게."

게이코는 굵은 손목에 두른 작은 손목시계를 만지면서 항상 그렇게 말한다.

미치요는 메시지를 바로 읽은 표시를 내서는 안 된다. 조용해진 복사기의 배출 트레이에는 새하얀 전표가 잔뜩 쌓여 있다. 시간은 오후 네 시 반. 발송 업체의 마지막 회수까지 이제 한 시간도 남지 않았다. 신입사원의 보충 의뢰 메일은 항상 늦다. 미치요는 견학을 왔을 때 가라키다의 포장 작업을 보면서 '굉~장히, 빠르네'라고 양손을 맞대고 말하던 그 모습이 순간 떠올라 딱 한 번 헛기침을 했다.

지하철 역 밖으로 나오자, 겨울밤의 찬바람이 미치요의 얼굴을 때렸다. 여대생 같은 젊은 여성에게만 빨간 포켓티슈를 나눠주던 남자는 미치요에게 손을 내밀지 않았다.

장갑을 낀 손으로 문손잡이를 잡았다. 압축된 공기가 빠져나오는 감촉과 함께 무겁게 문이 열렸다. 테이블이 넓고 콘센트를 사용할 수 있는 이 카페는 퍼밀리어의 집합 장소로 선호되는 곳이었다.

"아, 저기 왔다."

길게 목을 빼고 있던 게이코가 이쪽을 보고 손을 흔들었다. 집을 나왔을 때 스프레이로 고정했을 앞머리가 벌써 푹 아래로 가라앉아 있었다.

"밥은? 우리들은 벌써 먹었어."

"자."

유카가 미치요 앞으로 메뉴판을 열어서 내밀었다. 게이코와 유카 앞에는 메뉴판 대신 노트와 회보를 복사한 종이가 펼쳐져 있다. 파스타를 주문한 뒤, 미치요는 핸드크림을 꺼내 발랐다. 기름진 핸드크림을 바르자 물집이 마치 반짝이는 보석처럼 보였다.

"라인 읽었어?"

유카가 턱을 괴면서 물었다. 사무처리 능력이라면 자신 있다고 주장하는 유카는 잔업을 하지 않는 게 자신의 철칙이라고 했다.

"미안, 못 봤어. 오늘 좀 바빠서."

"아~."

게이코가 이해한다는 표정을 지었다. 그 유명한 키키의 사원이잖아. 그런 말을 하지 않을까 했지만, 게이코의 입은 더 이상 움직이지 않았다.

"후배의 일처리가 느려서. 내가 뒤처리를 다 해줘야 하거든."

"미치요는 후배의 뒤는 깨끗하게 닦아서 처리해줄 것 같아."

"뭐야, 이 지저분한 대화는……."

게이코가 유카의 어깨를 살짝 밀면서 웃었다. 게이코의 손바닥은 노릇하게 구워진 빵처럼 살짝 부풀어 있다. 계절이 바뀔 때마다 다이어트해야지, 다이어트해야지 하고 말하지만, 미치요가 보기엔 조금씩 조금씩 살이 찌고 있는 것처럼 보였다.

"라인으로 무슨 얘기했는데?"

물을 마시면서 미치요는 겨우 라인의 아이콘을 터치했다. 계속해서 쌓이던 답답함이 순식간에 뻥 뚫리는 느낌이다.

"이지마 씨, 총감상회 날에 좋은 자리 마련해줘야겠네."

새 멤버를 데리고 오면, 퍼밀리어 내의 공헌 포인트가 5포인트 상승한다. 그렇게 쌓여가는 공헌 포인트에 의해 미치요 같은 간부들이 나눠주는 공연 티켓은 점점 좋은 자리로 바뀐다. 퍼밀리어의 멤버에게 어떤 좌석을 할당할지 생각하는 일도 미치요가 속한 간부 그룹인 '집'의 중요한 일이다.

"그러고 보니 총감상회 날에 줄 아이템 말인데, 평소처럼 평상복이면 되겠지?"

"그거면 될 것 같아."

게이코가 동의하자 유카는 펼쳐둔 노트에 '아이템: 평상복'이라고 적었다. 어차피 항상 같으니 굳이 메모할 필요는 없다고 생각하지만, 잘 보니 노트에는 어느새 후보로 보이는 단어들이 적혀 있었다. 내가 없는 사이에 평상복 이외의 아이템을 고르려 했단 말인가 하면서 미치요는 물에 담긴 얼음을 아무도 모르게 깨물어 먹었다. 유카는 글씨를 예쁘게 잘 쓴다. 게이코는 어린애가 쓴 글씨처럼 예쁘지 않다.

츠카사 님이 출연하는 공연 기간 중에는 최소한 한 번씩 퍼밀리어 멤버 전원이 무대를 감상하는 총감상회를 갖는다. 도쿄 근방에 살고 있는 멤버는 거의 대부분 참가하는 큰 이벤트이다. 그때까지는 지난번 총감상회의 모습이나 이번 공연의 체크포인트를 정리해 회보를 작성해야 하는데, 그 일도 간부 그룹인 '집'의 역할 중 하나이다.

총감상회 날에는 퍼밀리어 전원이 공통 아이템을 착용해야 한다. 예전부터 지켜오던 규칙인데, 미치요가 '집'의 멤버가 된 뒤에는 '평상복'이라고 부르는 항상 일정한 복장으로 통일해왔다. 역시 디자인이 통일된 평상복을 입는 게 츠카사 님도 퍼밀리어 멤버를 잘 알아볼 수 있어 좋다고 생각한다.

총감상회 날에 참가하기 위해서는 '집'에서 평상복을 구입해야만 한다. 그 돈은 퍼밀리어의 운영비에서 충당한다. 올해의 평상복은 밝은 노란색이다. 극장 의자의 색과 겹치지 않도록 빨간색이나 검은색은 언제나 피하고 있다.

"그럼 일단 그거네. 공연의 체크포인트부터 정리해볼까."

미치요는 그렇게 말한 뒤, 스푼과 포크를 사용해 아스파라거스와 베이컨, 크림 판네를 먹기 시작했다. 총감상회 날에 배부할 회보에 게재될 정보 중에서 공연의 체크포인트는 가장 중요한 항목이다. 오른쪽, 왼쪽, 중간. 무대 위의 츠카사 님을 가장 잘 볼 수 있는 곳이 어디인지 파악해두면, 퍼밀리어에게 티켓을 배분할 때 참고가 된다.

"이번에는 역시 마지막 하이라이트인 솔로가 오른쪽이잖아요.

그래서 자리도 오른쪽으로 구했습니다."

미치요에게 업무를 보고할 때 게이코는 존댓말을 사용한다.

"공연 중에는 오른쪽으로 잘 오지 않지만, 역시 하이라이트를 생각하면 오른쪽이 좋지 않을까 생각했어요. 박수 타이밍은 이렇게 정리해봤고요."

게이코가 테이블 위에 다른 종이 한 장을 펼쳤다. 츠카사 님이 노래하고, 춤추는 곡명, 무대를 오른쪽에서 왼쪽으로 이동하는 타이밍, 무대에서 퇴장하는 타이밍 모든 것이 그 종이에 적혀 있었다. 솔로 가창 뒤는 물론, 여러 장면 뒤에 '박수'라는 단어가 적혀 있었다.

"나도 같이 체크했으니까 문제는 없을 거야."

유카가 빨간 볼펜의 뒷부분으로 게이코의 둥근 글자에 밑줄 을 긋듯이 훑어주었다. 미치요는 입술에 묻은 크림소스를 핥은 다음, 일부러 잠시 뜸을 들였다가 입을 열었다.

"응, 괜찮지 않을까."

포크와 스푼을 천천히 테이블 위에 올려 놓는다. 잘각 소리와 함께 게이코의 안도의 한숨이 겹쳐 들려왔다.

"그런데 여기, 여기가 좀 걸리네."

미치요는 유카에게 빨간 볼펜을 받아들고, 한 부분에 동그라미를 쳤다. 주연 여배우와 츠카사 님이 마주 보며, 서로의 마음을 노래로 표현하는 장면이었다.

"이 곡, 노래를 끝내는 사람이 츠카사 님이 아니잖아? 이럴 때

누구를 위해 박수를 치는지 알기 어렵지 않을까. 꼭 이 노래에 박수를 보내야 한다면 상대 여배우의 팬클럽 사람들에게 확인해보는 게 좋을 것 같아."

그 정도일까. 종이를 게이코에게 돌려주자, 유카가 하아 하고 한숨을 내쉬었다.

"역시 미치요는 대단해."

찬물이 든 컵에 얇은 입술을 대면서 유카가 계속 말했다.

"마지막으로 노래하는 사람이 누구인지는 생각도 못했거든."

"미치요는 정말 세세하게 잘 안다니까. 진짜 대단해."

유카도 게이코도, 미치요가 표시한 빨간 동그라미를 바라보았다. 미치요에게는 빨간 동그라미가 표시된 부분 아래쪽에 붙어 있는 자석이 보이는 듯했다.

"이렇게 많은 무대를 경험하다 보니……."

미치요는 머릿속의 자석을 움직였다.

"츠카사 님은 과연 무대에 처음 섰을 때의 목표를 달성했을까 그런 생각을 하게 돼, 요즘에."

"목표?"

아니나 다를까 게이코가 되물었다.

"왜, 요즘 유메구미에서 츠카사 님과 동기였던 사람이 은퇴 회견을 했잖아."

"응." 유카와 게이코가 동시에 고개를 끄덕였다. 요즘 와이드쇼는 그 은퇴 회견에 대한 화제로 뜨겁게 달아올랐다.

"그 사람이 말했어. 연기를 시작할 때의 목표를 이루었으니 후회하지 않는다고. 그 말을 들으니, 츠카사 님은 과연 어떨까 그런 생각이 들어서."

"흐응." 알겠다는 듯이 고개를 끄덕이면서 유카가 말했다.

"근데 츠카사 님의 목표가 뭐였지? 난 잘 몰라서."

"츠카사 님은 그런 이야기를 할 성격이 아니잖아."

유카가 게이코에게 동의해달라는 듯 재촉했다. 미치요는 분명 아무도 읽은 적이 없을 옛날 잡지의 인터뷰 기사를 떠올리면서 말을 시작했다.

"굉장히 좋은 이야기야. 어린 시절의 소꿉친구에 대한 이야기인데."

미치요가 무언가 이야기를 할 때마다 머릿속의 자석이 움직였다. 게이코도 유카도, 다른 퍼밀리어 멤버들도 미치요가 생각한 대로 움직인다.

"그 이야기 난 처음 들어. 어느 잡지에 실려 있는 인터뷰인데?"

게이코의 질문을 미치요는 자연스럽게 피해갔다.

"감성이 독특해, 역시. 원래 무대에 오르지 말았어야 할 사람이라는 느낌이랄까."

구체적인 잡지의 이름을 대면, 게이코는 바로 그것을 손에 넣으려고 할 게 뻔하다. 모처럼 얻은 레어 정보를 나누어줄 순 없다.

"그렇구나."

게이코가 아쉬운 듯 한숨을 내쉬었을 때, 유카가 번쩍 눈을 뜨며 말했다.

"이제 곧 도착한대. 이지마 씨 하고 새로운 멤버."

문득 라인을 보니 아이콘 위에 또 숫자가 생겼다.

"아, 내가 답변해둘게."

게이코가 익숙한 손놀림으로 메시지를 보냈다.

"정말 기쁘다, 퍼밀리어 멤버가 늘어나다니. 지금 들어오면 총 감상회 날에도 참가할 수 있잖아."

게이코가 양손으로 스마트폰을 들고 턱 쪽에 갖다 댔다. 턱의 주름을 숨기고 있는 핑크색 케이스 뒷면에는 츠카사 님의 사진이 붙어 있다. 지난주 퍼밀리어 멤버 두 명이 탈퇴했다. 그 전 주에는 한 사람…….

츠카사 님은 원래 소속된 극단을 졸업한 뒤, 주로 무대에서 활약하고 있다. 텔레비전 드라마나 영화, CF, 그런 매체에는 그다지 출연하지 않는다. 스태프나 츠카사 님 본인이 관리하고 있는 공식 블로그의 갱신 빈도는 최근 점점 줄어가고 있다.

"어서 오세요."

카페 문이 열리고 웨이트리스의 밝은 인사 소리가 들려왔다.

"아, 이지마 씨."

게이코가 살집에 둘러싸여 있는 둥근 등을 쭉 폈다. 이지마가 접은 우산을 둘둘 말면서 이쪽으로 걸어온다. 아무래도 비가 내리기 시작한 듯하다. 그 뒤로 여자 한 명이 보였다. 미치요는 찬

물을 입에 머금었다.

"처음 뵙겠습니다."

이지마의 파카 뒤편에서 쇼트커트를 한 여성의 얼굴이 빼꼼히 나타났다. 미치요는 그때 온몸의 피가 갑자기 멈춘 듯한 기분이 들었다.

그 여자가 자기소개를 하면서 고개를 꾸벅 숙이는 영상이 눈앞에 흘러갔다. 하지만 소리는 귀에 들어오지 않는다.

"이지마와는 중학교 동창이거든요. 요즘 이지마한테 연극에 대해 이것저것 배우고 있어요."

목소리가 조금씩 귀에 흘러 들어오기 시작했다. 테이블에 끈적하게 붙어버린 듯한 팔에 필사적으로 힘을 주었다.

"아키라고 불러주세요. 앞으로 잘 부탁드립니다."

여자가 그렇게 말하며 고개를 들었을 때, 겨우 움직인 미치요의 팔이 찬물이 들어 있는 컵을 쓰러뜨렸다.

아키라고 불러주세요.

아키라니.

아키.

"뭐하는 거야, 미치요. 정말."

"피곤한 거 아니야."

유카가 점점 퍼져가는 얼음물을 휴지로 더 흐르지 못하게 막으려 했다. 차가운 물이 미치요의 롱스커트를 서서히 적시자, 모두 가방에서 티슈나 손수건을 꺼내려 했다.

"아, 이거 쓰세요."

그 가운데 가장 먼저 손을 내밀어준 사람이 아키였다. 아키는 빨간 필름에 둘러싸여 있는 포켓티슈를 내밀었다. 이건 조금 전에 지하철역을 나올 때 나눠주던 것이다. 나는 받지 못했는데…….

"어라, 미치요?"

미치요와 눈이 마주친 아키가 입을 열었다.

4

6학년 B반 31번, 오노우에 아키. 반짝반짝 빛나는 교과서 뒷면에 적힌 글자가 매우 아름다웠다.

"글씨를 정말 잘 쓰네."

뒤에서 미치요가 말을 걸자, '앗' 하고 아키가 어깨를 움츠렸다. 그리고 쑥스럽다는 듯이 뒤를 돌아본다.

"이름을 한자로 이렇게 쓰는구나?"

미치요가 그렇게 말하자, 아키는 "응, 이렇게 써" 하고 대답했지만, 당황했는지 그대로 사인펜 뚜껑을 닫았다. 미치요를 졸졸 쫓아다니는 아이 중 한 명이 "꼭 어른이 쓴 글씨 같아"라고 말하며 얼굴을 내밀며 아키의 새 교과서를 바라보았다. 아키는 다른 사람이 가만히 보고 있으면 부끄러워 글씨를 쓰지 못하는지, 팔로 자신이 쓴 글씨를 은근히 가렸다.

한낮의 교실에는 급식 냄새가 남아 있었다. 소타를 포함한 남자아이들은 거의 대부분이 운동장에 놀러 나갔기 때문에 교실에는 미치요와 미치요를 항상 좇아다니는 아이들 그리고 급식통을 정리하는 당번 몇 명 정도만 남아 있었다.

아키의 글씨는 마치 선생님이나 엄마가 쓴 것처럼 아주 예뻤다. 접히지도, 때가 묻지도 않은 교과서는 마치 거울처럼 교실 형광등의 빛을 눈부시게 반사하고 있다.

소타와 남자아이들이 기다리고 기다리던 전학생은 여자아이였다.

"오노우에 아키입니다."

그렇게 자기소개를 했을 때, 실망스럽다는 듯이 턱을 괴는 소타의 모습을 미치요는 확실히 확인해두었다.

"에사키는 반장이라면서?"

아키는 작은 동물처럼 떨리는 목소리로 질문을 하면서 미치요를 바라보았다.

"그래서 이렇게 말을 거는 건 아니야."

미치요가 아키에게 그렇게 말하자, 항상 미치요를 졸졸 쫓아다니는 아이들은 "만화에서는 그런 일이 자주 있긴 하지"라고 말하며 즐겁다는 듯이 웃었다.

“앞으로 잘 부탁해.”

과학 실험 중에도 합창 연습 중에도, 모두 B반에 오게 될 전학생 이야기로 떠들썩했다. 소타는 소년 야구팀에 들어올 수 있을 만한 남자아이가 전학 오기를 원했고, 지금 우유를 억지로 마시고 있는 무쓰미는 어쩌면 자신과 친구가 되어줄 아이가 전학 오길 기대하고 있었을지도 모른다. 아키는 양쪽 모두 아니었다. 미치요는 아키의 작은 얼굴을 가만히 관찰했다.

은색 급식통이 덜컹덜컹 소리를 냈다. 바게트와 우유, 콩을 잔뜩 넣은 수프의 냄새가 났다. 급식 당번 둘이서 급식통 하나를 옮기는 가운데, 무쓰미는 혼자서 우유팩을 정리하고 있었다. 노란색 바구니 안에 아이들이 각자 접은 우유팩이 잔뜩 들어차 있다. 우유를 남기고도 그냥 바구니에 넣는 아이들도 있어서, 바구니를 기울이면 우유가 흘러내릴 때도 있었다. 흰 삼각 두건 밖으로 더부룩이 튀어나온 무쓰미의 곱슬머리가 미치요에게는 매우 불결하게 보였다.

오늘 아침 조회시간에 전학생 오노우에 아키는 선생님이 하라는 대로 칠판 앞에 섰다. 물론 만화처럼 칠판에 자기 이름을 쓰는 일은 없었지만, 반 아이들 앞에서 자기소개는 해야 했다. 아키는 작은 목소리로 자신의 이름을 말하더니, “잘 부탁합니다”라는 짧은 인사를 했다. 평소에는 흥이 나서 마구 소리를 지르는 소타도 이때만큼은 아무 말도 하지 않았다.

이 순간, 다들 눈치 챘다.

아키는 틀림없이, 우리 반 아이들 중 가장 예쁘다.

미치요는 아키가 칠판 앞에 서 있는 동안 머릿속의 자석을 천천히 움직였다. 아키의 얼굴부터 더 아래로, 더 아래로, 더 아래로. 아키가 신고 있는 양말의 복숭아뼈 부근, 그 바깥쪽에 붙어 있는 리본에 머릿속의 자석을 설치했다. 그러자 과학실에 있던 철가루가 아키가 신고 있는 양말 리본 쪽으로 움직이는 듯한 기분이 들었다.

"아키라니, 드문 이름이네. 귀여워서 좋다."

미치요는 미소를 지으며 그렇게 말한 다음, 아키의 옆자리에 앉았다. 항상 미치요에게 붙어다니는 아이들은 미치요가 앉은 자리에 기대듯이 서 있었다.

"전학을 오니, 많이 긴장되지?"

"응, 조금."

아키는 엄지와 검지로 무언가를 집는 듯한 동작을 했다. 그 모습이 무척 귀여워서 미치요는 무심코 또 양말에 달린 리본을 내려다보았다. 아키는 성이 오노우에라서 ㅇ으로 이름이 시작되지만, 출석 번호는 맨 마지막이었다. 아직 이 반의 규칙에 녹아들지 못했다.

"그런데 다행이야, 오늘 전학 와서. 아슬아슬하게 세이프라고 할까."

미치요를 둘러싼 아이들 중 한 명이 이렇게 말하자, 아키가 불안한 표정으로 고개를 들었다.

"왜?"

"오늘 오후에 수학여행 조를 결정하거든."

미치요가 주변 아이들의 말을 이어받아 그렇게 말하자, 아키의 표정이 더욱 흐려졌다. 미치요는 평소보다 조금 더 깊이 숨을 들이쉬었다.

"괜찮아."

눈썹을 살짝 찡그린 아키의 얼굴에 자신의 얼굴을 조금 가까이 갖다 댔다.

"나랑 친구가 되자. 수학여행도 우리와 같은 조로 활동하고. 응?"

미치요 주변에 있던 아이들도 고개를 끄덕였다. 아키는 다행이라는 듯 표정을 풀더니, 사인펜 뚜껑을 열었다.

오래 걸릴 거라 생각했던 수학여행 조 편성은 5교시가 절반도 지나지 않았는데 끝이 났다. 남자아이들보다 여자아이들 조가 더 빨리 결정됐다는 사실에 선생님도 놀란 듯했다. 다섯이 한 조가 되어야 했기 때문에, 항상 여섯 명이 같이 놀던 소타와 친구들이 마지막까지 조 편성으로 다투었다.

"그럼, 지금부터 조 편성대로 앉아 볼게. 으음~. 저쪽부터 남자 1조, 남자 2조, 남자 3조. 지금 기노시타가 앉아 있는 곳부터 여자 1조, 여자 2조, 여자 3조. 자, 이동."

여자 1조가 된 미치요도 반 아이들과 함께 자리를 이동하기 시작했다. 미치요가 자리에 앉자 일단 항상 미치요를 졸졸 따라다니는 두 사람이 다가왔다. 둘 다 미치요와 같은 필통, 색연필을 가지고 있다. 그리고 머뭇거리면서 다가온 아키가 같은 조로 자신을 초대한 미치요에게 "고마워"라고 인사를 했다. 다른 조 여자아이들과 남자아이들이 힐끔거리며 이쪽을 본다는 사실을 확실히 알 수 있었다.

반에서 가장 예쁜 오노우에 아키 옆에 반에서 가장 못생긴 아키모토 무쓰미가 앉는다. 무쓰미가 어느 조에 들어갈까, 다들 말은 안 했지만 분명 신경 쓰고 있었을 것이다. 오늘 이 시간까지 다들 어느 정도는 '같은 조가 되자'고 약속을 했을 테니까. 하지만 무쓰미는 그런 약속을 할 친구가 없다.

그걸 잘 알고 있는 미치요는 조 편성이 시작되자마자 반 아이들 앞에서 무쓰미에게 같은 조가 되자고 말했다. 고개를 숙이고 있던 무쓰미가 고개를 번쩍 들었을 때, 미치요는 아이들의 시선이 자신에게 집중되고 있다는 사실을 온몸이 찌릿찌릿할 정도로 확실히 느낄 수 있었다.

이것으로 조 편성이 무탈하게 끝났다. 그때 여자아이들은 모두 미치요에게 고마워했을 게 틀림없다.

"반장, 착한 척하지 마."

"남자들도 빨리 정해."

야유를 보내는 소타의 말을 일축하고, 미치요는 무쓰미를 보며

"우리 잘 지내자"고 말을 하며 미소를 지었다. 무쓰미의 안경 렌즈 안쪽에 구불거리는 앞머리의 끝이 들어가 있었다.

이 멤버로 자유시간 동안 같이 움직이고, 같은 방에서 잠을 잔다. 그래서 수학여행의 조 편성은 매우 중요하다.

"그럼 각 조는 수학여행 안내서를 만들기 시작해. 도서실에서 자료를 찾는 건 좋지만 시끄럽게 하지 않도록 하고. 자유시간에 뭘 할지 계획도 조금씩 생각해봐."

선생님의 말씀이 끝나자 덜컹거리며 몇 명이 일어서 도서실로 이동하기 시작했다. 수학여행은 교토와 나라로 간다. 첫날에 모두가 돌아볼 세계유산에 대해 각 조는 두 장소씩 소개 페이지를 작성해야 한다.

소타네 조가 시끌시끌 장난을 치며 교실 밖으로 나가고 있었다. 도서실에 가도 저 아이들은 얌전히 자료를 찾지는 않을 것이 분명했다.

"도서실에서 뭐 하지?"

"그거 하자, 슬리퍼 축구."

여자 1조 부근을 지나갈 때, 소타를 둘러싼 아이들 중 한 명인 기노시타가 크게 혀를 차고 갔다. 기노시타의 책상에는 지금 무쓰미가 앉아 있다.

"그럼 우리들은……."

미치요는 이제 시작하자는 듯이 1조의 멤버를 둘러보았다.

"자유시간에 뭘 할지에 대해 정하는 사람이랑, 수학여행 안내서 페이지를 만드는 사람으로 나누지 않을래?"

가만히 고개를 숙이고 있는 무쓰미를 포함해, 멤버 모두가 고개를 끄덕이는 모습을 미치요는 확인했다.

"나랑 아키가 수학여행 안내서 페이지를 만들게. 자, 그럼 우리 도서실에 갔다 오자."

미치요가 자리에서 일어나자 아키도 서둘러 자리에서 일어났다.

"알았어. 미치요, 잘 부탁해~."

조원 중 한 명은 그렇게 말할 뿐 딱히 무쓰미와 이야기를 하려고 하지 않았다.

"수학여행 때 뭐 갖고 갈까?"

"우리 집에 귀여운 트럼프 카드가 있어."

두 사람은 무쓰미를 없는 사람 취급하며 종알종알 수다를 떨기 시작했다. 우리 반의 여자아이들 사이에서는 대부호라고 하는 트럼프 게임이 유행하고 있다. 여자아이들은 수학여행 날 밤에도, 방 안에서 같이 대부호를 하자고 서로서로 약속을 나누었다.

'다행이야, 내가 있어서.'

미치요는 이마가 책상에 닿을 듯이 고개를 숙이고 있는 무쓰미의 뒷모습을 바라보면서 교실문을 닫았다.

"도서실은 3층 끝에 있어. 가는 김에 이곳저곳 안내해줄게."

아키는 미치요의 바로 뒤에서 걸었다. 복도 앞쪽에는 조금 전 교실에서 나간 소타가 친구들의 등을 팍팍 때리고 있었다.

"아프잖아!"

"점심시간 때의 복수~!"

미치요는 펄쩍 뛰면서 웃는 소타의 모습을 바라보았다. 창문이 모두 열려 있는 5월의 복도는 시원한 바람이 가득 채우고 있었다.

"그 손가락은 왜 그래?"

대각선 뒤에서 따라오던 아키가 말을 걸었다. 뒤를 돌아보니 아키가 눈을 껌뻑이며 미치요의 왼손 중지를 바라보고 있었다.

"아아, 이건."

미치요는 크게 한숨을 내쉬었다.

"어제 체육 시간에 포트볼(농구와 유사한 경기로, 제한된 규격의 원 안에 서 있는 골맨goal man에게 공을 던져 득점을 하는 경기—옮긴이 주)을 했거든. 그런데 소타가 공을 엄청 세게 던지는 바람에 손가락을 삐었어."

"뭐어?"

아키는 마치 자신이 손가락을 삔 것처럼 얼굴을 찡그렸다.

"많이 아프겠다. 괜찮아?"

"응. 하지만 그 녀석이 사과했으니까 괜찮아."

소타에게는 들리지 않을 정도의 목소리로 미치요가 그렇게 말했다. '그 녀석.' 처음으로 사용하는 그 단어가 자신의 귀에 들어왔을 때, 순간 몸이 후끈 달아올랐다.

"사이가 좋구나."

바람이 아키의 머리카락을 흔들었다.

예쁘다, 나보다 훨씬.

"나, 우리 반이 합창할 때 피아노 반주인데."

복도의 모퉁이를 돌면 계단이 나온다. 그 계단을 올라가면서 미치요가 이야기하기 시작했다.

"손가락을 삐어서, 피아노를 못 치게 됐어. 그래서 좀 난처해. 나 외에 피아노를 칠 수 있는 애가 없어서. 내일 합창 어쩌지?"

아키는 미치요보다 한 계단 아래에 있었다.

"악보는 있어?"

아키의 높은 목소리가 계단에 울려 퍼졌다.

"나도 피아노를 칠 줄 알거든. 오늘 악보를 주면 내일까지 연습해올게."

아키가 바람에 흔들리는 머리카락을 귀 뒤로 넘겼다. 미치요는 또 무심코 아키가 신고 있는 양말의 리본을 내려다보았다. 아키는 아주 예쁘다. 머리카락도 매끈매끈하고, 눈도 크고 동그랗다. 입고 있는 셔츠에는 주름 하나 가 있지 않다.

"미치요는 대단해. 반장도 하고 있고, 반주도 할 줄 알잖아."

미치요는 아키의 오른발을 바라보았다. 복숭아뼈 근처를 보았다. 양말의 리본이 풀리려 하고 있었다. 저 뒤편에 자석을 놓고 세계의 철가루가 모두 저곳에 모여들어 들러붙었으면 좋겠다고, 미치요는 그렇게 생각했다.

## 5

「매진 감사!」

가이카쓰 극장은 매진이 되면 로비 입구에 이렇게 적힌 팻말을 세워둔다.

“발주했을 때는 시간에 맞출 수 있다고 했어. 그런데 오늘 발송했다고…….”

새로 들어온 퍼밀리어 멤버 한 명의 평상복 조달이 늦어진 것은 게이코 때문이 아니었다. 하지만 게이코는 굉장히 책임감을 느끼는 듯, 조금 전부터 미치요 주변을 계속 맴돌고 있다.

“한 벌만 주문하면 아까워서 합쳐서 몇 벌인가 발주했거든. 근데 내가 발송일이랑 납품일을 착각해서, 그래서…….”

“응, 알았어.”

필사적으로 사과하는 게이코를 보니, 미치요는 왠지 더욱 쌀쌀맞게 대하고 싶어졌다. 게이코의 짧은 목은 살집이 많았고, 코끼리의 코처럼 주름이 잔뜩 모여 있다. 그런 목이 면목이 없다는 듯이 움직이는 모습을 미치요는 더 보고 싶다는 생각이 들었다.

멤버의 구성원이 필사적으로 사과하는 모습을 보이는 것은 리더에게 있어서는 아주 좋은 일이다.

“근데 의외네. 게이코가 이런 실수를 다 하다니.”

유카의 말을 듣고 게이코는 더더욱 어깨를 축 늘어뜨렸다. 어느 극장, 어느 좌석에서든 눈길을 잡아끌 노란색 평상복을 입고 계속해서 고개를 꾸벅이는 게이코를 보니, 어딘가 굉장히 어린 사람처럼 보였다.

만원이 된 가이카쓰 극장에서는 많은 사람이 분주하게 움직이고 있다. 그 극장의 일부를 노란 옷을 입은 퍼밀리어 멤버들이 채우고 있다. 총감상회 날에 참가하는 퍼밀리어 멤버는 정해진 노란색 복장, 일명 '평상복'을 입어야만 한다. 츠카사 님이 스테이지에서 관객석을 바라보았을 때, 미치요를 비롯한 퍼밀리어 멤버들이 하나의 태양이 되어 츠카사 님을 비추어야 하기 때문이다.

자기 좌석에 앉은 퍼밀리어 멤버들은 백에서 오페라글라스를 꺼내거나, 미치요와 간부들, 즉 '집'이 만든 회보를 보면서 박수 타이밍을 확인하는 등 각각 바쁘게 움직였다. 퍼밀리어 멤버가 모두 좌석에 앉아야 미치요를 비롯한 간부들은 비로소 마음을 놓을 수가 있다. 유카는 조금 전 로비에서 구입한 팸플릿이나 선반에서 가지고 온 카탈로그 뭉치를 정리하고 있다. 유카는 츠카사 님에 관한 문자 정보를 주의 깊이 읽었다. 게이코는 츠카사 님의 사진을 넋을 잃고 바라보는 경우가 많다.

'만원 감사' 로비 입구에 놓인 팻말, 미치요는 그곳에 적힌 글자의 아름다운 형태를 떠올려 보았다.

토요일 밤이자 종연 뒤에 출연자들의 토크 쇼가 열리는 오늘, 이런 날은 만원 감사가 확실하리라 쉽게 예상할 수 있다. 총감상회 날은 퍼밀리어 멤버가 참가하기 쉬운 휴일 날 밤이나 오늘처럼 토크 쇼 같은 이벤트가 열리는 날로 정하는 경우가 대부분이다. 퍼밀리어 멤버들은 미치요를 비롯한 간부가 공헌 포인트에 따라 정해주는 좌석에 앉는다. 자신이 앉을 자리가 어디인지가 퍼밀리어 멤버로서 얼마나 열심히 활동했는지 객관적인 평가를 알 수 있는 중요한 정보이다.

"공연 시작 10분 전입니다. 자리에서 서 계신 손님께서는 신속히 자리에 앉아주십시오. 공연 시작 10분 전입니다."

장내 안내 방송이 흘러나왔다. 그때 라이트그린 컬러의 팬츠를 입은 한 사람이 벌떡 일어섰다.

"나, 역시 지금 화장실에 다녀와야 할 것 같아."

노란색으로 가득 찬 곳에서 유일한 라이트그린, 역시 눈에 띈다.

"아키, 서둘러. 이제 곧 시작하려나 봐."

작은 목소리로 말하는 이지마에게 손을 흔들며 아키는 일렬로 자리에 앉아 있는 퍼밀리어 멤버들의 다리를 요령 있게 빠져나가 화장실이 있는 곳으로 걸어갔다. 아키가 한 걸음, 한 걸음 내디딜 때마다 가는 목에 두른 스톨의 끝이 흔들렸다.

미치요는 저 스톨에 자석이 붙어 있는 것처럼 보였다.

허리에 바싹 달라붙은 흰 셔츠에 신축성이 있는 컬러 팬츠, 작은 꽃이 여기저기 박혀 있는 레몬옐로 스톨, 7센티미터는 될 하이힐을 신은 종아리의 근육이 살짝 드러나 있었다.

사람들로 꽉 찬 극장은 공연 시작을 기다리는 관객들의 웅성거림으로 가득했다. 그 중에서도 어쩐지 자꾸만 귀를 기울이게 되는 말이 있다.

"역시 닮았어, 저 애."

퍼밀리어 멤버 중에서 누가 그렇게 중얼거렸는지 모른다. 하지만 퍼밀리어가 모두 아키의 뒷모습을 보라보고 있다는 사실은 미치요도, 게이코도, 유카도, 그 외의 누가 봐도 명백했다.

사삭사삭.

머릿속에 울리는 소리를 미치요는 애써 지워 버렸다.

"역시 평상복이 아니니 눈에 띄는구나."

미치요가 혼잣말치고는 큰 소리로 말하자, 게이코가 순간 이쪽을 바라보았다.

"미안해."

게이코는 면목이 없다는 표정을 지으면서, 극장 스태프에게 빌린 담요를 가슴 부근까지 끌어 올렸다.

이제 5분 뒤면 공연이 시작된다.

지금 퍼밀리어 멤버 중에 평상복을 입지 않은 사람은 아키 혼자뿐이다. 평상복 관리는 게이코가 담당하고 있는데, 재고가 다 떨어진 타이밍에 총감상회 날이 찾아와 버렸다. 게이코는 먼저 미치요에게 사과하고, 유카에게 사과하고, 아키에게 사과하고, 이유는 모르겠지만 이지마에게까지 사과했다. 간부 중에 가장 경력이 짧은 점을 신경 쓰고 있다는 사실은 알겠지만, 일반 퍼밀리어 멤버에게 그렇게까지 비굴하게 구는 건 '집'으로서 그다지 좋지 않다. '나중에 한마디 주의를 줘야겠다'고 미치요는 생각했다.

"공연 시작 5분 전입니다. 서 계신 손님은 신속히 자리에 앉아 주십시오. 공연 시작 5분 전입니다."

일어서 있던 관객이 빨려 들어가듯이 자신의 자리를 찾아갔다. 모든 관객이 미치요를 비롯한 퍼밀리어가 모여 있는 곳을 힐끔 보고는, 같이 공연을 보러 온 사람에게 작은 소리로 말을 걸었다.

저 사람들보다도 츠카사 님에 대해 자세히 알고, 츠카사 님에게 도움이 되는 사람은 이곳에 있는 퍼밀리어 멤버들이다. 미치요는 자신의 평상복을 바라보았다.

달걀노른자의 단면처럼 빛나는 노란색, 누가 보아도 츠카사 님의 팬클럽 퍼밀리어의 일원이라고 쉽게 알 수 있는 평상복이다. 이 평상복을 입고 있는 사람들 중에 정점은 바로 나니까, 내가 가장 츠카사 님에게 도움이 되고 있는 게 틀림없다.

미치요는 눈을 감는다. 보고 싶지 않은 게 있으면 눈을 감는 게 제일이다. 하지만 듣고 싶지 않은 목소리가 있다고 해서 귀를 막을 수는 없다. 화장실에서 가까운 문이 열렸다. 손수건을 접으면서 아키가 자신의 자리로 돌아간다.

역시 닮았다, 저 아이.

총감상회 날이면 평소보다 성대하게 츠카사 님을 맞이하기 때문에, 퍼밀리어 멤버들은 공연 시작 두 시간 전에 모인다. 한꺼번에 구입한 티켓을 공헌 포인트에 따라 배분하거나, 각자 평상복으로 갈아입는 등 빨리 모였다고 하더라도 츠카사 님을 환영하는 태세를 갖추기까지는 시간이 걸린다.

아키는 집합시간에 조금 늦게 도착했다. 역의 화장실이 너무 붐벼서라고 한다.

"미치요."

아키는 친밀한 미소를 지으며 그렇게 말을 걸더니, 레몬옐로 스톨을 살짝 손으로 집으며 말했다.

"평상복 대신은 안 되겠지만, 일단 노란색 계열을 입는 게 좋지 않을까 해서."

아키의 목소리는 맑고 넓게 퍼진다.

"아아, 그랬구나."

미치요는 가볍게 받아넘기려 했지만, 그때 이미 그곳에 있던 퍼밀리어 멤버들이 모두 아키를 바라보고 있었다.

"미치요, 어디에 줄을 서야 티켓을 받을 수 있는 거야? 앗!"

그때 아키는 이지마를 바라보더니, 환하게 얼굴을 반짝이며 그곳으로 걸어가 버렸다. 티켓을 배분하는 유카 앞에는 퍼밀리어의 줄이 생겼고, 그 안에 아키의 친구인 이지마도 있었다.

레몬옐로 스톨이 아키의 가슴 부근에서 흔들렸다.

퍼밀리어의 대부분은 아직도 아키를 바라보고 있다. 이지마 외의 퍼밀리어는 모두 그때 아키를 처음으로 보았을 것이다.

아키가 움직이면 퍼밀리어의 눈도 같이 움직였다. 그 모습을 미치요는 가만히 바라보았다. 눈도 깜빡이지 않고 계속 바라보고 있자 아키가 자석으로, 주변 퍼밀리어가 검은 철가루로 변한 듯한 착각에 빠져 들었다.

기억 속에서 그날을 떠올렸다. 그 아이가 전학 온 날. 그 아이는 교단 앞에 서 있는 것만으로 교실에 있는 모든 사람의 눈을 빼앗았다. 그 아이가 자기소개를 하는 사이에는 이가라시 소타마저도 입을 열지 않았을 정도다.

사삭사삭, 이 소리가 가슴을 아프게 했다.

쇼트커트, 다른 사람보다 긴 목, 여자치고는 굵지만 분명히 노래를 잘 부를 것이라 예상되는 목소리, 진하지만 너무 눈에 띄지 않는 눈썹, 가는 발목.

미치요, 밋짱, 에사키.

초등학교 때, 그 교실에서 그 아이는 나를 뭐라고 불렀지?

약 20년 만에 눈앞에 나타난 아키는 츠카사 님과 아주 많이 닮아 있었다.

출연자 토크 쇼가 끝난 순간, 퍼밀리어 멤버들은 서둘러 가이카쓰 극장 밖으로 나갔다. 누군가와 경쟁을 하는 것도 아닌데, 누군가에게 뒤처질 것을 무서워하듯이 가장 먼저 환송을 할 수 있는 공간을 향해간다.

입김이 하얗다. 오늘도 츠카사 님의 노래가 제일 대단했다.

"오늘은 츠카사 님이 선물을 직접 받아주실 겁니다. 원활하게 전달할 수 있도록 준비해주십시오."

넓게 퍼지는 미치요의 목소리에 지나가던 사람들이 일순 뒤를 돌아본다. 코트 속에 같은 옷을 입고 4열로 늘어서 있는 퍼밀리어 멤버들은 공연이 끝난 뒤 화장을 고치지도 않은 채다. 눈물이 흐른 흔적도 손수건으로 닦아낸 흔적도 그대로다. 어느 누구도 불어오는 바람에 흐트러지는 머리카락을 신경 쓰지 않았다. 츠카사 님의 눈에는 퍼밀리어가 하나로, 통일된 하나의 개체로 보일 것이다. 그러니 이게 좋다.

총감상회 일정은 츠카사 님의 매니저에게 미리 전달해두었다. 총감상회 날만큼은 특별한 일이 없는 한, 츠카사 님이 퍼밀리어 멤버에게 직접 선물을 받는다. 뿐만 아니라 일정에 여유가 있으면 퍼밀리어 멤버 한 명 한 명과 대화를 하거나, 특별히 츠카사 님이 퍼밀리어 멤버들에게 무언가 선물을 줄 때도 있다. 올봄의 총감상회 때에는 모든 멤버에게 초콜릿을 주셨다. 다른 짐 안에 섞여 있었는지 초콜릿은 살짝 녹아 있었고, 형태도 일그러져 있었다. 게이코는 '분장실의 난방 온도가 너무 높았기 때문일까, 츠카사 님은 추위를 많이 타시나' 하면서 약간 녹은 초콜릿을 입 안에 넣고 기쁜 듯이 상상을 했었다.

"미치요 씨."

퍼밀리어 멤버 중 한 사람이 미치요에게 말을 걸었다. 그녀는 미치요를 비롯한 '집'의 멤버가 만든 회보를 들고 있었다.

"오늘 박수 타이밍, 정말 대단했어요."

미치요보다 스무 살은 나이가 많을 그 여자는 콧구멍을 벌름거리며 말했다.

"무대를 방해하지 않으면서 츠카사 님이 박수를 받고 싶어 하는 정확한 타이밍에……."

"맞아, 맞아." 근처에 있던 퍼밀리어 멤버들이 장갑 낀 손을 맞대며 동의했다.

"모든 공연을 엄청나게 연구하셨나 봐요."

그녀는 미치요가 가입하기 전부터 퍼밀리어 멤버의 일원이었지만, 금방 미치요가 많은 지식이 있다는 사실을 깨닫고 미치요를 '집'의 멤버로 계속해서 추천했다. 그녀가 말하길, 미치요는 츠카사 님과 츠카사 님에 관련된 사람들을 모두 잘 알고 있어서 특별히 신뢰할 수 있는 '집'이라고 했다. 그녀는 퍼밀리어의 규칙을 철저하게 지키며, 규칙을 어긴 멤버가 있으면 격렬하게 항의했다.

그리고 그녀는 게이코가 '집'의 멤버로 선택되었을 때, 가장 크게 반발한 사람 중 하나였다. "선생님의 마음은 잘 압니다. 하지만……" 하고 그녀를 진정시켰을 때, 미치요는 굉장히 행복했다.

"감사합니다. 마음에 드셨다니 기쁘네요."

그녀를 향해 생긋 웃음을 짓자, 그녀는 미치요의 코트 옷자락을 잡았다. 그리고 어느 방향을 가리키더니, "저기, 저 아이"라고 말하며 목소리를 낮췄다.

"저 아이, 처음 보는데."

미치요는 "앗!" 하고 자기도 모르게 큰 소리를 냈다. 그녀는 다른 사람보다 훨씬 퍼밀리어의 규칙을 지키는 데 까다롭게 굴었다.

"오늘은 저분의 평상복을 구하지 못해서요. 다음부터는."

"아니아니, 그런 게 아니라요."

'그런 게'라는 그 말이 미치요의 차갑게 식은 귀에 부딪쳐왔다.

"퍼밀리어에 새로 들어온 아이죠?"

그녀가 그렇게 말하자, 주변에 있던 다른 멤버들도 그녀가 가리키는 방향을 바라보았다.

"많이 닮았네요, 츠카사 님과."

시선의 끝에는 아키가 주변 퍼밀리어들과 자기소개를 나누는 모습이 보였다. 조금 전까지는 이지마하고만 이야기를 했었는데, 지금은 많은 퍼밀리어 멤버에게 둘러싸여 있다.

"줄을 좀 정리하고 오겠습니다."

아키를 중심으로 4열로 늘어선 줄이 흐트러져 있었다. 이제 곧 츠카사 님이 나올 시간인데 줄이 흐트러져 있어서는 안 된다.

'아니아니, 그런 게 아니라요.'

한 걸음 내디딜 때마다 조금 전에 들었던 말이 뱃속으로 떨어져내리는 것 같았다. 미치요가 가까이 다가가자, 아키를 둘러싼 몇 명이 곧장 자기 자리로 돌아갔다. 아키가 흰 장갑을 낀 손바닥을 벌렸다.

"미치요, 오늘은 많이 춥다."

아키는 어린아이 같은 억양으로 말했다.

"줄이 흐트러져 있으면 다른 손님들한테도 방해가 되니까, 줄 좀 서줄래?"

아키 이외의 퍼밀리어 멤버가 금세 원래 자기 자리로 돌아갔다. 하지만 아키는 여전히 움직이지 않았다.

"줄 좀 서줘."

"미치요, 넓게 퍼지는 목소리는 여전하구나."

그 자리에서 떠나려 하는 미치요를 아키는 목소리만으로 멈춰 세웠다.

"반장할 때랑 똑같아."

"어?" 당황한 목소리를 내뱉는 주변의 퍼밀리어 멤버들을 향해 이지마가 작은 목소리로 대답하는 소리가 들렸다.

"미치요 씨랑 아키, 초등학교 동창이었대."

이지마의 설명에 퍼밀리어 멤버들이 깜짝 놀랐다는 듯이 눈을 반짝였다.

"처음으로 아키를 데리고 인사를 갔을 때 알게 됐는데, 정말 깜짝 놀랐어."

"오늘은 츠카사 님이 선물을 직접 받아주십니다."

유카의 목소리가 들려왔다.

"원활하게 전달할 수 있도록 준비해주십시오."

게이코의 목소리가 들려왔다.

"미치요."

휘융~, 차가운 바람이 불자 아키의 가슴 부근에 있던 스톨이 흔들렸다.

"하나도 안 변했어."

미치요는 아키를 바라보았다. 메마른 콘택트렌즈가 눈에 달라붙었다. 수학여행의 조 편성을 결정하던 날, 불안해하는 너에게 말을 건네준 사람은 나였어.

"츠카사 님!"

이지마의 큰 목소리가 들려왔다. 문득 입구를 보니, 사복으로 갈아입은 츠카사 님이 흰 입김을 내뱉으며 퍼밀리어를 향해 손을 흔들고 있었다.

"여러분, 오늘 정말 고마워요. 추운 날씨에도……."

목둘레에 모피가 달린 코트를 입고 츠카사 님은 웃고 있었다. 퍼밀리어 멤버의 모든 눈이 츠카사 님을 보고 있다.

미치요는 한 걸음 뒤로 물러섰다.

"여러분의 노란 옷, 항상 눈에 잘 띄어서 정말 기뻐요. 항상 감사합니다."

츠카사 님이 그렇게 말하자, 4열로 늘어서 있던 퍼밀리어가 한 덩어리가 되어 목소리를 높였다. 아키도 기쁜 듯이 양손을 얼굴에 맞대고 있었다.

츠카사 님이 출입구 가까이에 있는 퍼밀리어 멤버들부터 순서대로 선물을 받았다. 퍼밀리어 멤버들의 선물에는 돌아가는 차 안에서도 쉽게 읽을 수 있도록, 봉투가 없는 포스트카드 형태의 팬레터가 붙어 있는 경우가 대부분이다.

"고마워요, 토크 쇼까지 봐주셔서 고맙습니다."

츠카사 님이 선물을 더 이상 받아들 수 없게 되자 매니저가 대신 선물을 받아들기 시작했다.

"고마워요. 아, 이 감상은 공연이 끝나고 바로 써준 건가요?"

매니저는 건네받은 선물을 잇따라 자신이 들고 있던 커다란 봉투 안에 집어넣었다.

미치요는 항상 그 모습을 뒤에서 지켜보았다. 퍼밀리어에 막 들어온 아키는 4열 중에서도 가장 뒤쪽에 서 있다. 아키는 그 음악실에서 그랜드피아노를 칠 때면 온몸이 가려질 정도로 몸이 작았다. 수학여행 때도 버스에서 인원 파악을 할 때면 선생님이 좀처럼 아키를 찾지 못할 정도였다.

"저, 저기."

갑자기 츠카사 님이 입을 크게 벌렸다.

"그 스톨……."

촉촉이 젖은 츠카사 님의 흰 입김이 모든 열을 뛰어넘어 아키에게만 전해진 것처럼 보였다.

"아주 잘 어울려요."

"꺄아!" 이지마가 크게 소리를 질렀다.

"평상복을 안 입어서 오히려 더 눈에 띄는 건지도 모르겠네요."

츠카사 님은 입에 손을 대고 키득거리며 웃었다. 이지마뿐만이 아니라 아키 주변의 퍼밀리어들이 "꺄아, 꺄아" 하고 들뜬 목소리를 냈다. 4열의 가장 뒤쪽에 서 있던 미치요는 그 모습을 모두 지켜볼 수 있었다.

"오늘 정말 대단했어요."

아키가 말했다. 츠카사 님이 "고마워요"라고 고개를 끄덕였다. 달의 바로 아래를 구름이 빠르게 지나가고 있었다.

츠카사 님은 앞머리를 왼쪽으로 넘기고 있었고, 아키는 앞머리를 오른쪽으로 넘기고 있었다. 두 사람이 마주 보는 모습은 마치, 서로 거울을 보고 있는 듯했다.

"저기."

다시 걸어가려던 츠카사 님에게 아키가 말을 걸었다.

"노란색 스톨, 예전에 하셨던 적이 있죠?"

"네?"

예상치 못한 말이었는지, 순간 츠카사 님의 얼굴에서 웃음이 사라졌다.

"옛날에 어떤 방송에서 본 적이 있어요. 스타의 젊은 시절 같은 방송이었는데……. 그때 흐르던 영상에서 잠깐 이런 느낌의 노란 스톨을 하고 계셨어요. 그게 무척 잘 어울려서 기억하고 있어요."

아키는 다른 퍼밀리어 멤버들과 달리 큰 목소리를 내지도 않고, 황송하다는 듯이 상체를 앞으로 숙이지도 않은 채 그렇게 말했다.

"노란 스톨."

옆에서 유카가 중얼거렸다. 의상과 무대미술을 좋아하는 유카는 츠카사 님이 출연한 공연이나 무대 의상을 모두 체크하고 있는데, 때때로 츠카사 님이 착용한 아이템을 따라 하는 경우도 있다.

"유메구미 때에는 남자 역할이었고……, 스톨을 했었나?"

유카가 그렇게 물었지만, 미치요에게는 츠카사 님이 레몬옐로 스톨을 한 모습을 본 기억이 없었다. '집'의 멤버는 그 어떤 퍼밀리어 멤버보다 츠카사 님에 대해 자세히 알고 있어야 한다. 이렇게 추운데도 흥건한 땀이 미치요의 손바닥 사이로 흘러갔다.

츠카사 님은 몇 초간 아키를 바라보다가 "고마워요"라고 말을 한 뒤, 다시 다른 퍼밀리어 멤버에게로 시선을 돌렸다.

"고마워요. 고마워요."

지금까지 몇 백 번은 봤을 그 미소로, 츠카사 님은 퍼밀리어 멤버들이 주는 선물을 받고 있다.

아키가 긴장했던 몸을 푸는 모습이 보였다. 어깨의 위치가 조금 내려갔다.

"대단하다, 아키. 츠카사 님이 기억해주신 거 아니야?"

흥분한 이지마가 아키의 어깨를 두드렸다. 파견사원인 이지마는 연봉이 높지 않기 때문에 퍼밀리어의 공헌 포인트도 높지 않다. 그래서 츠카사 님 환영이나 환송 때에 보통 4열에 선다.

"기분 나쁘지 않았을까? 옛날에 하던 액세서리 얘기는……."

"분명 기뻐하셨을 거야, 분명히!"

"까아까아." 떠들썩한 두 사람을 미치요는 평온한 마음으로 바라보았다.

"근데 이런 모습이 더 눈에 띈다면 나도 다음에는 평상복을 잊어버린 척하고 사복을 입고 올까?"

"그게 뭐야, 치사하게. 그럼 나도……."

주변 퍼밀리어들도 같이 모여들어 떠들썩하게 이야기에 끼어들기 시작했다. 미치요는 얼어버린 발끝에 꽈악 힘을 주었다.

"저런 소릴 다하네. 평상복은 꼭 입어야지. 그치?"

유카가 살짝 귓속말을 했다.

"그래, 맞아."

건성으로 대답하자 그것으로는 부족했든지, 유카는 게이코에게 말을 걸기 시작했다.

"게이코, 저 아이 평상복이 도착하면 곧장……."

미치요도 게이코를 바라보았다.

"게이코, 듣고 있어?"

유카의 목소리는 게이코의 귀에 들리지 않은 듯했다. 게이코는 뺨을 빨갛게 물들인 채, 4열로 늘어선 퍼밀리어 멤버들을 그리고 그 너머에 있는 츠카사 님을 바라보고 있다. 환영, 황송 때에 게이코는 언제나 이런 모습이다. 퍼밀리어의 가장 앞쪽 줄 앞을 왕복하는 츠카사 님의 움직임에 맞춰, 그저 눈만 움직이는 인형이 되고 만다.

"게이코?"

미치요는 무심코 게이코를 바라보았다. 그러나 오늘은 게이코의 시선이 전혀 움직이지 않았다. 자신이 내뱉는 입김으로 시야가 하얗게 물들어 흐릿해졌다.

게이코는 아키를 보고 있었다. 가만히, 똑바로.

## 6

키가 작은 아키는 검은 그랜드피아노에 가려 모습이 거의 보이지 않았다. 꽉 하고 미치요가 양손에 주먹을 쥐자, 왼손의 중지에 감긴 흰 붕대가 양옆의 손가락을 스쳤다. 삔 손가락의 통증은 생각보다 오래갔다. 아키가 피아노의 건반에서 손을 떼자, 희미하고 길게 이어지던 소리가 어느새 사라졌다.

"자, 이제 자리에 앉아도 돼."

음악 선생님이 그렇게 말씀하시자, 모두 반짝반짝 빛나는 음악실 바닥에 앉았다. 음악실에는 따뜻한 빛깔의 양탄자가 깔려 있는 곳과 나무 타일로 만들어진 계단처럼 여러 단이 올라가 있는 곳이 있다. 합창 연습을 할 때에는 언제나 이 높은 단을 사용한다.

지휘자로서 반 아이들을 정면으로 바라보는 곳에 서 있던 미치요도 아이들이 앉아 있는 곳으로 돌아갔다. 음악 수업이 있는 금요일에는 특별히 예쁜 신발을 신고 온다. 피아노를 치는 아키 대신에 악보를 넘겨주던 무쓰미도 느릿느릿 자기 자리로 되돌아갔다. 반주자인 아키는 단이 있는 곳으로 돌아가지 않아도 되지만, 지휘자인 미치요는 다른 아이들과 똑같은 장소로 돌아가야만 한다.

"역시 남자들 목소리가 작아. 남자들은 더 목소리를 크게 하도록 노력하자. 여자들은 가사가 확실하게 들릴 수 있도록 입을 크게 벌리고. 그래야 모음이 잘 들려."

선생님이 남자아이들을 바라보며 말씀하셨지만, 아무도 대답을 하지 않았다. 소타는 책상다리를 한 채, 창밖을 내다보고 있다. 운동장에서는 다른 반 아이들이 즐겁게 핸드볼을 하고 있었다. 음악 수업 중 소타는 항상 입을 벌리려고 하지 않는다. 소타 같은 남자아이는 선생님이 하라는 대로 노래를 절대 불러서는 안 된다는 규칙을 철저하게 지키며 살아가는 것 같다.

"그리고 네 박자까지 길게 끌어야 하는 곳, 마지막 여섯 박자까지 끌어야 하는 곳, 이 두 곳은 지휘를 보고 마지막까지 제대로 박자를 끌 것! 여기는 여자도 남자도 제대로 안 되고 있어."

"네에." 여자아이들 몇 명만이 대답했다. 운동장에서 들려오는 삑삑 하는 휘슬 소리가 음악실 창문을 때렸다.

"아침 학창 교류가 다음 주는 5학년이지? 이대로 가면 5학년한테도 질 거야. 얘들아, 6학년이니까 좀 더 힘내자."

'그런 건 알 바가 아니다'라고 말하는 것처럼 소타가 선생님을 보고 크게 하품을 했다. "후아암" 일부러 내는 듯한 그 소리는 미치요가 앉아 있는 여자아이들 줄까지 선명하게 전해졌다. 남자아이들이 키득키득 웃는다.

미치요가 다니는 초등학교에는 합창 교류라는 행사가 있다. 매주 수요일 아침에는 상급생이 하급생의 반을 방문해 서로의 합창을 겨루는 것이다. 2년 전에 교장 선생님이 교체된 뒤로 이런 행사가 시작되었다.

"6학년 여러분은 다른 학년 아이들의 모본이 되는 아주 멋진 노래를 해주었습니다."

한 번도 직접 합창을 보러 온 적이 없는 교장 선생님은 학부모에게 전달하는 프린트에 이런 말을 적어 놓았다.

"그럼 과제곡 2번, 여자 파트가 시작되는 부분부터 한 번 더 해볼까? 자, 다시 일어서렴."

선생님은 그렇게 말씀하신 뒤 아키가 있는 쪽을 돌아보았다. 아키가 가늘고 흰 열 손가락을 건반 위에 살짝 올려놓았다. 음악실의 그랜드피아노는 건반은 빽빽하다. 과제곡 2번의 후렴이 두 번 반복되는 부분, 그 중에서도 가장 높은 음이 이어지는 곳. 오른손의 약지와 새끼손가락으로 연주하는 파의 샵과 솔의 트릴을 미치요는 항상 제대로 치지 못했다.

"그럼 에사키, 또 지휘 좀 부탁할까. 이번엔 선생님이 악보를 넘길 테니까 아무도 안 나와도 돼."

선생님의 말씀을 듣고 미치요는 반 아이들 앞에 섰다. 소타는 여전히 창밖을 보고 있다.

평소에는 미치요가 앉아 있는 검은 의자에 오늘은 아키가 앉아 있다. 미치요가 오른손을 들자 모두가 다리를 어깨 넓이로 벌리고 중앙을 바라보았다. 여기에 있는 모든 사람을 이 손 하나로 조종하는 것이다. 그렇게 생각하자, 미치요의 아랫배가 뜨겁게 달아올랐다.

하나, 둘, 셋, 넷. 오른손을 들어 흔들자 그랜드피아노에서 16분 음표가 흘러나오기 시작했다. 전주의 강약 기호는 피아니시모, 세세한 음표를 정확하게 구분해 작은 소리를 치기는 아주 어렵다.

체육 시간에 포트볼을 하다 손가락을 삐어서 미치요는 지금 피아노를 칠 수 없다. 반 아이들 중에서 미치요만이 할 수 있었던 반주자라는 역할을 지금은 아키가 맡고 있다. 아키가 전학을 와서 정말 잘됐다고, 음악 선생님은 몹시 기뻐하셨다.

전주가 끝나고 노래가 시작되었다. 소타는 입을 열지 않는다. 소타 주변에 있는 남자아이들도 일부러 그러듯이, 흥미가 없다는 듯한 표정을 짓고 있다. 여자아이들은 비교적 합창에 협력적이지만 무쓰미의 입은 우물우물 움직이고 있을 뿐, 제대로 노래를 하고 있는지 알 수가 없었다.

미치요가 무쓰미를 수학여행의 같은 조에 끌어들였다. 그 이야기는 다른 반 아이들에게까지 순식간에 퍼져 나갔다. 화장실이나 복도에서, 다른 반 아이들이 몇 번이고 말을 걸었다.

"아키모토 무쓰미하고 자유시간에 같이 다닌다는 게 정말이야?"
"에사키, 반장이라고 그렇게까지 할 필요는 없지 않아?"
"아키모토 무쓰미랑 같이 있으면 곱슬머리가 옮는대~."

미치요는 매일 밤, 침대 위에서 친구들의 그런 말을 떠올렸다. 눈을 감고, 들려오는 잡음을 차단한 뒤, 다른 아이들이 했던 말들을 하나하나 떠올려 본다.

"전학 온 애도 같은 조야?"
"아키모토 무쓰미랑 전학 온 애랑 얘기를 하기도 해?"
"전학생이랑 사이가 좋은 것 같은데, 걔는 어떤 애야?"

교실 안에서 일어나는 일은 모두 미치요에게 물어보았다. 미치요는 그 모든 질문에 대답할 수 있었다. 미치요는 반장이었고, 과학 실습 시간에는 조장이었고, 합창 때에는 언제나 반주 담당이었다.

5학년과 합창 교류를 할 때에는 미치요의 손에서 붕대가 사라졌다. 하지만 아직은 피아노를 치기는 힘들어 반주는 여전히 아키가 계속 맡고 있다.

합창 교류를 할 때에는 상급생이 하급생 반으로 간다. 먼저 하급생이 노래를 부르고, 그다음에 상급생이 노래를 부른다. 겨우 한 학년 차이지만, 한데 울려 퍼지는 목소리의 차이는 매우 컸다.

미치요는 박자에 맞춰 지휘를 하며 합창을 이끌었다. 반 아이들 모두가 미치요의 움직임을 따라 노래를 부른다. 교실에는 음악실과는 달리 그랜드피아노가 없기 때문에 아키는 음의 강약을 조절할 수 없는 오르간으로 반주를 한다.

하지만 미치요는 알고 있다. 이때에도 소타는 입을 열려고조차 하지 않는다는 것을…….

합창이 클라이막스에 다다랐다. 2절의 후렴구가 다시 한 번 반복되었다. 강약 기호는 포르티시모. 리듬이 너무 빨라지지 않도록 주의해야 한다. 힐끔 오르간 쪽을 바라보았다. 악보대 사이로 슬쩍 보이는 아키의 머리카락, 오늘은 아래쪽으로 묶고 있었다.

미치요는 다시 앞을 바라보았다. 전체를 바라보는 척하고 있지만, 사실 보고 싶은 곳은 오직 한 곳뿐이었다.

제일 뒤쪽 열, 오른쪽 끝.

이가라시 소타가 있는 자리.

미치요는 그 순간, 자신이 지휘하는 네 박자가 흐트러졌다는 사실을 알 수 있었다.

입을 벌리고 있다. 소타가 노래를 하고 있다.

지휘의 리듬이 흐트러져도 노래의 리듬은 전혀 흐트러지지 않았다. 다들 미치요의 지휘가 아니라 아키의 반주에 맞춰 노래를 하고 있었던 것이다.

다 나아가던 손가락이 욱신거리며 아파왔다.

6학년의 합창을 보고 있는 5학년도, 지금 노래하는 6학년도 이 교실에 있는 모든 사람은 미치요를 보고 있다. 그 가운데 소타만이, 오르간 쪽을 바라보고 있었다. 오르간 너머로 슬쩍 보이는 검은 머리카락을 바라보고 있었다.

미치요는 소타의 그런 모습을 보고 있었다.

"그럼 나는 이만 가볼게."

아키가 오른손에 들고 있던 실내화 가방을 살짝 들어 올렸다. 똑바로 그어진 흰 선의 안쪽을 걷는 미치요와 친구들 바로 옆으로 아무런 짐도 싣지 않은 트럭이 지나갔다.

아키와는 말을 건 그날부터 같이 하교를 하였다. 수학여행도 같은 조, 집에 갈 때도 같이. 이제 미치요와 아키를 같은 그룹이라고 말해도 아무도 신기하게 생각하지 않는다.

"응, 안녕."

미치요는 이곳에서 오른쪽으로 길을 꺾는 아키에게 손을 흔들었다. 아키의 가족은 아파트에 살고 있다고 한다.

"안녕~."

항상 미치요를 쫓아다니는 아이들도 따라서 인사를 했다.

"아, 미안해. 잠깐만, 미치요."

아키는 어느새 미치요를 성이 아니라 이름으로 불렀다.

"뭔데?"

미치요는 아키 쪽을 돌아보았다. 초등학생용 가방인 란도셀 안에 들어 있던 필통이 움직이며 잘각잘각 소리를 냈다.

"저어…… 반주 말인데."

반주라는 그 말을 듣는 순간, 미치요는 순간 숨을 참았다. 시선도, 표정도, 전혀 변하지 않았을 것이다. 괜찮다고 자신을 다독였다.

"내 반주."

아키는 단단히 결심했다는 듯이 말했다.

"분명 미치요보다 많이 못할 거야……. 그러니까 충고해줄 게 있으면 꼭 말해줘."

아키는 실내화 가방의 손잡이를 양손으로 꼭 쥐고 있었다.

"나, 이사 온 지 얼마 안 된 데다 집에 피아노가 없어서, 별로 연습을 못 했거든……."

아침 합창 교류가 끝나고 미치요의 담임 선생님은 고개를 갸웃거렸다. 오늘은 남자아이들이 열심히 노래를 불렀다. 지금까지 아무리 말을 해도 제대로 노래하는 애들이 없었는데, 대체 무슨 일일까.

"알았어."

미치요는 침을 삼켰다.

"생각해볼게, 맡겨둬."

미치요가 그렇게 대답하자 아키의 굳었던 표정이 누그러졌다.

"다행이야. 고마워. 그럼 내일 봐."

아키는 가볍게 손을 흔들더니, 작은 다리로 연결된 길 쪽으로 걸음을 재촉했다. 실내화 가방이 좌우로 흔들렸다. 아키는 실내화 가방을 항상 가지고 다닌다. 그래서 아키의 실내화는 항상 새하얗다.

"가자."

미치요가 항상 자신을 따라다니는 두 사람에게 그렇게 말하자, 그들은 평소와 다름없이 종알종알 수다를 떨기 시작했다.

"있잖아, 오늘 앗코가 만화책 가져왔는데, 봤어? 난 봤어."

"진짜? 들키면 큰일 나잖아."

1, 2학년 때에는 집에 가는 길에 길가에 피어 있는 꽃을 꺾어 꿀을 빨아 먹기도 했지만 "그거, 개 오줌이 묻어 있을걸?"이라고 소타에게 놀림을 받은 이후로는 그런 일을 하지 않는다. 학교 가는 길에서 꽃의 꿀을 빨아먹으면 다른 사람의 비웃음거리가 될 뿐이다.

"아키."

아키와 헤어지고 두 번째 신호를 건넜을 때, 옆에 있던 한 친구가 말했다.

"반주 잘하더라."

미치요는 다시 한 번 순간적으로 숨을 참았다.

"맞아. 선생님도 칭찬하셨고."

평소대로 말하려고 했지만, 아주 살짝 말이 빨라졌다.

"근데……."

그중 한 명이 미치요보다 더 빨리 끼어들었다.

"나는 미치요가 더 잘한다고 생각해."

"나도. 미치요가 반주할 때 노래가 더 잘 나온다고 할까."

또 한 명도 무언가를 되돌리려는 듯 그렇게 말했다.

5월의 통학로는 그림자를 아주, 아주 길게 드리운다. 거인이 되어버린 자신의 그림자를 보니, 집으로 돌아가는 길이 계속해서 이어질 것만 같았다.

"미안, 잠깐 신발 끈 좀 다시 묶을게."

미치요가 자리에 웅크리고 앉자, 두 사람도 길을 멈춰 서있다. 미치요는 신발 끈을 다시 묶으면서 자신의 종아리 부분을 내려다보았다. 아키의 양말에서 거의 풀리려고 하던 리본이 조금 전에 보니 다시 꼬옥 묶여 있었다.

선생님뿐만이 아니다. 반 아이들도 말했다.

'오늘 평소보다 노래하기 쉬웠어. 노래를 잘할 수 있을 것 같은 느낌이 들었어.'

5학년 반에서 합창을 마치고 반으로 돌아오는 길에 아이들의 그런 목소리가 미치요의 귀에도 들어왔다.

나비묶기로 끈을 꽉 묶자 소타의 서선이 떠올랐다. 과학 실습 시간에 자석을 가까이에 대면 어떤 형태의 철가루라도 들러붙었다. 오늘은 내가 지휘를 했으니 모든 사람이 나를 보고 있어야 했다.

문득 손이 있는 곳에 그림자가 드리웠다. 항상 자신을 따라다니는 두 사람 중 한 명이라고 생각했는데, 그곳에는 아키모토 무쓰미가 있었다.

"왜?"

무쓰미는 대답하지 않았다. 아무 말도 없이, 구불거리는 앞머리 사이로 미치요를 가만히 보고 있었다.

"너 뭐해?"

항상 쫓아다니는 아이들이 말을 걸어도 무쓰미는 그 자리에 계속 서 있었다. 빛을 등지고 있어서 무쓰미의 표정은 보이지 않았다. 하지만 미치요는 생각했다.

'역시 못생겼어, 이 애는…….'

## 7

어제 창고에 납품된 신상품의 발송표가 오늘이 되어서야 겨우 도착했다. 바로 전표와 송장을 만들어 프린트한 뒤 발송표와 함께 가라키다에게 전달했다. 신상품은 점포 측의 판매 준비 기간을 확보해주어야 하기 때문에, 될 수 있으면 납품된 날에 발송해야 한다. 하지만 본사에서 수량을 전달해주지 않으면, 창고에서는 움직일 수가 없다. 연말연시를 대비해 패키지나 광고가 새롭게 단장된 상품도 잔뜩 도착해 가라키다가 통괄하는 현장팀은 요 며칠 굉장히 바빴다.

창고에서 사무실로 돌아오자 휴대전화에 유카의 라인 메시지가 도착해 있었다.

「퍼밀리어 사이트, 봤어?」

'집' 그룹 일원의 입장이 아닌, 개인적인 메시지였다. 게이코에게는 보여주지 못할 내용일 것이다.

「일단 게시판 체크해봐. 미치요의 의견을 듣고 싶어.」

퍼밀리어 사이트는 게이코가 관리한다. 원래 게이코가 운영하고 있던 것은 〈우리들만의 츠카사 님☆너무 멋진데 그게 왜요?〉라는 개인 블로그였는데, 정보량이 굉장히 많아서 그대로 퍼밀리어의 공식 사이트가 되었다.

미치요는 답변도 하지 않고 회사 메일 화면에서 바로 사이트 이름을 검색했다. 퍼밀리어 공식 사이트로 변경하면서 사이트 이름도 〈TsuKaSa Net〉이라고 변경하였다.

〈TsuKaSa Net〉에는 퍼밀리어가 모이는 게시판 외에도, 츠카사 님의 출연 작품 리스트, 유카가 담당하고 있는 칼럼, 지난 회보의 PDF 파일을 볼 수 있는 페이지가 있다. 링크 페이지에서는 퍼밀리어 멤버들이 개설한 개인 블로그에 접속할 수 있다.

우스키는 오늘도 외근이라 사무실에 없었다. 미치요는 자유롭게 마우스를 움직인다. 아키가 퍼밀리어에 오게 된 뒤부터, 많은 퍼밀리어 블로그가 아키에 대한 화제로 가득 찼다. 도내의 회사에서 일하는 아키는 퇴근 후에 여러 퍼밀리어 멤버들과 식사를 하는 등 깊이 교류하고 있었다. 퍼밀리어 멤버들의 블로그에는 아키와 찍은 사진을 업로드한 곳이 굉장히 많았다.

「오늘은 팬클럽 친구인 아키랑 점심을 먹었어! 직장이 가까워서 깜짝 놀랐다니까! 그보다 그 애, 어딘가…… 츠카사 님이랑 닮지 않았어~? (웃음)」

「밤에는 퍼밀리어 멤버들과 단합대회. 직장 이야기, 사랑 이야기, 팬클럽 활동……. 다 같이 있으면 나도 모르게 이런저런 일들을 진지하게 이야기하게 돼. 오늘은 이지마 씨의 서프라이즈 생일파티가 성공해 정말 즐거웠어! 츠카사 님이랑 닮은 아키가 대표로 선물을 사줬어~.」

「이제부터 한 번 볼게.」

유카에게 답변을 한 다음, 미치요는 〈TsuKaSa Net〉 게시판 페이지에 접속했다. 게시판은 보통 많은 글이 올라오지 않는다. 가입 희망자가 소심하게 글을 올리는 정도다.

게시판이라는 글자를 클릭하자 몇 초 후 화면이 익숙한 색으로 변했다. 미치요의 눈에 몇몇 글자가 날아 들어왔다. '눈앞에 수많은 정보로 가득 차 있어도 사람의 눈은 직감적으로 중요한 정보를 구별해낼 수가 있다'라는 어느 잡지에서 읽었던 내용이 화면에 떠올랐다

「제목 : 퍼밀리어 운영에 대한 제안
내용 : **몇 가지 제안이 있습니다만, 먼저 '평상복 폐지'를 제안합니다.**」

내용의 첫 번째 줄 글자는 볼드체로 되어 있었다. 미치요는 화면을 스크롤했다. 심장이 쿵쾅쿵쾅 뛰기 시작했다.

「평상복은 대체 무엇 때문에 입는 걸까요? 퍼밀리어의 결속을 위해서인가요? 하지만 이제 와서 우리들에게 그런 것은 필요 없다고 생각합니다. 다른 팬클럽에게서 노란색 옷은 자극이 너무 강해 무대에 집중하기 어렵다는 의견을 들은 적이 있습니다.」

글을 쓴 사람의 아이디를 확인한다. 〈퍼밀리어를 더 좋게 만드는 모임〉으로 개인 아이디가 아니었다.

「평상복이 무대에 서는 츠카사 님에게 힘을 북돋우기 위한 것이라면, 우리들은 평상복과는 다른 형태로 츠카사 님의 힘을

북돋아줄 수도 있다고 생각합니다. 여러분은 총감상회 날에 츠카사 님이 특히 더 기뻐하셨을 때를 알고 계시나요? 평상복이 아니라 노란 스톨을 목에 감고 있던 퍼밀리어 멤버에게 츠카사 님은 특별히 말을 걸어주셨습니다.」

글을 읽으면서 미치요는 생각했다. 사이트를 관리하는 게이코는 왜 이 글을 지우지 않았을까.

「즉 평상복이 아니라도 츠카사 님의 힘을 북돋울 수 있다는 것입니다. 노란 스톨처럼 각자가 좋아하는 츠카사 님과 관련된 아이템을 몸에 걸치면, 평상복의 역할을 충분히 대체할 수 있다고 저희들은 생각합니다. 옷을 갈아입어야 하는 등의 불편함도 고려해 우리들 〈퍼밀리어를 더 좋게 만드는 모임〉은 먼저 평상복을 폐지했으면 하는 바람입니다.」

게이코는 총감상회 날, 츠카사 님을 환송할 때 츠카사 님이 아니라 아키를 바라보고 있었다. 츠카사 님과 아주 닮은, 츠카사 님보다 훨씬 가까이에 있는 아키를 보고 있었다.

"이봐, 에사키."

신경을 직접 찔린 것처럼 미치요는 몸을 움찔했다. 어느새 우스키가 사무실에 돌아온 것이다.

"이봐, 이거. 메일 봤어?"

"아, 네."

건성으로 대답하면 미치요는 서둘러 회사의 메일함을 열었다. 제목을 보고 미치요는 "앗!" 하고 무심코 소리를 질렀다.

「추가 발송 물건에 동봉해주셨으면 하는 안내 자료 첨부를 깜빡했습니다.」

"연말연시 캠페인에 관한 안내겠지. 오늘 추가 발송 물량부터 동봉하지 않으면 큰일나겠는데. 따로 POP 광고도 보냈을 테니, 그 배치에 관한 설명 자료 아니야?"

우스키는 그렇게 말을 하고 난 다음, 책상 옆에 놓아둔 몇 가지 서류에 서명을 하기 시작했다.

"발송장은 벌써 가라키다한테 전달했어? 지금부터 이 자료도 같이 동봉할 수 있을 것 같아?"

"확인하고 오겠습니다."

미치요는 출력한 PDF 파일을 복사기에 넣었다. 추가 발송할 물건이 어느 정도인지 아직 알 수는 없지만, 적당히 200이라고 복사 매수를 설정하고, 그대로 창고가 있는 아래층으로 서둘러 내려갔다.

당황스러운 마음으로 읽어 내려갔던 게시판의 문장이 그제서야 머릿속으로 진하게 스며 들어왔다. 한 계단, 한 계단 내려갈 때마다 게시판의 문장과 퍼밀리어 블로그의 문장이 한데 뒤섞여 머릿속에 더 깊이 파고 들어왔다.

「직장 이야기, 사랑 이야기, 팬클럽 활동……. 다 같이 있으면 나도 모르게 이런저런 일들을 진지하게 이야기하게 돼.」

또 한 계단 내려간다.

「퍼밀리어를 더 좋게 만드는 모임」

두 번째 계단을 내려간다.

「오늘은 팬클럽 친구인 아키랑 점심을 먹었어! 」

세 번째 계단을 내려간다.

미치요는 계단을 계속 내려갔다.

「모두 다 같이 이야기를 나눈 일들이 헛되지 않도록 힘내자.」

네 번째 계단을 내려간다.

「퍼밀리어를 더 좋게 만드는 모임」

다섯 번째 계단을 내려간다.

「그보다 그 애, 어딘가…… 츠카사 님이랑 닮지 않았어~? (웃음)」

여섯 번째 계단을 내려간다.

그 일은 6학년 여름이 끝날 때 즈음이었다. 미치요는 처음으로 반장 선거에서 졌다. 새로 반장의 자리에 앉게 된 아이는 바로 그 아이, 아키였다.

"아세롤라 주스를 마시는군요?"

미치요가 그렇게 말하자, 가라키다의 머리에 감은 타월 끝이 살짝 움직였다.

"네에."

가라키다는 미치요를 보지도 않고 남은 주스를 모두 마셔 버렸다. 그의 목젖이 위아래로 움직인다.

"발송에 변경 있어요?"

자판기 옆 공간에는 L자형 벤치가 놓여 있었다. 가라키다는 L자형 벤치의 직각으로 꺾이는 곳에 앉아 있었다.

"오늘 발송하는 물품에 동봉해줬으면 하는 자료가 조금 전에 본사에서 도착했거든요. 나중에 동봉 수량을 복사해서 가져올게요."

미치요는 벤치에 앉지 않은 채 말했다.

"또 그 신입사원?"

미치요가 고개를 끄덕이기도 전에 가라키다는 한숨을 내쉬었다.

"나중에 동봉 자료를 보내는 게 대체 몇 번째야, 정말."

가라키다는 캔 뚜껑을 빙글빙글 돌리더니, 텅 빈 캔 안에 뜯어

낸 캔 뚜껑을 억지로 밀어 넣었다. 평소에 집에서도 그러는가 싶어 미치요는 그 손끝을 무심코 가만히 바라보고 말았다.

카랑. 스틸과 스틸이 부딪치는 소리가 들렸을 때였다.

"가라키다 씨?"

미치요 등 뒤에서 당당한 목소리가 들려왔다.

"오우."

가라키다가 손을 든다.

"뭐야, 또 전매 방지 넘버링? 알바 좀 데리고 와."

가볍게 웃는 가라키다의 목소리가 조금 높아진 듯한 기분이 들었다.

"응, 아이돌 포스터는 금방 인터넷에 나돌게 되니까."

당당한 목소리 외에 몇 명의 발 소리와 말 소리가 들려왔다.

"자, 좋아하는 거 사도 돼. 하지만 하나만 사야 돼."

"야호~."

천진난만하게 대답한 사람은 대학생 아르바이트생인 걸까. 가라키다가 캔을 쓰레기통에 버리고 천천히 일어섰다.

"그럼, 에자키 씨. 동봉 자료는 잘 부탁합니다. 자료 받을 때까지 다른 작업을 하고 있을게요."

스쳐 지나가며 그렇게 말한 가라키다는 창고로 돌아갔다.

"수고!"

미치요 등 뒤에 있는 사람에게도 그렇게 말을 걸었다.

미치요는 그 자리에게 움직일 수가 없었다. 왜 이 사람은 교실에서 나온 지 20년이 지나서야 이런 식으로 나타난 걸까.

"혹시 미치요?"

아키의 당당한 목소리가 들려왔다.

"어, 왜 이런 데 있어? 어라, 화장품 회사에서 일한다고 이지마가 그랬는데."

빠르게 말을 하던 아키가 무언가 눈치 챘는지 순간 입을 닫았다.

"둘 다 이제 작업 시작해도 돼. 나도 곧 갈 테니까."

"네에."

아르바이트생들은 느긋하게 대답을 하고는 자리를 떠났다.

미치요는 단어란 단어는 모두 잊어버린 것처럼 아무 말도 하지 않았다. 바로 근처에 살아 있는 사람이 둘이나 있는데, 자판기의 진동음만이 울려 퍼지고 있다.

"앉자."

아키는 지금에서 돈을 꺼내더니 '따뜻한 음료' 칸의 커피 버튼을 눌렀다. 미치요는 그 자리를 떠나지도 못한 채, 아키의 말대로 벤치에 앉았다. 자기도 모르게 조금 전까지 가라키다가 앉았던 자리는 피했다.

"깜짝 놀랐어. 이런 곳에서 만나다니."

아키는 그렇게 말하더니, 벤치에 앉아 다리를 꼬았다. 슬랙스 바지의 옷자락이 살짝 올라가 가는 발목이 드러났다.

"나, 지금 음반 회사에서 DVD 판촉 일을 하고 있어. 조금 전 아이들은 대학생 아르바이트."

아키는 그렇게 말하며 미치요에게 커피를 건네주었다. 두 캔을 뽑았나 보다. 미치요는 아무 말도 하지 않았다. 게시판에 적힌 내용, 가라키다와의 대화, 키키의 사원인 척한 일. 머릿속의 수많은 생각이 손 안의 커피보다 몸을 뜨겁게 달구었다.

"우리 DVD 재고도 일부는 여기서 관리하고 있거든. 창고에 올 일은 그다지 많지 않지만."

아키는 후우 하고 숨을 내쉬었다.

"오늘은 알바들 데리고 초회 특전 포스터 넘버링 때문에 왔어. 한류 아이돌의 라이브 DVD인데, 이게 또 잘 팔리거든. 특전이 인터넷 옥션 같은 데 먼저 출품되면 팬이 항의해서, 결국 내가 혼나고 말아."

미치요는 커피캔을 쥔 손에 계속해서 힘을 주었다. 굉장히 뜨거웠지만 손에서 힘을 뺄 수가 없었다.

"아, 다 팔렸다."

아키는 커피를 한 모금 마시더니 그렇게 중얼거렸다. 가장 위쪽 단의 오른쪽 끝. 아세롤라 주스의 구입 버튼에 매진이라는 문자가 빨갛게 빛나고 있다.

"가라키다 씨, 최근에 저 음료수에 완전히 빠져 있대."

캔에 적혀 있던 아세롤라라는 글자가 빨갛게 반짝반짝거렸다. 조금 전 가라키다가 마셨던 게 마지막이었을까.

"그러다 현장팀에도 유행이 번져서, 이것만 항상 매진이래."

그 귀여운 캔이 가라키다의 모습과 너무나 어울리지 않아서, 미치요는 신기한 생각이 들었다. 의외의 일면을 볼 수 있어 기쁘다는 생각까지 들었다.

"전에 여기서 쉬고 있었는데 가라키다 씨가 왔거든. 그때 꽤 이야기를 많이 했어."

미치요는 갈라진 콘크리트 벽을 바라보았다.

아세롤라와 가라키다. 나에게는 의외의 발견이었는데, 이 아이에게는 신기하거나 이상한 조합이 아니었던 걸까.

"가라키다 씨는 어린아이처럼 꼭 캔 뚜껑을 떼어낸다?"

"네가 온 뒤로 계속 이상해지고 있어."

이 말을 하자 커피의 온도가 확 올라간 듯한 기분이 들었다.

"모든 게 잘되고 있었는데. 퍼밀리어도, 전부 다."

검은 액체의 열기가 물집투성이인 손가락 피부를 조금씩 아프게 만들었다.

"네가 평상복을 입고 오지 않으니까. 스톨 같은 걸 하고 오니까……."

"미치요."

아키가 말하자, 미치요의 몸에 더욱 힘이 들어갔다.

열기가 손가락의 살 속까지 파고들었다.

"초등학교 때랑 똑같네."

아키는 그렇게 말하며 남은 커피를 단숨에 마셔 버렸다.

"나, 미치요를 보면 옛날이 생각나."

아키는 벤치에서 일어서면서 말했다.

"특히 수학여행날 밤의 일이……."

아키의 긴 손가락이 텅 빈 캔에서 떨어졌다.

"미치요는 이 세계에서도 반장인 것처럼 행동하는 거야?"

캔이 쓰레기통에 떨어졌다. 생각했던 것보다 큰 소리가 갈라진 콘크리트의 벽에 부딪쳐 퍼져 나갔다.

## 8

미치요는 그날, 백 점 벨마크(마트에서 벨마크가 있는 물건을 사서 벨마크만 모아 학교 자치회에 제출하면, 벨마크를 붙인 회사의 협력을 받아 학교 비품을 구입하고, 일부를 장애인 학교나 노인 학교 등에 기부한다. – 옮긴이 주)를 처음으로 보았다.

"앗, 이게 뭐야?"

소타가 아키의 책상 위에 손을 스쳐 갔다.

"앗!"

아키가 작게 소리를 냈지만 소타는 전혀 개의치 않는다.

"백 점이라니, 진짜냐? 대박 아냐, 완전 무적이잖아."

소타는 백 점 벨마크를 손가락에 붙인 채 교실의 형광등에 비쳐 보았다.

"야, 아키가 싫어하잖아."

소타는 미치요의 강한 어조에 힘을 얻었다는 듯이 씨익 웃으며 몸을 돌려 뛰었다.

"아키한테 돌려주라니까."

미치요는 그런 소타를 쫓아갔다.

"나 잡아 봐라, 나 잡아 봐라."

이렇게 도발하는 소타는 아직 여름이 되지도 않았는데 몸이 새카맣게 탔다. 소타는 중학교에 다니는 형에게 손질을 받는지 눈썹이 가늘어져 있었다.

"반장인 주제에 발은 느리네."

그렇게 웃는 소타에게 다른 여자아이들은 점점 더 말을 걸기 어려워했다.

매주 목요일에 각 가정에서 가지고 오기로 되어 있는 벨마크는 반복되는 학교생활에 약간의 활력소가 되었다. 남자아이들은 마치 카드게임을 하듯이 누가 더 점수가 높은 벨마크를 가지고 있는지 겨루었고, 여자아이들은 누가 더 예쁘게 벨마크 부분을 오려내는지 겨뤘다.

벨마크는 아침 조회시간에 모은다. 아키가 가지고 온 백 점짜리 벨마크를 약삭빠르게 발견한 사람은 미치요에게 항상 붙어다니는 아이 중 한 명이었다.

"새로 이사했다고 아빠가 피아노를 사주셨어. 전자피아노지만…….”

아키는 조금 부끄러워하면서도 미치요에게도 그 벨마크를 보여주었다. 100, 벨마크에 분명이 그 숫자가 적혀 있었다.

“아키, 자. 이젠 뺏기지 않게 조심하자.”

미치요는 소타에게 되찾아온 벨마크를 아키에게 돌려주었다. 아키는 “고마워~”라고 말하며 그것을 받아들더니, 칠판에 자석으로 고정되어 있는 커다란 봉투 쪽으로 걸어갔다. 그리고 백 점짜리와 다른 벨마크 몇 장을 아무런 주저 없이 그 봉투 안에 집어넣었다.

“아아, 저걸 가지고 있으면 무적인데.”

소타가 남자아이들을 쳐다보며 입술을 삐죽였다.

“소타, 다른 친구의 벨마크를 뺏는 건 금지라고 네가 그랬잖아.”

“그치만 백 점이잖아.”

소타가 봉투 안에서 백 점짜리 벨마크를 찾으려고 했지만, 다른 애들이 가져온 것들과 섞여서 어디에 있는지 찾을 수가 없었다. 소타와 그 친구들은 매주 목요일 제일 벨마크의 점수가 제일 높은 사람에게 급식 디저트를 몰아주는 그런 게임을 하고 있다.

“미치요, 대단하다. 소타하고 그렇게 말을 할 수 있다니.”

미치요를 항상 따라다니던 아이들이 그렇게 말을 하면서 자기가 가져온 벨마크를 봉투에 넣으러 갔다. 소타의 가는 눈썹은 절대 잘못된 방향을 가리키는 법이 없는 나침반처럼, 반 아이들을 휘어잡았다.

6학년이 된 뒤로 서서히, 여자아이들 눈에 소타에 대한 두려움이 서리기 시작했다. 이제 곧 입학하게 될 중학교에 소타의 형이 다니고 있기 때문에, 이미 그것만으로도 소타는 큰 힘을 얻은 것처럼 보였다.

새로운 벨마크와 함께 아키의 집에 배달된 전자피아노는 헤드폰이 있어서 밤에도 마음껏 피아노 연습을 할 수 있다고 한다. 아키는 미치요를 안심시켜 주려는 듯이 말했다.

"나, 더 열심히 반주 연습해둘게."

음악 수업이나 합창 교류가 끝날 때마다 아키는 미치요를 불러 세웠다.

"여기를 이렇게 치면 어떨까? 여기서 한 번 피아니시모로 하면 어떨까? 그럼 더 좋지 않을까? 내 피아노 실력은 아직 한참 모자라니까, 미치요의 의견을 듣고 싶어."

아키의 입에서는 우리 반의 합창을 더 좋게 하기 위한 제안들이 잇따라 흘러나왔다. 미치요는 "그 정도면 충분하지 않아?"라고 어쩐지 차갑게 대답할 수밖에 없었다. 아키가 하는 말을 미치요는 잘 이해하지 못했다. 하지만 확실히, 연습하면 할수록 합창 실력이 더 향상된다는 사실이 피부로 느껴졌다.

아키가 피아노 악보에 무언가를 적을 때, 샤프펜슬의 마개 부분에 달려 있는 체인 같은 무언가가 반짝거리며 흔들렸다. 엄마가 문방구에서 일을 하기 때문인지 아키는 반 아이들과는 조금 다른 모양의 학용품을 가지고 다녔다. 육각형 연필이 아니라 색이 예쁜 샤프펜슬, 직사각형 필통이 아니라 어른들이 들고 다니는 포치 같은 필통.

훌륭한 피아노 실력, 백 점짜리 벨마크, 혼자만 가지고 있는 학용품 그리고 제일 예쁜 외모. 문득 정신을 차리고 보니 어느새 아이들은 아키를 화제에 올리는 일이 많아졌다.

미치요는 학급활동시간을 계속 기다렸다. 자신이 교단 앞에 서고, 아키가 다른 아이들과 같은 조건으로 되돌아오는 시간을 말이다.

"각 조는 수학여행 안내서 담당 페이지를 다 끝낸 다음, 자유시간에 뭘 할지 계획을 짜주십시오. 담당 페이지가 아직 끝나지 않은 조는 오늘 중으로 저나 수학여행 안내서 작성 위원회의에게 제출해주세요."

미치요가 그렇게 말하자, "네에" 하고 반 아이들이 건성으로 대답했다. 선생님이 무슨 말씀을 하실 때에도 반 아이들의 대답은 이 정도에 불과하다.

수학여행을 갈 때까지, 일주일에 한 번 있는 학급 활동은 모두 수학여행에 관한 작업으로 채워졌다. 각 조에 할당된 수학여행 안내서 페이지를 작성하고, 그게 끝난 뒤에야 겨우 자유시간에 무엇을 할지 계획을 세울 수 있다. 자유시간 계획은 최종적으로 선생님의 확인을 받아야 한다.

서로 맞댄 책상 위에 다양한 종이와 펜이 펼쳐져 있다. 마지막 정리를 할 때는 책상과 책상 사이의 틈 때문에 글을 망치지 않게 조심해야 한다.

반 아이들 중 뜻이 있는 아이들이 결성한 수학여행 안내서 작성위원회는 자신들의 조에 할당된 페이지 외에도 수학여행 안내서의 표지나 준비물 페이지, 보너스 페이지 등을 작성해야 한다. 필요한 정보가 제대로 다 들어가면, 글자체를 좋아하는 형태로 바꾸거나, 일러스트를 그려 넣기도 한다. 뜻이 있는 아이들, 말은 그렇지만 결국 멤버는 모두 여자아이들이다.

학급활동시간이 되면 대부분의 남자아이들은 교실 밖으로 나간다. 조별 페이지도 완성되지 않았는데, 종이 울리자마자 선생님이 안 계신 도서실로 쏜살같이 달려간다. 그렇다고 교실에 남아 있는 남자아이들이 진지하게 수학여행 안내서 작성을 도와주냐면, 그렇지가 않다. 대체로 낙서를 하거나, 커튼 안에 친구를 넣어 놓고 장난을 치기 바쁘다. 왜 남자들은 포스터나 글쓰기를 잘하지 못하는 걸까. 미치요는 항상 신기하게 생각했다. 한 페이지에 어느 정도의 정보를 넣으면 딱 알맞은지 남자아이들은 전혀 짐작이 안 되는가 보다.

수학여행 안내서 작성위원회의 리더는 미치요다. 그리고 미치요가 속한 곳에는 항상 쫓아다니는 두 명도 반드시 있다. 그 흐름으로 같은 조에 속한 아키와 무쓰미도 수학여행 안내서 작성위원회 멤버가 되었다.

"어? 그거. 직접 그린 거야?"

아키가 입에 손을 대고 의자에서 벌떡 일어섰다. 등을 둥글게 말고 열심히 일러스트를 그리던 여자애 둘이 쑥스러운 듯이, 하지만 어딘가 자랑스러운 듯이 웃었다.

"대단하다, 굉장히 잘 그려!"

아키가 자신의 책상에서 몸을 앞으로 내밀었기 때문에, 미치요의 책상까지 조금 움직였다. 결국 볼펜이 미끄러져 글자가 약간 흐트러지고 말았다. 미치요는 수정펜을 상하로 흔들며 따닥따닥 소리를 냈다.

미치요와 아키, 무쓰미와 함께 수학여행 안내서 작성위원회에 참가한 여자애 둘은 언제나 교실 구석에서 일러스트를 그리고 서로 보여주는 아이들이었다. 이 두 사람은 계속 수학여행 안내서의 여백에 싣기 위한 일러스트를 열심히 그리고 있다. 종이 위의 여자아이들은 모두 만화에 나오는 고등학생들처럼 교복을 입고 웃고 있었다. 옷깃에는 커다란 리본이 달려 있고, 미니스커트 아래로 뻗어나온 다리는 늘씬하고 길다. 소프트 아이스크림이나 어른이 가지고 다닐 만한 커다란 카메라를 들고 있는 걸 봐도, 자신들을 그린 것은 아니었다.

이 아이들은 분명히 읽기 쉬운 수학여행 안내서를 만들고 있는 게 아니었다. 미치요는 생각했다. 배경이나 그리기 어려운 신발 같은 부분은 보이지 않는 가상공간에 넣어두고 예쁜 부분만을 잘라낸, 그런 일러스트를 그리고 싶을 뿐이다.

미치요는 흰 수정액에 후우후우 입김을 불어 넣었다. 연필로 그린 밑그림을 지우개로 지우는 작업은 항상 붙어다니는 두 명이 해준다. 수정액 부분은 지우개로 너무 세게 지우지 않도록 조심해야만 한다.

일러스트는 작성위원회에 참가한 둘, 연필로 밑그림을 그리는 사람은 항상 미치요에게 붙어 다니는 둘, 글자를 깨끗하게 다시 쓰는 사람은 미치요. 미치요가 그렇게 하자고 한 것도 아닌데, 자연히 이렇게 일을 분담하게 되었다. 그 결과 조마다 할당된 페이지는 아키와 무쓰미가 담당하게 되었다.

미치요는 아주 정성스럽게, 아주 조심스럽게 볼펜을 움직였다. 수학여행 전날, 모두가 한 번은 꼭 읽을 준비물 페이지다. 지도, 필통, 손수건, 티슈. 이 페이지가 끝나면 미치요는 드디어 표지에 손을 댈 생각이다.

모두가 반드시 보게 될 수학여행 안내서의 표지는 반 아이들뿐만 아니라 아이들의 부모님, 선생님도 반드시 보게 되는 부분이다.

"아키."

미치요는 아키를 부르고는 후우 하고 숨을 내쉬었다.

"조마다 제출해야 하는 페이지, 아직 제출하지 않은 조는 어디야?"

예쁘면서도 실수가 없게 계속 글씨를 쓰다 보면, 몸이 굉장히 지친다. 미치요는 깨끗하게 써내려간 페이지를 들고 전체적으로 다시 한 번 확인해보았다. 예쁘고 읽기 쉬운 글씨이다.

"거의 대부분 다 제출했는데, 잠깐만."

아키가 각 조에서 모은 용지를 확인해보았다.

"여자애들 조는 다 제출했고, 우리들 조도 이제 곧 완성되니까……. 아마 남자애들도 다 냈을 거야."

아키는 어미를 길게 늘어뜨리며 말했다.

"앗! 저기, 미치요."

아키가 갑자기 살짝 다급하게 말했다. 가는 목이 이쪽을 돌아보는데, 빙글 하고 장난감 같은 소리가 나는 듯했다.

"수학여행 안내서 표지, 무쓰미한테 그려 달라고 하면 안 될까?"

"응?"

아키는 종이 한 장을 손가락으로 집었다.

"이거 봐. 무쓰미 글씨를 굉장히 잘 써."

예쁘게 깎은 과일 껍질을 펼쳐놓은 듯이 아키는 자랑스러운 얼굴로 종이를 앞으로 휙 내밀었다.

"글씨 말고도 그림이라든가 글자를 예쁘게 잘 꾸미기도 해. 미치요, 다른 페이지도 덧그려서 많이 힘들 테니까, 표지 정도는 무쓰미한테 해달라고 하자."

"대박."

미치요를 쫓아다니는 아이 중 한 명의 목소리가 미치요의 귀를 간질였다. 귀여운 글자에는 그림자까지 붙어 있어, 글자 하나하나가 입체적으로 떠올라 있는 것처럼 보였다. 균형 잡히게 글자가 배분되어 있어서 절 하나하나의 역사가 매우 눈에 잘 들어왔다. 글씨는 마치 교과서에 실려 있는 것처럼 아름다웠고 여기저기 그려 놓은 멍한 불상 일러스트는 매우 사랑스러웠다.

무쓰미는 부끄러운 듯이 고개를 숙였다. 자유롭게 구불거리는 머리카락은 비에 젖은 개의 털 같았다. 그 겸손해 보이는 행동에 미치요는 가슴 속 심장의 털이 거꾸로 서는 듯했다.

"저어, 무쓰미가 해주는 게 미치요도 더 편하지 않을까?"

미치요를 어느새 성이 아니라 이름으로 불렀듯이, 아키는 어느새 무쓰미도 이름으로 불렀다.

"봐, 손도 벌써 지저분해졌잖아."

아키는 불쑥 미치요의 오른쪽 손목을 잡았다. 새끼손가락부터 손목에 걸쳐 연필의 흑연이 묻어 검게 변해 있었다.

"피아노 반주는 내가 도울 테니까, 수학여행 안내서는 무쓰미한테 도움을 받는 게 좋아. 미치요는 뭐든지 혼자서만 하려고 해서 탈인 것 같아."

"저기."

자신도 모르게 낮아진 목소리를 미치요는 가다듬었다.

"저쪽 조는 수학여행 안내서, 제출했어? 그 있잖아, 거기."

미치요는 새삼 기억을 떠올리는 척했다.

"소타네."

미치요가 그렇게 말하자, 열심히 일러스트를 그리고 있던 여자

애 둘이 힐끔 교실 구석 쪽을 이리저리 살펴보았다. 그 둘은 반의 여자아이들 중에서도 특히 소타를 무서워하는 듯이 보였다. 교실 구석에서는 책상이 모여 있을 뿐이었다. 책상 위에는 종이도 펜도 없었고, 책상의 주인도 없었다. 소타네 조는 오늘도 또 자료를 모은다는 명목으로 도서실에 놀러간 모양이었다.

"오늘 중으로 제출하라고 했는데, 어쩔 수 없네. 소타는 항상 이런 걸 제대로 하지 않더라."

미치요가 일어서자 항상 미치요에게 붙어다니는 두 명이 의자를 조금 비켜서 길을 열어주었다. 아주 자연스런 동작이다.

"잠깐 도서실에 다녀올게."

그렇게 말하며 미치요 혼자 교실을 나왔다.

짝짝. 걷기가 힘들었다. 고무로 된 실내화 바닥이 리놀륨 복도를 꽉꽉 하고 조금씩조금씩 찌그러뜨렸다.

반장.

과학 실험.

철가루.

반주.

수항여행 안내서 표지.

무쓰미.

잘되어 갔는데……. 계속, 그 교실 안에서…….

"자, 난 지금 도서실에서 나왔으니까 세이프, 세이프!"

갑자기 도서실 문에서 소타가 튀어나왔다.

"으악!"

순간적으로 날라오는 무언가를 피하려고 몸을 비틀었다. 슬리퍼다. 도서실 안에서 날아온 슬리퍼가 소타가 아니라 복도의 벽에 부딪쳤다. 안에는 사서 선생님도 안 계신 걸까. 남자아이들이 멋대로 시끄럽게 떠드는 소리가 들렸다.

"뭐야."

그 자리에 못이 박히듯이 서 있는 미치요를 소타가 뒤늦게 알아챘다.

"째려보지 마."

모두가 무서워하는 이가라시 소타. 요즘엔 눈썹이 얇아졌을 뿐만 아니라, 머리카락도 갈색으로 변해 있었다. 중학생 형에게서 머리 색을 바꾸는 방법이라도 배운 걸까.

"반장?"

소타가 순간 진지한 표정을 지었다. 그 일러스트만 그리는 두 사람도, 무쓰미와 아키도 이렇게 소타와 정면으로 바라볼 수 없다.

"이가라시."

'수학여행 안내서, 제출해야지.'

그렇게 말할 생각이었다. 하지만 조금 커다란 T셔츠 위로 쑥 뻗어 나온 목과 그 한가운데에 튀어나온 작은 목젖을 보고 있자니 전혀 다른 말이 미치요의 입에서 새어 나왔다.

"수학여행 자유시간 때, 우리 조랑 같이 다니자."

도서실의 문이 안쪽에서 닫혔다.

'제3 라운드, 시작~!'

그런 목소리가 문 너머에서 들려왔다.

"자유시간에? 너희 조랑?"

복도에 남게 된 소타는 양말만 신은 오른발 발끝으로 왼발 종아리를 긁었다. 미치요는 자신이 왜 이런 말을 했는지 알 수 없었다. 하지만 신기하게도 태도가 매우 당당했다.

소타는 미치요를 보고 있다. 이 아이는 이마가 좁다. 미치요는 그런 생각을 했다.

"너희 조 멤버는 누군데?"

가는 눈썹의 움직임과 함께 좁은 이마도 살짝 주름이 졌다.

"나랑."

미치요는 침을 꿀꺽 삼켰다.

"항상 같이 다니는 삿짱이랑 유코 그리고 무쓰미랑."

"아키모토 무쓰미? 으엑~."

소타는 토하는 시늉을 했다. 창밖에는 우주와 이어져 있는 듯한 푸른 하늘이 펼쳐져 있고, 그에 비하면 소타의 동작은 아주 귀여워 보이기만 했다.

"그렇게 말하면 안 되잖아."

"그치만 아키모토 무쓰미라면……. 걔랑 어떻게 같이 다녀."

이렇게 말하고 도서실로 돌아가려는 소타의 움직임이 순간 딱 멈췄다.

그때 등 뒤에서 목소리가 들려왔다.

미치요는 푸른 하늘 저 너머에 있는 우주에 그대로 빨려 들어갈 것만 같은 기분이 들었다.

"미치요."

멀리서 자신을 부르는 소리, 미치요.

"자유시간 때…… 알았어, 그러지 뭐."

미치요가 무언가를 말하기도 전에 소타가 그렇게 말했다. 그때 소타의 목이 조금 대각선으로 기울었다. 미치요는 그 목의 각도를 본 적이 있었다.

"미치요."

자신을 부르는 목소리가 확실하게 들렸다. 미치요는 뒤를 돌아보았다.

"미안, 이가라시네 페이지도 있었어."

그곳에는 흰 종이를 들고 서 있는 아키가 있었다.

"벌써 제출했었나 봐."

미치요네 조와 비교하면 공백이 매우 많은 그 종이는 분명히 소타네 조가 제출한 것이었다. 그때도 소타는 살짝 목을 뻗으며 지휘자 너머에서 피아노를 치는 아키를 바라보고 있었다.

"미안해, 조금 전에 내가 미처 못 봤나 봐. 하아, 하아~."

작은 입으로 숨을 내쉬면서, 아키가 양 무릎에 손을 대고 몸을 지탱하고 있다. 작은 손바닥이 더 작은 무릎을 가리고 있었고, 더 더 작은 미치요의 마음은 불에 구운 마시멜로처럼 순식간에 녹아

버렸다.

미치요는 앞을 바라보았다.

소타는 이미 도서실로 들어가고 없었다.

## 9

이지마의 가는 손가락이 검은 무선 마우스를 감싸고 있다. 게이코가 가지고 온 노트북에는 언젠가 만들었던 퍼밀리어 오리지널 츠카사 님 스티커가 붙어 있었다.

"다음, 가도 돼?"

게이코의 목소리에 미치요는 아무 말 없이 고개를 끄덕였다. 이지마의 손가락이 살짝 움직여 딸각, 하고 손톱을 깎는 듯한 소리를 냈다. 몇 초 후, 컴퓨터 화면이 전환되었다.

「전부터 생각했는데, 통일된 옷 색깔이 노란색이라니, 좀 그렇지 않아? 역시 너무 눈에 띄잖아. 아니, 츠카사 님 입장에서는 눈에 띄는 게 낫겠지만. 옷을 갈아입을 시간이 없을 때라든가, 이렇게 색이 화려한데 집까지 입고 가라고? 그런 생각이 든다고 할까……. 이런 생각을 하는 사람은 혹시 나 혼자? (웃음)」

몇 개인가 늘어선 탭을 이지마가 순서대로 클릭했다. 그때마다 익숙한 블로그 화면이 눈앞에 나타난다. 모두 보여주고 싶은 날짜의 기사를 이미 띄워 놓은 듯했다. 기사에 따라서는 댓글란까지 보여주고 싶은지, 이지마는 화면을 아래로 아래로 스크롤해 내려가기도 했다.

「YUMIKO : 응~, 그건 그래. 뭔가, 그러니까, 학교처럼 규칙을 잔뜩 정할 필요는 없을 것 같아. 나도, 그런 생각을 했거든. 미~짱만 그렇게 생각하는 거 아니니까 안심해! (웃음)
미~짱 ››› YUMIKO : 댓글 고마워! 좀 안심이 되네~. 평상복은 단결! 그런 느낌이라 싫지는 않지만, 그 스톨을 한 애를 보니, 저런 것도 괜찮지 않을까, 생각이 들었어.」

테이블을 사이에 두고 맞은편에는 게이코와 이지마가 앉아 있다. 게이코는 아까부터 노트북 화면의 각도가 잘 보이도록 조정해주고 있었다.

뜨거웠던 커피가 점점 식으면서 그저 쓰디쓴 음료수로 변해갔다. 미치요는 메말라가는 입안의 감각을 지우기 위해 커피가 아니라 물을 마셨다.

퍼밀리어를 더 좋게 만드는 모임. 그 모임과 대화의 장을 마련하지 않겠는가. 이틀 전에 게이코에게서 그런 연락을 받았다. 대화를 하려면 빠를수록 좋아. 별로 내키지 않아 하는 미치요나 유카에게 게이코는 몇 번이나 연락을 해왔다.

퍼밀리어를 더 좋게 만드는 모임.

미치요와 유카 이외의 퍼밀리어 멤버들.

"물을 더 따라 드릴까요?"

흰 셔츠의 단추를 끝까지 채운 웨이터가 각각의 컵에 물을 더 따라 주었다. 아직 커피가 조금 남아 있는 커피 잔은 치우려고 하지는 않았다. 미치요는 오래 전에 이 웨이터가 역 앞에서 길가에 담배를 버리는 모습을 본 적이 있다. 항상 '집'의 멤버가 이용하고 있는 카페는 오늘 유난히 손님이 적어 보였다.

"글을 읽어 보고 무슨 생각이 드셨나요?"

이지마가 그렇게 재촉하자 게이코가 자신의 휴대전화를 이쪽으로 내밀었다. 화면에는 어떤 문자가 표시되어 있었다. 꽤 긴 글인데도 문단을 나누지 않고 쭉 써내려간 걸 보면 휴대전화를 사용하는 데 익숙지 않은 사람이 보낸 문자인 듯했다.

미치요는 아무 말 없이 그 휴대전화를 받아 들었다.

"이건 한 퍼밀리어 멤버가 보낸 문자입니다."

이지마는 무언가를 얼버무리듯이 말하더니, 또 물을 한 잔 마셨다. 아니, 컵에 입을 대기는 했지만 실제로는 마시지 않았을지도 모른다. 단지 잠깐의 틈을 메우기 위해, 몸을 움직이고 싶었을 게 틀림없다.

그 공손한 말투에서, 이 문자를 누가 보냈는지 미치요는 바로 알 수 있었다.

'모든 공연을 엄청나게 연구하셨나 봐요, '집' 여러분은.'

총감상회 날의 환송 때에 그녀는 평소처럼 미치요에게 그렇게 말했다. 퍼밀리어 중에서도 가장 나이가 많은 그녀는 휴대전화를 잘 다루지 못한다.

문자의 내용은 공헌 포인트제를 폐지해달라는 이야기였다.

자신에게는 곧 손자가 태어난다. 맞벌이 하는 아들 부부를 도와주고 싶기 때문에 앞으로는 지금까지처럼 도심에 있는 극장에 자주 드나들 수 없게 된다. 자신의 친구 중에도 경제적, 가정 사정 등으로 활발하게 활동하지 못하는 사람도 있다. 퍼멀리어 전체의 제도를 재검토할 좋은 시기라고 생각한다.

게이코를 '집'의 멤버로 선출할 때 가장 반대했던 사람이 그녀였다. 그런 그녀가 지금, 게이코에게만 연락을 한 것이다.

"읽었어?"

게이코의 질문에 미치요는 아무 말 없이 고개를 끄덕였다. 휴대전화는 게이코의 크림빵 같은 손바닥 안으로 사라졌다.

"미안, 전화가 길어져서."

머리 위에서 나는 소리를 듣고서야 미치요는 비로소 자신이 고개를 숙이고 있다는 사실을 깨달았다.

"아키."

게이코의 마음이 놓인다는 듯한 목소리가 들렸다.

"이야기를 다 맡겨둬서 미안해. 전화가 또 걸려올지도 모르지만……."

아키는 그렇게 말하더니, 손에 들고 있던 휴대전화를 뒤집어 테이블 위에 올려두었다.

"일은 좀 괜찮아?"

그렇게 묻는 게이코에게 "내일 해도 괜찮은 일이니까" 하고 아키가 가볍게 대답했다. 아키는 오늘도 레몬옐로 스톨을 매고 있다. 평상복과 비슷한 노란색이지만, 이쪽 노란색은 직장에 입고 가는 옷에도 잘 어울렸다. 평상복은 절대로 직장에 입고 갈 수 없다.

아키가 돌아오자, 은색 주전자를 든 웨이터가 테이블로 다가왔다. 물이 전혀 줄지 않았다는 사실을 확인한 웨이터는 마치 이곳이 원래의 목적지가 아니었다는 듯이 다른 테이블로 걸어갔다.

의자에 앉은 아키가 후우, 하고 숨을 내쉬고 스톨을 다시 가다듬었다. 게이코가 힐끔 아키의 옆모습을 바라본 후 테이블 가운데에 놓은 노트북을 옆으로 치우며 말했다.

"나, 계속 생각해왔던 건데 말을 못했었어."

목소리가 작다.

"오늘 이야기는 그냥 제안이라 생각하고 들어줘."

미치요는 가만히 익숙한 그 시선을 마주 보았다. 아키가 돌아와도 케이코의 얼굴은 여전히 아래를 향해 있었다.

"퍼밀리어의 이 제도, 바꿔야 할 점이 많다고 생각해."

게이코는 고개를 숙이면 턱살에 주름이 잡힌다. 미치요는 이 장소에서 저 주름을 얼마나 봐왔는지 알 수도 없다.

"다들 얘기하는 평상복도 그래. 츠카사 님이 노란색 평상복을 강력하게 원하시는 게 아니면, 굳이 이 색으로 맞춰 입을 필요는 없는 게 아닐까 하고 생각했어."

추가로 발주한 평상복의 색이 조금 달라졌을 때, 미치요가 부탁한 수량과 게이코가 확보한 티켓 수가 달랐을 때, 총감상회 날에 츠카사 님 환영 인파를 제대로 통제하지 못해 감상회 전날 퍼밀리어 멤버들 분위기가 험악해졌을 때.

"게다가 다른 관객들이 노란색 일색이라 너무 강렬해서 무대에 집중하지 못하겠다고 항의도 하는데, 미치요는 알고 있어?"

언제나 게이코는 미치요의 맞은편에 앉아 사과했다. 미치요는 그때마다 고개를 숙이고 있는 게이코의 턱에 생긴 완만한 주름을 바라보았다. 지금 게이코 옆에는 이지마가 있고, 그 옆에는 아키가 있다. 그 등 뒤에는 많은 퍼밀리어 멤버의 그림자가 보였다.

"이런 방식으로 지금까지 퍼밀리어는 잘 운영되어 왔잖아."

유카가 팔짱을 풀고 손을 테이블 위에 올렸다. 조금 긴 손톱이 캉 하는 소리를 낸다.

"나는 평상복이라든가, 공헌 포인트제 덕분에 지금까지 잘 운영되어 왔다고 생각하는데."

"츠카사 님도."

게이코가 유카의 말을 가로막았다.

"자신의 팬에게 순위를 매기고 싶진 않을 거야."

게이코가 고개를 들었다. 턱의 주름이 사라졌다고 미치요는 생각했다.

"난 계속 그렇게 생각해왔어, 진심으로."

치사하다. 외모가 뛰어나지 않고, 순수함만이 장점인 마음 약한 사람이 벌벌 떨면서도 동료들의 힘에 기대어 맞대응해오다니……. 마치 그 안에 진실이 있는 것처럼 보인다. 지금까지 주장이 약했던 사람이 눈물을 머금으며 호소하면 압도적인 힘을 발휘한다. 하지만 그런 시시한 뮤지컬 같은 일은 실제로 일어나지 않는다.

미치요가 게이코를 '집'의 멤버로 선택했을 때, 퍼밀리어에서 가장 나이가 많았던 그녀는 혐오감을 드러냈다.

'그 아이가 정말로 '집'에 어울릴까. 그 애 좀 둔해 보이던데. 츠카사 님을 적절하게 도와줄 수 있을까.'

"그래, 츠카사 님을 아주 잘 알고 있고, 많은 돈을 쓸 수 있는 그런 사람이 좋은 자리를 차지해야 할지도 몰라. 하지만 아무리 애정이 있어서도 도저히 츠카사 님을 위해 돈과 시간을 투자할 수 없는 사람도 있어."

게이코를 '집'의 멤버로 발탁한 뒤부터 퍼밀리어에서 '집' 그 자체에 대한 비판은 눈에 띄게 줄었다. 게이코 개인의 둔한 행동에 퍼밀리어 멤버들의 시선이 집중되었기 때문이다. 미치요는 그때마다 은근히 게이코를 지켜주었고, 큰 일을 하지 않고도 스스로의 평가를 높이는 데 성공했다.

"미안해. 유카와 미치요에게 이런 말을 해서. 하지만 나뿐만이 아니라, 이런 생각을 하는 사람들이 굉장히 많은가 봐."

살집이 잔뜩 붙은 목, 그림책에 나올 것만 같은 디자인의 옷과 손목시계, 신발. 머리가 안 좋고, 일도 안 하고, 평상복 하나 제대로 관리 못하는 전업주부. 내가 발탁해주지 않았으면 너는 지금도 분명히 어떤 그룹에도 들어가지 못했을 거야.

"이상해."

게이코가 아닌 다른 목소리가 들려 미치요는 정신이 번뜩 들었다.

"츠카사 님을 가장 잘 아는 사람, 가장 공헌을 많이 한 사람을 더 우대하다니."

아키가 말했다. 그 사실을 인식했을 때 테이블 끝으로 옮겨둔 노트북의 화면이 검게 변했다.

"꼭 학교 같아."

새카매진 디스플레이에 미치요의 옆얼굴이 반사되었다.

"그것도 초등학교."

아키는 그렇게 말하더니, 테이블 한가운데에 놓여 있던 마우스를 옆으로 치웠다. 노트북의 화면이 다시 화악 밝아졌다.

"초등학교는 공부를 잘한다든가, 달리기가 빠르다든가, 무언가 잘하는 게 있으면 리더가 되는 마지막 시절이잖아."

밝아진 노트북에는 여러 퍼밀리어 멤버의 블로그가 화면을 가득 채우고 있었다.

"그때의 느낌이랑 비슷해."

"갑자기 무슨 소리야?"

물로 목을 축이며 유카는 아키를 노려보았다.

"과학 실험 때 진행 역할을 맡는다든가, 합창 때 반주를 한다든가, 수학여행 안내서의 표지를 그린다든가."

아키는 상관 않고 말을 계속했다.

"반장을 한다든가."

미치요는 아키를 볼 수가 없었다.

"집이라는 건, 즉 반장이잖아. 츠카사 님을 잘 아는 사람 순서대로 우대해서, 그 점 하나로 순위를 매기는 거잖아. 이제 그런 건 그만하자."

게이코가 힐끔 아키를 바라보았다. 이지마가 "아키"라고 작은 목소리로 아키의 이름을 불렀다. 유카가 "지금 그런 이야기를 하다니, 좀 아닌 것 같은데?"라고 목소리를 낮추지 않은 채 말했다.

"같은 학교에 다니고, 같은 수업을 듣고, 같은 급식을 먹고……. 이제는 그때처럼 모두 같은 조건에서 살아가는 게 아니니까."

주변 사람들이 아무리 동요해도 아키는 신경 쓰지 않았다. 아키는 지금 미치요 한 사람을 상대로 이야기하고 있다.

"그러니까 한 가지만으로 순위를 정하는 일은 그만두는 게 좋을 것 같아."

'다음 반장을 정하자.' 선생님의 목소리가 되살아났다. 같은 책상, 같은 교과서, 같은 시간표, 항상 같은 반 아이들. '이 안에서 반장을 정하자.' 모두가 같은 남학생을 무서워하고 같은 여자아이를 예쁘다고 생각한다. 이 안에서 그런 아이들을 이끌 '리더인 반장을 정하자.'

"이제 그러면 안 되는 거야. 이젠 반장이 모두를 이끌 수가 없는 거야."

같은 색깔의 옷, 같은 초점, 같은 박수 타이밍.

여기서라면 그 아이에게서 다시 한 번 반장을 되찾아올 수 있을 것 같은 느낌이 들었다.

"이야기가 많이 벗어났어."

겨우 쥐어짜낸 목소리는 생각했던 것보다 훨씬, 훨씬 더 어두웠다.

"지금은 퍼밀리어에 대해 이야기하는 거잖아. 이해할 수 없는 이야기는 하지 마."

누군가의 시선을 피하려는 듯이 미치요는 노트북의 화면을 바라보았다.

"츠카사 님은 전에 블로그에 팬이 같은 색깔의 옷을 맞춰 입어주어서 기쁘다고 적으셨어."

슥. 팔을 움직여 보고서야 겨우 자신의 몸이 매우 단단하게 굳었다는 사실을 깨달았다. 팔이 움직이자 거기서부터 술술 실타래가 풀리듯이 눈과 뇌도 움직이기 시작했다.

"너희들은 모르겠지만, 츠카사 님은 그렇게 써주셨어, 아주 오래전 블로그에…….”

검색 화면에 커서를 옮기고, 클릭한다. 고호쿠 츠카사. 검색을 하자 검색 결과 가장 첫머리에 익숙한 블로그 화면이 나타났다.

“이거 봐.”

「연예계 은퇴 보고」

확 바뀐 블로그 메인 화면에는 익숙지 않은 형태의 글자가 옆으로 늘어서 있었다.

“이게 뭐야?”

여기저기서 목소리가 흘러나왔다.

“이게 무슨 일이야?”

“은퇴?”

게이코와 이지마가 잇따라 상반신을 노트북 쪽으로 내밀었다. 미치요를 감싼 어딘가 따뜻한 그림자는 제일 먼저 일어선 유카의 모양을 하고 있었다.

먼 곳을 바라보듯이 멍하게 미치요는 그 글자를 응시했다.

은퇴.

“정말로? 대체 왜?”

게이코가 울 것만 같은 얼굴로 아키의 옷자락을 붙잡았다.

“싫어, 싫어어.”

어린이 같은 목소리를 내는 모습이 ‘내가 제일 충격을 받았습니다', '내가 제일 이성을 잃었습니다'라고 어필하는 것처럼 보였다.

「안녕하세요, 여러분.
여러분의 앞날에 항상 밝은 미래가 있기를 기원합니다. 다름이 아니라, 저는 ××월 ××일을 기해, 현재 소속되어 있는 사무실과의 계약을 해지하기로 결정하였습니다.
항상 한결같이 응원해주셨던 팬 여러분 그리고 오랫동안 고락을 함께 해준 사무실 스태프 여러분, 먼저 저를 도와주시고 지지해주신 여러분께 감사의 말씀 올립니다.
정말로, 정말로 감사합니다.
이제 은퇴의 이유에 대해 말씀드리고자…….」

"안 돼."

타악! 가는 실이 끊기듯이, 노트북에서 발해지던 작은 진동음이 사라졌다.

"이런 건 인정 못해."

노트북은 화면을 접으면 슬립모드로 전환된다.

"이럴 순 없어."

모든 기능이 정지된 노트북은 서서히 체온을 잃어 점차 차가운 쇳덩어리로 변해간다.

"츠카사 님이 은퇴해도 퍼밀리어는 절대 없애지 않을 거야."

그렇게 말했을 때, 문득 따뜻한 그림자가 어디론가 사라졌다는 느낌이 들었다.

"응? 그런 의미야?"

일어섰던 유카가 허리를 굽혔다.

"그보다 큰일이네. 머릿속이 혼란스러워."

유카가 그렇게 말하며 머리를 감싸쥐었을 때, 맞은편에서 날카로운 목소리가 날아왔다.

"츠카사 님이 걱정되는 거 아니야?"

게이코의 목에는 지금 주름이 없다.

"가장 먼저 츠카사 님에게 무슨 일이 있었을까, 그런 생각을 해야 하는 거 아니야?"

게이코는 더 이상 고개를 숙이지 않고 앞을 똑바로 바라보고 있었다.

"제일 먼저 생각하는 게, 자기 자신이야?"

게이코가 이쪽을 보고 있다. 이지마도, 아키도, 유카마저도, 이쪽을 보고 있다. 노트북은 이미 닫아 버렸다. 눈을 피할 곳이 없어졌다.

"잠깐, 화장실 좀."

자리에서 일어서자, 테이블이 흔들려 차가운 물이 든 컵이 기울었다. 그 컵이 쓰러지지 않도록 손을 내밀어준 사람이 누구였는지, 이미 걷기 시작한 미치요로서는 알 수가 없었다.

"문 정도는 잠가야지."

등 뒤의 열린 문에서 누군가가 들어오는 모습이 보였다.

"일단 화장실이니까."

아키는 그렇게 말하며 문을 잠갔다.

"들어오지 마."

거울 너머에서 레몬옐로 스톨이 보였다. 미치요는 차가운 물로 씻은 손을 손수건으로 닦았다. 심장보다 위쪽에 모여 있던 뜨거운 피가 겨우 평소의 온도로 돌아간 듯한 기분이 들었다.

미치요는 화장실에서 나가기 위해 몸을 돌렸다. 그리고 거울 너머가 아니라, 정면에서 아키를 바라보았다.

"미치요, 하나도 안 변했구나."

아키는 문 앞에서 움직이지 않았다. 이래서는 화장실 밖으로 나갈 수 없다.

"과학 실험, 수학여행 조 편성, 합창 연습, 모두 다 같이 만든 수학여행 안내서."

아키 뒤에 있는 화장실의 문이 휘융 하고 아주 멀리 날아버린 것만 같았다.

"미치요, 그때의 모습 그대로 여기까지 이어지고 있다는 느낌이 들어."

이 아이는 변했다. 예뻐졌다. 그 교실에 있을 때보다도 더……. 어른이 되면서 조금씩 체격이 변해간 걸까. 키는 초등학교를 졸업하고 큰 걸까.

"아키라니, 우리들은 널 그렇게 부르지 않았잖아."

계속 멀리 날아가는 문을 조금이라도 가까이에 불러 들이려고 미치요는 목소리를 냈다.

"넌 그냥 평범한 이름으로……."

"중학교 때부터 사람들이 아키라고 불러줬어. 내가 변하고 싶어서 주변 사람들에게 아키라고 불러달라고 말했거든. 있잖아……."

아키는 미치요에게 한 걸음 다가왔다.

"나, 열심히 노력해서 변하려고 했어."

아키가 한 발 이쪽으로 다가오자, 이곳에서 나가는 문이 1만 걸음 정도 멀어진 듯한 기분이 들었다.

"다이어트도 했고, 화장도 굉장히 많이 연습했어. 계속 놀림을 받은 머리카락도 여러 방법을 시도한 끝이 겨우 이렇게 올곧게 됐고."

스트레이트파마를 한 것일까. 그렇다고 해도 그 강한 곱슬머리가 이렇게 깔끔하게 되진 못할 것 같은데.

"전부 나를 위해서 한 거야."

작았던 키, 입냄새가 난다고 놀림을 받았던 입김, 기분 나쁘다고 놀림 받은 불룩 튀어나온 얼굴.

"이지마한테 퍼밀리어에 대해 이야기를 들었을 때, 소름이 돋았어."

미치요는 눈앞에 서 있는 사람을 보고 생각했다.

"나, 그 교실이 생각났어."

이 아이의 외모는 잘 알고 있다고 생각했다. 주변 사람들에게 어떤 평가를 받고 있는지, 몇 번이고 몇 번이고 들어서 잘 알고 있었다.

"그래서 와보니 퍼밀리어의 리더가 미치요인 거 있지. 깜짝 놀랐다고 할까, 이해가 됐다고 할까."

하지만 사람들은 그 얼굴을 구성하는 하나하나의 형태에 대해서는 전혀 몰랐다. 부푼 눈꺼풀, 콧날, 두터운 입술. 그 하나하나의 형태는 원래부터 예뻤다.

"같은 조건 속에서 모두 손을 맞잡고 평등하게, 손에 들어오지 않는 것을 계속 바라보며, 그 안에서 자신이 다른 사람보다 조금 앞서 있다는 사실에 우월감을 느꼈던 거구나. 그때는 소타, 지금은 츠카사 님."

손수건으로 미처 다 닦지 못한 물방울이 손목을 타고 흘러내렸다.

"절대로 가까이 다가갈 수 없는 츠카사 님에게 소타를 겹쳐 본 거지? 그렇게 소타를 손에 넣지 못했던 과거의 자신을 필사적으로 이해하려고 한 거구나."

주먹을 꽉 쥐었지만, 손가락이 서로 미끄러졌다.

"있잖아, 그거 알아?"

아키는 어린아이에게 눈높이를 맞추는 듯한 목소리로 말했다.

"소타와 아키, 결혼했대. 벌써 2년 전일 거야. 아이도 생겼대."

"그렇구나."

그렇게 대답하자, "아키랑 얼굴이 똑같은 여자아이래"라고 말했다.

아키.

소타.

수학여행날 밤.

그때 손에 쥐고 있던 트럼프 카드.

"나는 내 이름을 바꾸는 것부터 시작했어."

어디에선가 모기의 날갯짓 소리가 들려왔다.

"나 자신을 위해 변하고 싶어서, 거기서부터 시작한 거야."

그 소리는 멈추지 않았다.

"가라키다 씨, 미치요를 어떻게 불렀어?"

그 소리의 사이로 아키의 목소리가 미치요의 귀로 손을 내밀었다.

"미치요."

지잉~.

"수학여행날 밤에 마지막까지 소중히 쥐고 있던 카드, 있었지?"

지잉~, 지잉~.

"그 카드 사용했어?"

지잉~, 지잉~, 지잉~.

"지금까지 인생을 살아오면서 그 카드 써본 적 있어?"

지잉~, 지잉~, 지잉~, 지잉~.

"네, 아키모토 무쓰미입니다."

그때 아키의 휴대전화벨이 울렸고, 전화를 받았다.

"여보세요, 들리나요? 아키모토입니다. 판촉과의 아키모토 무쓰미입니다. 죄송해요, 지금 목소리가 잘 안 들려서요."

아키는 서둘러 잠겨 있던 문을 활짝 열었다.

"네, 아, 들려요. 이제 잘 들려요. 실례지만 다시 한 번 처음부터 말씀해주셨으면 하는데요."

순간 열린 문 너머로 걱정스러운 표정으로 게이코와 유카가 서 있는 모습이 보였다.

'아키라고 불러주세요.'

퍼밀리어에 처음으로 모습을 보였을 때, 무쓰미는 자신을 그렇게 소개했다. 무쓰미가 화장실에서 나가자, 문이 자연스럽게 닫혔다.

'아키모토 무쓰미이니까, 성에서 호칭을 따와 아키. 그냥 아키라고 불러주시면 돼요. 앞으로 잘 부탁드립니다.'

미치요는 자석을 찾았다. 지휘봉을 찾았다. 이제 다 나은 손가락으로 칠 수 있는 피아노를 찾았다. 다 같이 만든 수학여행 안내서를 찾았다. 수학여행날 밤, 마지막까지 소중하게 손에 쥐고 있던 카드를 찾았다. 하지만 그런 것은 이제 없다.

그런 것은 그 어디에도 없다.

## 10

숫자가 앞을 향하게 겹쳐진 트럼프를 가슴 쪽으로 가지고 오면서, 미치요는 작은 목소리로 저도 모르게 "야호" 하고 중얼거리고 말았다. 바로 시선으로만 주변을 둘러본다.

"이런 걸로 어떻게 이겨."

"내가 더 망이야!"

주변의 다른 아이들은 자신에게 돌아온 카드를 보고 서로 망했다고 투덜거리기 바빠, 미치요의 혼잣말은 아무도 듣지 못한 듯했다. 미치요는 무심코 피어나려는 미소를 꾹 참아냈다. 이 카드를 가지고 있으면 대부호 게임에서는 굉장히 유리해진다.

"다음 누구부터야?"

"대빈민부터니까, 아키?"

"응. 그 전에 대부호와 카드 교환~."

아키는 "이게 뭐야~"라고 웃으면서 가지고 있는 카드 중에 가장 강한 두 장을 뽑았다. 대부호 게임에서는 큰 숫자의 카드가 강하다. 3에서 13까지는 순서대로 강해지고, 13을 나타내는 킹

다음으로 강한 카드는 1을 나타내는 에이스 카드. 더 강한 카드는 숫자 2 카드이다. 게임에서 꼴찌가 되면 가지고 있는 카드 중에서 가장 강한 두 장을 1등을 한 사람에게 주어야 한다. 그리고 1등인 사람은 가장 약한 카드 두 장을 주면 된다.

아키가 건네준 카드의 그림은 미치요가 있는 곳에서는 정확하게 보였다. 조커. 모처럼 조커를 받았는데, 꼴찌를 한 아키는 그 카드를 손에서 놓을 수밖에 없는 것이다.

조커는 어떤 카드로도 변할 수 있는 데다, 단독으로 사용하면 숫자 2 카드보다 더 강하기 때문에, 최강의 카드라고 할 수 있다. 조커를 가지고 있으면 상당히 여유 있게 게임을 할 수 있지만, 그 조커를 무효화시킬 수 있는 카드가 딱 한 장 있다.

미치요는 '후우~' 하고 호흡을 가다듬었다.

"아아, 이래선 절대로 못 이겨. 다음에 또 누군가가 혁명을 좀 해줘."

아키가 그렇게 말하자, 둥그렇게 앉은 아이들 모두가 웃었다. 조금 전 게임에서는 카드의 힘이 모두 거꾸로 뒤집히는 '혁명'이라는 규칙 때문에 게임의 흐름이 완전히 뒤바뀌었다. 강한 카드를 마지막까지 남겨두고 있던 아키는 결국 멋지게 패배하고 말았다.

아키는 수학여행을 오기도 전에 반 아이들 사이에 녹아들었다. 미치요와 미치요를 항상 따라다니는 아이들이 없어도, 좁은 교실 안을 이리저리 헤엄쳐 다녔다.

미치요는 손에 든 카드의 양끝을 살짝 꺾어서 옆의 사람이 못 보게 만들었다. 그 카드를 가지고 있다는 사실을 아무에게도 들키고 싶지 않았다.

"불은 언제 끄지? 선생님은 언제 순찰하러 오시지?"

누군가가 이불 위에 아무렇게나 던져 놓았던 수학여행 안내서를 팔락팔락 넘겨보았다. 수학여행 첫날은 순식간에 시간이 지나갔다. 그리고 숙소에서 맞는 수학여행 첫날의 밤이다. 한 방에는 두 조가 같이 잠을 자기 때문에 바닥 위에는 열 명이 잘 수 있는 이불이 깔려 있다.

"소등이 아홉 시고, 취침? 취침이 아홉 시 반이래."

"그게 뭐야. 그럼 언제 순찰을 돈다는 거야?"

수학여행 안내서를 보면서 눈썹을 찌푸린 아이들을 향해 미치요가 말했다.

"아홉 시에도 아홉시 반에도 오신대. 아홉 시에는 불이 꺼져 있나 확인하러 오시고, 아홉시 반에는 다들 잘 자나 보러 오신다던데?"

"그렇구나~."

대충 대답을 한 아이들은 수학여행 안내서를 이불 위에 던져 놓았다.

'하루의 일정표에서 소등 부분을 좀 더 알기 쉽게 쓸걸.'

미치요는 조금 아쉬운 기분이 들었다.

"있잖아, 그건 그렇고."

한 아이가 팔꿈치를 대고 바닥에 엎드렸다. 다를 옆으로 흘려 앉아 미치요는 그 아이의 카드를 확실하게 보고 말했다.

'약해. 이 애는 절대 못 이겨.'

"미치요네 조, 오늘 자유시간 때 소타네랑 같이 있지 않았어?"

"뭐어~?"

"그게 뭐야. 처음 듣거든!"

여자아이들이 갑자기 원을 좁혀 왔다. 그리고는 다들 처음 말을 꺼낸 아이처럼 엎드리기 시작했다. 다들 머리카락을 머리 꼭대기에 하나로 묶거나, 안경을 쓰고 있는 등 평소와는 다른 모습이다. 상반신을 일으키고 있는 사람은 미치요뿐이었다.

"자전거를 타고 같이 코스를 돌았을 뿐이야."

아키가 무언가 반응을 하기도 전에 미치요는 생긋 웃으며 그렇게 말했다.

"맞아, 맞아."

"남자애들, 엄청 빠르더라."

미치요에게 항상 붙어 다니는 두 명이 입을 맞춰 미치요의 말에 맞장구쳐주었다. 수학여행 첫날의 자유시간은 교토였다. 다이토쿠지大德寺 부근부터 자잔거를 타고 긴카쿠지金閣寺, 니조조二條城, 헤이안진구平安神宮를 둘러 보았다. 미치요네 조가 지도를 잘 못 읽겠다고 하자, 소타네 조 남자아이들이 자연스럽게 앞장을 서며 여자아이들을 이끌어주었다. 마지막은 가모 강변을 달려 기요미즈테라淸水寺를 견학하고, 많은 자전거 반환소 중 하나에 자전거를 반환했다. 총 10킬로미터 코스였다고 하는데, 자유시간이 끝날 때쯤에는 다들 지쳐서 기진맥진해져 있었다. 내일은 다 함께 나라로 간다. 자유시간은 오늘로 끝이다.

"깜짝 놀랐어. 긴카쿠지에 들어갈 때는 다 따로따로였는데, 나올 때는 같이 자전거를 타고 있는 거 있지. '왜 다 같이 돌고 있는 거야'라고 하면서 다들 놀랐다니까."

"정말, 어느새 같이 돌고 있더라고~. 그치?"

그렇게 말한 후 그 아이는 "자, 대빈민부터야. 아키부터"라고 아키에게 카드를 내라고 재촉했다. 아키는 '우우우~' 하는 소리를 내며 크게 고민하는듯 하더니 카드 한 장을 빼냈다. 하트 4가 원 한가운데에 놓였다.

"오늘 자유시간에 같이 다니자고 미치요가 얘길 꺼낸 거야?"

아키 오른쪽에 있던 아이가 카드를 빼냈다. 클럽 6.

"응, 그렇지 뭐."

미치요가 그렇게 대답하자, 클럽 10을 놓으면서 "미치요, 대단하다"라고 맞은편에 있는 아이가 목소리를 높였다. 클럽 6에서 클럽 10. 다음 사람은 클럽으로 가드할 수 없다. 모양이 같은 카드가 계속해서 나왔을 경우에는 그다음에는 모양이 같으면서 더욱 강한 카드 외에는 낼 수 없게 된다.

"난 솔직히 말을 못 걸겠어. 무섭잖아, 소타."

두 명 연속으로 패스가 이어졌다. 미치요는 클럽의 에이스를 내놓았다. 초반이라 아무도 승부를 걸지 못하는 것인지 나머지 모두가 패스했다. 턴이 다시 미치요에게 돌아왔다.

"무섭지만……, 멋지잖아."

새로 턴을 시작하기 위한 카드를 고르고 있는데, 빙 둘러 앉은 아이 중 한 명이 그렇게 말했다.

"그치? 멋지잖아. 다른 남자애들이랑은 뭔가 달라. 꽤 어른스럽고."

미치요는 손바닥 안에 늘어선 카드 너머로 그 아이를 내려다보았다. 아이들의 머리 끝부분이 빙글빙글 원을 그리고 있다.

"걔네 형도 멋있어. 중2인데 축구부래."

남자아이들이 없으면 다들 남자아이에 대한 이야기가 술술 나온다.

"진짜 부럽다, 축구~."

"소타도 중학교에 들어가면 꼭 축구부에 들어간다고 하더라."

중학교에 들어가면 소타는 지금보다 더 멋있어지고, 더더 말을 걸기 어려워지겠지. 다들 그 사실을 잘 알고 있다. 알고 있기 때문에 지금 이렇게 같은 교실 안이라는 틀 속에서 가까이 있을 때 그에 대해 이야기를 해두는 것이다.

미치요가 다이아몬드 6을 내자, 옆에 있던 아이가 다행이라는 듯한 표정을 지으며 스페이드 8을 냈다. 8은 그 시점에서 턴을 잠시 멈추고, 다시 자신부터 턴을 시작할 수 있다. 8을 낸 아이는 잔뜩 들뜬 모습으로 카드를 고르고 있다. 자신이 지금 매우 유리하다고 생각하나 보다. 미치요는 저절로 미소가 나오려는 입의 근육을 억눌렀다.

'나에게는 이 카드가 있다. 이대로 계속 기회를 기다리면 마지막에는 반드시 이기게 된다.'

"소타는 학교 밖에서는 중학생들이랑 논대."

옆에 있던 아이가 하트 3을 냈다. 이 쓸모없을 정도로 약한 카드를 빨리 내고 싶어 몸이 근질근질했던가 보다.

"그 머리카락도 중학생이 해준 건가?"

"염색 말이야?"

다음 카드는 다이아몬드 5.

"불량배같잖아, 머리를 물들이다니."

"근데 중학교 가는 거, 무섭지 않아?"

다음은 하트 9.

"오늘 계속 근처에 있었는데."

미치요가 그렇게 말하자 뒹굴고 있던 아이들이 모두 미치요를 바라보았다.

"소타의 머리카락, 염색이 아니라 햇볕에 탄 게 아닐까? 뭔가 그런 느낌이 들었어."

그렇게 말을 하자 머리카락을 머리 윗부분에 묶고 있던 아이가 "계속 같이 있었다니!"라고 하면서 이불 위를 뒹굴뒹굴 구르기 시작했다. "야, 그만해~"라고 말하며 좌우에 있는 두 아이가 깔깔 웃기 시작했다.

다음은 클럽의 퀸. 다들 같은 장소에 둘러앉아 소타를 멀찍이

서 바라보고 있던 것이다. 그 중에서 미치요는 소타와 대화를 할 수 있는 사람이기 때문에, 이 아이들보다 한 걸음 앞서 있다고 할 수 있다.

그리고 다이아몬드 2.

"이런, 유코, 끝낼 셈이야."

다이아몬드 2가 나온 순간, 자리가 들끓기 시작했다.

"아악, 누가 조커로 좀 막아줘!"

"유코 계속 싱글거리잖아. 정말 끝낼 건가 봐~."

2를 이길 수 있는 카드는 조커밖에 없다. 여기서 조커를 내지 않으면 2를 가진 사람부터 새로운 턴이 시작된다. 이 경우 여기서 모든 카드를 버리고 게임을 포기할 가능성도 높다.

"누구, 조커 없어?"

미치요는 자신의 카드를 꽉 쥐고 그렇게 말했다. "누구누구~" 라고 노래를 하는 듯한 아키의 목소리가 겹쳐 들려왔다. 아키는 누가 조커를 가지고 있는지 알고 있다. 게임이 시작되기 전에 조커를 건네주었기 때문이다.

'내라. 내라.'

미치요는 강하게 마음속으로 빌었다. 손에 너무 힘을 주었더니 카드가 구부러지려고 했다. 조커를 내기만 하면 내가 바로 이 카드를…….

"저기."

드르륵, 미닫이문 여는 소리가 들렸다.

"어, 뭔데?"

미치요를 따라다니는 아이 중 한 명이 활짝 열린 미닫이문 쪽을 돌아보았다.

"갑자기 뭐야, 야~."

당황하는 여자아이들 너머로 귀찮다는 표정을 지으며 남자아이 둘이 서 있었다. 펑퍼짐한 하프팬츠에 가려진 작은 무릎이 긴장을 한 것처럼 좌우로 흔들렸다.

"오노우에 아키 있어?"

가냘픈 목소리가 방 한가운데에까지 전해졌다. 아키가 휙 하고 고개를 돌렸다.

"소타가 할 얘기가 있대."

남자아이가 그렇게 말하며 "잠깐만 나와"라고 작게 손짓을 했다. 자세히 보니 항상 소타와 노는 아이들 중에서도 몸집이 작은 두 아이로, 소타가 항상 프로레슬링 기술을 걸며 장난을 치는 아이들이었다. 그 남자아이 둘은 아키의 대답을 듣지도 않고 복도로 돌아갔다. 한시라도 빨리 여자아이들 방에서 나가고 싶었는지, 금세 모습이 사라졌다.

"앗, 뭐야 방금?"

뒹굴뒹굴 이불 위에서 구르던 여자애가 벌떡 상반신을 일으켰다. 아키는 고개를 든 자세에서 전혀 움직일 생각을 하지 않았다. 그 순간, 방 안의 아이들은 아무도 움직이지 않았다. 어떻게 행동해야 올바른지 아무도 몰랐다.

‘가지 마. 지금 남자아이들 방에 가면 선생님한테 혼나. 안 가는 게 좋아.’

미치요는 그렇게 말하려고 입을 열려고 했다. 그 순간,

“가 봐.”

미치요보다 먼저 방 안에 있는 누군가의 목소리가 들려왔다. 그 목소리가 스위치를 눌렀나 보다.

“그래, 가보는 게 좋아.”

“응? 뭐지, 이거 뭐지?”

“만화 같아!”

여자아이들은 다양한 반응을 쏟아냈다. 설사 자신이 주인공은 아니더라도, 지금 일어난 현상이 자신들이 있는 공간에서 일어났다는 사실이 기뻐서, 즐거워서 어쩔 줄 모르겠다라는 듯, 다들 그런 표정을 짓고 있다.

“잠깐 갔다 올게.”

아키는 벌떡 일어서더니, 자기 발보다 큰 슬리퍼를 신고 방 밖으로 나갔다.

“힘내!”

누군가가 누구에게 말을 건네는지 애매하게 소리를 질렀다. 미치요는 손에 남아 있는 트럼프를 가슴 쪽으로 끌어당겼다.

“있잖아. 이거, 혹시 고백 아니야?”

“분명히 고백이야.”

남은 여자아이들이 모두 상반신을 일으켰다.

"소타가 아키한테 고백을?"

"맞아! 분명 그럴 거야!"

카드를 쥔 손과 가슴이 점점 뜨거워졌다.

"우리, 뒤따라 가보자!"

"그래도 될까?"

"가자!"

한 사람이 일어나자 다른 아이들도 잇따라 일어났다. 순식간에 둥글게 모여 앉아 있던 아이들이 모두 슬리퍼를 타닥거리며 방 밖으로 나가버렸다. 부드러운 이불이 미치요의 발을 덮고 있다. 머리카락에서는 익숙한 샴푸 향기가 나고 있다. 두근두근. 혈관이 꿀럭이기 시작했다. 모두가 놓고 간 트럼프 카드가 방 여기저기에 흐트러져 있다.

손에서 힘이 빠졌다. 미치요는 끌어안고 있던 카드를 후드드득 이불 위에 떨어뜨렸다. 그때마다 그곳에 그려져 있던 마크나 숫자가 하나씩 무효가 되어버리는 듯한 느낌이 들었다. 손바닥 안에 마지막 카드가 남아 있다.

"안 가?"

등 뒤에서 목소리가 들렸다. 뒤돌아보니 무쓰미가 벽에 기대고 앉아 있었다. 목욕을 하고 나서일까. 불규칙하게 구불거리는 눅눅한 머리카락은 평소보다 더 기분 나쁘게 보였다.

"그 카드."

기분 나쁜데, 어째서인지 무쓰미에게서 눈을 뗄 수가 없다.

"미치요, 계속 소중하게 가지고 있었지?"

무쓰미는 미치요가 가진 카드 한 장을 바라보았다.

"그 카드만은 계속 아무에게도 안 들키려고 했잖아."

"하고 싶은 말이 뭐야?"

목소리를 낼 때마다 늪 같은 이불 속으로 몸이 가라앉는 것 같았다. 미치요는 그런 느낌이 들었다. 무쓰미는 앞머리와 앞머리 사이, 안경 렌즈의 저편에서 미치요를 바라보고 있다.

"스페이드 3, 언제 쓸 생각이었어?"

모두가 내려놓고 간 트럼프 카드 옆에 누군가의 수학여행 안내서가 있었다.

"언제냐니……."

'그런 것도 몰라?'

그런 말을 입 안에서만 웅얼거린 뒤 미치요가 말했다.

"스페이드 3은 조커에게 이길 수 있는 유일한 카드잖아. 그런 것도 몰라? 혁명이 일어나면 엄청나게 강한 카드가 되기도 하고……."

"혁명?"

무쓰미는 엷게 웃었다. 그리고 확실한 어조로 말했다.

"혁명은 안 일어나."

무쓰미의 머리카락 끝에서 물방울이 한 방울 떨어졌다.

"몰랐어? 대부호."

미치요는 무쓰모보다 큰 소리로 말했다.

"조금 전엔 혁명이 일어나서 아키가 대빈민으로……."

"트럼프 얘기가 아니야."

무쓰미의 목소리가 바닥 위를 스르르 미끄러져 갔다. 무쓰미가 그린 수학여행 안내서의 표지가 방의 형광등 빛을 반사하고 있다.

"아무리 기다려도 혁명은 안 일어나."

방 밖, 복도의 저 안쪽에서 "축하해!"라는 밝은 목소리가 희미하게 들려왔다.

## 11

「연예인 블로그 해킹 사건 잇따라

_관리 시스템 부정 액세스인가?」

커서를 갖다 대자 제목 아래에 선이 그어졌다. 딸각, 한 번 클릭하자 몇 초도 지나지 않아 컴퓨터 화면이 전환되었다. 매초 갱신되어가는 듯한 뉴스 사이트이기 때문인지, 그 뉴스는 이미 열람자 수 랭킹에서 사라지고 없었다.

「수많은 연예인 블로그에서 ××일 밤에 수상한 메시지가 발송되는 문제가 발생한 가운데 블로그 관리 회사 '마메블로그넷'는 ××일, 관리 시스템에 부정 접속을 시도하는 사례가 있었다고 발표했다. 현재 공식 사이트를 통해 패스워드를 재설정하도록 회원들에게 공지한 상태이다.

사건이 발각된 것은 ××일 밤. 아이돌 그룹 'STAAARS'의 리더, 카즈키(21)의 블로그에 갑자기 '연예계 은퇴 보고'라는 기사가 업로드되어, 일부 팬이 큰 혼란을 겪었다. 내용은 ××월 말에 소속 사무실과의 계약이 파기되어 그대로 연예계를 은퇴한다고 하는 내용.

팬, 스태프에게 감사를 전하는 문장도 있어, 이것이 정말로 카즈키의 글이라고 생각한 팬들이 블로그 댓글 란에 몰려들어, 글이 올라온 지 한 시간도 되지 않아 2,000건이 넘는 댓글이 달렸다.

그 후 여러 연예인의 블로그에도 같은 사태가 발생. 팬들은 잇따라 혼란에 휩싸이게 되었다. 카즈키는 그 후 '잘못된 글이 올라왔습니다. 카즈키는 현재 은퇴할 생각이 없습니다. 팬 여러분께 혼란을 드려 정말 죄송합니다'라고 새로운 글을 올려 사과. 피해를 입은 다른 연예인들도 잇따라 은퇴를 부정하는 글을 올렸다.

반대로 어제 은퇴하겠다고 기자회견을 가진 오키노하라 마도카(36)는 '저는 정말로 은퇴하는 거예요(웃음)'라는 글을 올리는 등 다양한 형태로 혼란이 확대되고 있다.

블로그 관리 회사 '마메블로그넷'은 블로그를 사용하는 이용자에게 주의해줄 것을 당부했다.」

화면을 스크롤해 나가니, 이 뉴스에 대한 다양한 댓글이 표시되었다. 가장 먼저 표시된 댓글은 '당신들이 은퇴를 하든 말든 별로 흥미가 없습니다(웃음)'이었는데, 이게 가장 많은 '공감'을 받은 댓글이었다.

"에사키."

컴퓨터 맞은편에서 우스키의 목소리가 들렸다.

"캠페인 상황이 좋은가 봐. 추가로 보낼 일이 많아지겠어."

"좋은 일이지."

그렇게 말을 하더니, 우스키는 또 키보드를 타닥타닥 두드리기 시작했다. 메일 화면을 열어보니, 우스키와 미치요에게 같이 보내진 메일이 있었다. 제목은 '제고 수량 확인 요청.'

미치요는 메일 본문을 드래그해 마우스 오른쪽 버튼을 클릭했다. 인쇄를 선택한 후 프린트 쪽으로 걸어갔다. 옆 선반에는 새롭게 발행된 사내 신문이 놓여 있었다. 프린터는 뼈가 삐걱이는 듯한 소리를 내면서 움직이기 시작했다.

딱 한 번 마우스를 클릭하면 프린트는 자동으로 움직인다. 어제, 어떤 일이 있었든, 누구에게 무슨 말을 들었든, 하루하루는 자동적으로 흘러간다.

하루하루는 자동적으로 흘러간다. 그것만은 옛날부터 변하지 않았다. 하지만 자동적으로 흘러가는 나날이, 자동적이 아니라 수동적으로 흐르기 시작한 때는 과연 언제였을까.

미치요는 사내 신문을 손에 들었다. 털컹! 족쇄가 빠지는 듯한 소리가 나며 종이 한 장이 프린트에서 밀려 나왔다. 미치요의 모습은 그 어디에서도 찾아볼 수 없는 사내 신문 안에 파란 유니폼을 입은 가라키다가 진지한 얼굴로 책상다리를 하고 있었다.

풋살부의 활동 보고를 담은 페이지의 단체사진 오른쪽 끝. 길이가 긴 양말이 튼튼해 보이는 종아리와 아주 잘 어울렸다. 매니저인 걸까. 젊은 여성 사원의 얼굴도 슬쩍 보인다. 어디서 많이 본 얼굴이 있어서 자세히 보니 그때 그 신입사원이었다. 옷을 보니 그녀가 실제로 풋살을 했던 것은 아닌 듯했다.

프린터에서 종이가 계속 나왔다. 하루하루가 수동적으로 흘러간다.

"에사키, 이거."

뒤에서 우스키가 부르는 소리가 났다.

"창고에 직접 말하러 갔다 오는 게 좋겠어. 시간이 별로 없으니까."

미치요는 프린터에서 인쇄된 종이를 집어 들고 사내 신문을 선반에 다시 올려놓았다. 사무실을 나와 계단을 내려가면서 방금 프린트된 글자를 눈으로 좇았다.

「본사에서도 물론 관리를 하고는 있습니다만, 캠페인용 광고지, 캠페인 대상 상품의 재고 수량을 각각 다시 확인해주셨으면 합니다. 현재 증산을 검토하고 있으니, 공장에 발주하기 위해 오늘 오후 네 시까지 재고 수량을 파악해주시길 부탁드립니다. 바쁘신 가운데 정말 면목이 없습니다만, 부디 잘 부탁드립니다.」

"수고 많으십니다."

계단을 내려가는 속도를 유지한 채 창고에 들어가려고 하다가, 미치요는 저도 모르게 몸의 균형을 잃고 말았다. 붉은 캔에서 입을 떼더니, 가라키다는 힐끔 이쪽을 바라보았다. 자판기 옆의 공간, L자형 벤치. 가라키다는 오늘도 L자의 직각 부분에 앉아 있다.

"수고 많으십니다."

미치요가 그렇게 말하자, 가라키다는 가볍게 고개를 숙였다. 특별한 용건이 없을 때 가라키다를 만나면 건네는 인사이자, 그날의 유일한 대화이다. 작업복을 입은 모습밖에 본 적이 없었구나, 미치요는 그렇게 생각했다. 이 사람은 쉬는 날에도 하늘보다 푸르른 유니폼을 입을 것이다. 그것을 빨고 말려주는 누군가의 가슴을 뒤에서 만지며 휴일을 마무리할지도 모른다. 하루하루가 수동적으로 지나간다. 일어나지도 않을 혁명을 기다리면서…….

"죄송합니다. 오늘 오후 4시까지 이 상품의 재고 수량을 확인해주셨으면 하는데요."

미치요는 프린트한 종이를 가리기다에게 내밀었다.

"오늘 발송 작업도 꽤 많죠? 재고 수량 체크가 가능할까요?"

프린트된 종이에는 캠페인 대상 상품 목록이 쭉 나열되어 있었다. 가라키다는 순간, 눈을 가늘게 뜨며 목록을 살폈다.

"음, 많긴 하지만 시간에 맞출 수 있을 겁니다. 오후 4시죠?"

그렇게 중얼거리며 종이를 받아들더니, 가라키다는 아세롤라 주스를 한 모금 더 마셨다. 달고, 시큼한 향기가 미치요의 코 근처에서 맴돌았다.

"하지만……."

꿀꺽, 한 번 목을 울리고 가라키다가 말했다.

"에자키 씨, 내선으로 말씀해주시면 될 걸 굳이 여기까지 다 오시고."

'나는 내 호칭을 바꾸는 것부터 시작했어.'

"저기."

하루하루가 수동적으로 흘러간다. 사용할 기회도 없는 카드를 계속 가슴에 끌어안은 채…….

"저, 에사키예요."

미치요는 사람들의 시선이 자신에게 쏠리도록 만들었다.

"응?"

입구든 출구든, 깔끔한 줄을 만들어 가장 좋아하는 사람이 나오길 기다린다. 아무리 추워도, 아무리 다리가 아파도, 그곳에 계속 서 있으면 가장 좋아하는 사람이 나타나 주었다.

"성이요. 에자키가 아니라 에사키예요."

수동적인 나날에서 빠져나오지도 못한 채, 나는 어느새인가 이런 곳까지 흘러들고 말았다.

"네? 아아, 제가 계속 틀렸던 건가요?"

미치요와 눈을 마주친 채, 가라키다는 남은 주스를 단숨을 마셔 버렸다. 그리고 '후우' 하고 숨을 내쉬며 말했다.

"미안합니다."

가라키다는 중지와 엄지로 빙글빙글 캔뚜껑을 비틀었다. 난방시설이 없는 복도의 일각에서는 자신의 몸만이 따뜻하다.

"미안하긴요."

가라키다가 손가락으로 은색 캔뚜껑을 떼어냈다.

"가라키다 씨가 미안해 할 일이 아닙니다."

투욱. 작은 소리가 났다.

"제가 말하지 않았으니 당연히 모를 수밖에요."

아무리 기다려도 혁명은 일어나지 않는다.

"내가 먼저 움직이지 않으면……."

가라키다는 작은 목소리로 "응?"이라고 말했지만, 굳이 미치요의 목소리를 알아들을 필요가 없다고 판단했는지, 딱히 신경을 쓰지도 않고 팔을 부웅 하고 움직였다.

자판기의 작은 진동이 미치요의 몸 안을 뒤흔들었다.

호칭을 바꾸는 게 최선일 만큼 약한 카드를 가지고 스스로 싸움을 시작할 수밖에 없다.

"재고 수량 또 직접 여쭈러 오겠습니다."

미치요가 그렇게 말했을 때 가라키다가 던진 캔이 마침 쓰레기통 안으로 정확하게 떨어졌다.

제2장

# 하트 2

"나는, 나를 위해,

나 자신을 위해 더 좋아지고 싶다!"

## 1

마치 살아있는 것 같다고 무쓰미는 생각했다. 안경 렌즈 너머로 보이는 머리카락의 끝은 어제와는 또다른 방향을 가리키고 있다. 머리카락을 자른 지가 얼마나 되었을까. 이제 슬슬 자르러 가야 하지 않을까.

오후 1시 3분. 슬쩍 시계를 확인하려고 했는데, 보고 싶지 않은 정보까지 잔뜩 확인하게 되었다. 예쁜 아이들끼리 모여 있는 그룹, 수수한 아이들 나름대로 서로 힘을 북돋워주는 그룹 등 아이들은 여러 그룹으로 나뉘어 있었지만, 이 교실 안에 혼자인 사람은 무쓰미뿐이었다. 그리고 시야에 들어오지 않는 곳에서도 여러 사람의 목소리가 들려왔다. 무쓰미의 작은 귀 두 개로는 그 모든 소리를 파악할 수 없다.

중학교 교실은 초등학교 교실과는 완전히 달라 보였다. 벽이나 책상, 입고 있는 옷의 색깔까지 그 모든 것이 초등학교 때와는 달라졌다. 그리고 무엇보다도 무쓰미에게는 자신이 상처 입을 가능성이 부쩍 늘어난 세계인 것처럼 보였다. 모르는 아이들이 잔뜩 있는 교실에서는 그 어디에도 시선을 고정시킬 수가 없었기 때문에 결국 항상 자신의 손을 내려다보게 된다.

1시 7분, 점심시간은 25분까지다. 중학교에 입학한 지 4일째. 2교시와 3교시 사이의 쉬는 시간이 없어진 시간표에 아직 몸이 익숙해지지 않았다.

입학식 전에 필통을 새로 샀다. 봄방학이 절반 정도 남았던 4월 1일, 무쓰미는 처음으로 혼자서 전철 표를 사서 조금 멀리 떨어진 마을에 있는 문방구에 갔다. 1층부터 3층까지는 책이나 만화책이 주르륵 진열되어 있고, 4층과 5층에서는 학용품이나 수첩 등을 파는 매우 큰 가게다. 안쪽으로 더 들어가 보니, 귀여운 스티커나 색연필이 다양하게 갖춰져 있었고, 볼펜을 확인해보도록 붙여놓은 흰 종이도 다른 곳보다 훨씬 컸다.

3월 31일까지는 초등학생이고, 4월 1일부터는 중학생. 무언가를 훌쩍 뛰어넘은 것처럼 무쓰미는 이날 엄마를 따라 나섰다가 돌아올 때만 들릴 수 있는 장소라고 생각했던 그 큰 서점이 180엔만 있으면 혼자서도 갈 수 있는 곳이라는 사실을 깨달았다.

그때 산 새 필통은 초등학교 때 사용했던 상자형 필통과는 달리 포치처럼 생긴 필통이었다. 지퍼를 활짝 열면 많은 필기구를 넣을 수 있었다.

1시 11분, 아직 4분밖에 지나지 않았다.

무쓰미는 가방 안에서 노란 표지의 모눈 노트를 꺼냈다. 중학교에 다니는 반 아이들은 모두 선이 없는 노트, 보통 대학 노트라고 부르는 걸 수업시간에 사용하고 있었다. 확실히 그런 노트가 깔끔해서 더 어른스럽게 보인다. 꺼낸 모눈 노트의 노란 표지에는 아키모토 슈스케라는 이름이 적혀 있다. 연필로 쓴 남동생의 이름은 가방 속에 이리저리 쓸려서 이제는 거의 보이지 않았다.

1시 15분, 점심시간은 앞으로 10분이다. 이 10분이 상상보다 매우 길다는 사실을 무쓰미는 잘 알고 있다. 필통의 지퍼를 활짝 열었다. 색이 다른 딱풀, 아슬아슬할 때까지 사용할 수 있는 샤프펜슬, 아직 두 모서리밖에 사용하지 않은 정사각형 지우개, 핑크로 살까, 연보라로 살까 망설이다 결국 연보라색을 골랐던 작은 커터. 그 모든 것에 붙었다가 떨어졌다가 하고 있는 다양한 무늬의 조각들.

그 서점에서 어떤 무늬를 살까 고민할 때, 머리 한구석에는 슈스케의 기뻐하는 얼굴이 떠올랐다. 평소에도 차분하지 못한 슈스케는 무쓰미가 그린 그림을 보면 더욱더 침착하지 못했다.

"그거, 스크린톤?"

바로 옆에서 처음 듣는 목소리가 들려와 무쓰미는 번쩍 얼굴을 들었다.

"이 조각, 스크린톤이지?"

무쓰미의 책상 옆에 서 있는 여자아이가 그렇게 말하며 무쓰미의 필통에 있는 조각에 검지를 대보았다. 그녀의 손가락에는 흰색, 옅은 회색, 검은 스트라이프 모양의 조각이 달라붙었다. 스티커처럼 붙이거나 떼어낼 수 있는 스크린톤은 자기도 모르는 사이에 옷에 들러붙는 경우도 많다.

"아, 미안."

무쓰미가 조건반사적으로 사과하자 그 아이는 "으으응"이라고 애매한 대답을 한 뒤, 손끝에 붙은 스트라이프 문양의 조각을 가만히 바라보았다. 최근에야 알게 된 스크린톤이라는 단어를 이 교실의 누군가가 알고 있다니, 무쓰미는 전혀 생각도 못했다.

그 스트라이프 스크린톤은 어제 '전마 헌터 키리토'가 입고 있는 펑퍼짐한 바지를 그릴 때 사용했었다. 옷은 잘 못 그리지만, 스크린톤을 붙이면 나름 그럴 듯하게 보인다.

"아키모토, 만화 그려?"

머리카락이 매우 가늘다. 스크린톤이라는 단어를 알고 있는 그녀를 올려다보며 무쓰미는 그렇게 생각했다.

"스크린톤까지 사용하다니, 본격적이네."

그녀의 머리카락은 전혀 구불구불하지 않았다. 구불구불 구부러진 무쓰미의 머리카락을 살아있는 것 같다고 표현한다면, 그녀의 머리카락은 마치 이제 막 태어나 가장 아름다운 모습으로 죽어 있는 것 같다고 표현할 수 있다. 아주 가늘고, 가녀리다. 몇 백 개를 모아도 모든 두피를 가릴 수가 없을 것 같았다.

머리숱이 적다. 숱뿐만이 아니라 머리카락의 색깔도 다른 아이들보다 옅어 보였다.

"만화를 그리는 건 아니지만……."

무쓰미가 반사적으로 모눈 노트를 뒤집자, 그 근처에 있던 다른 스크린톤 조각이 책상 밖으로 날아갔다.

"스크린톤을 어떻게 알고 있어?"

그녀의 앞머리가 흔들렸다. 그럴 때마다 넓은 이마의 일부가 살짝 엿보였다.

"만화가가 주인공인 드라마를 봤거든. 그 드라마의 주인공이 옷에 붙이는 걸 봤어. 그 드라마, 알아? 밤늦게 하는데, 8번에서 하거든."

수업 시작 종이 울렸다.

"아, 그럼 나중에."

그녀가 그렇게 말을 하더니, 무쓰미보다 몇 번째인가 뒷자리에 앉았다. 뒤를 돌아보아도 직접 말을 할 수 없는 곳이다. 무쓰미는 뒤집어 놓은 모눈 노트를 바라보았다. 그곳에는 물방울 모양의 스크린톤 조각이 붙어 있었다. 분명히 이건 여주인공이 가지고 있던 우산의 무늬를 표현할 때 사용하려던 것이다.

선생님이 교실로 들어오셨다. 1시 25분. 조금 더 점심시간이 길었으면 좋았을 텐데, 무쓰미는 그렇게 생각했다.

무쓰미가 다니던 초등학교의 학생은 지역에 따라 진학하는 중학교가 다르다. 초등학교에서 아주 가까운 지역에 사는 70퍼센트의 아이들은 A 중학교, 꽤 멀리 떨어진 지역에 사는 30퍼센트는 B 중학교. 극히 일부로 아주 먼 지역에 사는 학생은 C 중학교로 배정받았다. 무쓰미는 그 학년에서 유일하게 C 중학교에 진학했다.

무쓰미와는 달리 남동생인 슈스케의 학년에는 같은 지역에 사는 반 친구가 몇 명 있다고 한다. 슈스케는 가끔 친구를 집에 데리고 온다. 옆방에서 후다다닥 하는 소리가 들릴 때마다 무쓰미는 자신과 같은 중학교에 진학하는 반 친구가 없다는 행복한 사실을 한껏 되씹었다. 매일 혼자서 걸었던 먼 등굣길은, 이 중학교까지 이어져 있었던 것이라는 생각이 들었다.

6학년 여름 이후, 사귀고 있다는 소문이 돌던 이가라시 소타와 오노우에 아키는 A 중학교에 함께 진학했다. 6학년 2학기, 새로운 반장이 된 아키는 졸업식 뒤에 모두 다 같이 모여 특별히 주스나 과자를 먹을 수 있는 시간을 달라고 선생님에게 부탁해 허락을 받았다. 아키의 배려 덕분에 무쓰미도, 무쓰미 이외의 누군가도 졸업식 후에 혼자 남지 않을 수 있었다. 졸업식 뒤에 먼저 학교를 떠난 엄마는 저녁 늦게 도착한 무쓰미를 기쁘게 맞아주며 손수 기름진 요리를 해주었다.

6학년 여름까지 반장을 맡았던 에사키 미치요는 졸업식이 끝난 뒤, 친구 몇 명과 함께 순식간에 학교를 떠났다. 소타 주변의 남자아이들은 그 덕분에 남은 종이컵으로 아슬아슬하게 피라미드를 만들며 놀 수 있었다.

수학여행 안내서를 같이 만들었던 여자아이 둘은 같이 B중학교에 진학했다. '같이 미술부에 들어가자.' 반드시 같이 들어가겠다는 듯이 서로 눈을 반짝이던 두 사람의 모습을 무쓰미는 기억하고 있다. 무쓰미에게는 '같은 동아리에 들어가기를 약속한 친구'는 손에 넣어두면 가장 좋은 무기처럼 보였다.

다들 봄이 가까워 오자 그 무기를 갈고 닦기 위해 분주했다. 두 사람만의 약속이라고 하면서 반짝반짝 빛나는 칼끝을 다른 사람이 볼 수 있도록 하늘 높이 내걸었다.

봄방학은 3월 말과 4월 초에 걸쳐 2주 정도였다. 무쓰미에게는 그 기간에 사용할 수 있는 마법이 몇 개나 될 것처럼 느껴졌다. 초등학교 동급생이 한 사람도 없는 학교에 갈 수 있다. 생머리가 될지도 모른다. 살이 빠져 예뻐질지도 모른다. 눈이 번쩍 커질지도 모른다. 그럴 리가 없는데, 무쓰미는 마지막으로 초등학생용 가방인 란도셀을 내려놓는 순간, 자신은 변할 것이라고 믿었다.

머리카락에 물을 적셔 쭉 뻗게 하려고 손을 뻗었다. 목욕을 끝내고 매일 한 시간 이상 계속했다. 장롱의 작은 서랍에서 수영 도구를 꺼냈다. 머리카락을 가라앉게 하려고 수영모를 쓰고 잤다. 눈앞에 펼쳐진 2주라는 시간이 지난 뒤에는 지금까지의 자신을 모르는 사람들이 기다리고 있다. 그 사람들 앞에 섰을 때는 분명히 이 머리도 생머리가 되어 있을 게 틀림없다. 매일 아침, 포도 껍질을 벗기듯이 수영모를 벗으면서 무쓰미는 그렇게 믿었다.

"있잖아, 동아리 활동 뭐할지 정했어?"

머리숱이 적은 여자아이는 방과 후에도 무쓰미에게 말을 걸어 주었다. 어깨에 메는 가방 끈을 제일 길게 고정해놓았기 때문에 가방의 끝부분이 엉덩이보다도 아래쪽에 내려와 있었다.

"2주 동안 임시 가입 기간이고, 금요일까지는 정해야 해."

그녀는 그렇게 말을 한 뒤, 주변 아이들을 힐끔 바라보았다. 다들 입학식 다음 날부터 방과 후 동아리 활동 견학을 하러 다니는 듯했다.

"동아리 활동은 좀 긴장되긴 하지?"

그렇게 말하며 걷기 시작하는 그녀의 뒤를 무쓰미는 무심코 뒤따라갔다. 그녀는 엉덩이 아래까지 내려온 가방을 흔들거리면서 뒤따라오는 무쓰미의 모습을 힐끔 고개를 돌려 확인했다. 친구처럼 옆에 나란히 걸어도 되는 걸까, 무쓰미는 고민했다. 이 아이도 나와 함께 있는 모습을 다른 애들에게 보이기 싫어하는 게 아닐까. 무쓰미는 저도 모르게 '기무라'라고 그녀의 이름을 작게 불렀다. 그녀는 듣지 못한 듯하다. 색이 옅은 머리카락이 그녀의 가는 목을 감추고 있다. 같이 걸어도 괜찮은 듯하다고 무쓰미는 생각했다.

무쓰미는 프린트를 뒷자리에 전해줄 때, 그녀가 자신보다 몇 자리나 뒤에 앉아 있는지 살짝 세어 두었다. 그 뒤 입학식 날에 배부된 반 아이들 이름에서 그녀의 이름을 확인했다. 여학생의 출석 번호 1번이 아키모토 무쓰미, 자신보다 세 자리 뒤에 앉은 그녀는 기무라 시즈카일 게 분명했다.

복도로 나오니, 마치 처음 보는 마을 안을 걷고 있는 듯했다. 다른 초등학교에서 같은 중학교에 입학한 아이들은 신기하게도 다들 한두 살 정도 더 나이가 많아 보였다. 이제부터 매일 이곳을 지나다닐 것이고, 이제부터는 당연한 일상이 될 것이라는 사실을 이때 무쓰미는 전혀 상상도 하지 못했다.

"역시 미술부?"

복도를 걷고 있는데, 시즈카가 물었다. 잠시 아무 말을 안 하다가 무쓰미는 시즈카가 방금 자신에게 말을 걸었다는 사실을 깨달았다.

"응? 뭐라고 했어?"

"그림을 잘 그리는 것 같으니까, 미술부에 들어가나 싶어서."

시즈카는 갑자기 멈춰 서더니 "하지만 이런 건 뭐가 대단한 건지 모르겠어"라고 말했다. 그 자리를 지나가던 남학생이 복도 한가운데에 서 있는 시즈카를 방해라는 듯이 노려보았다. 무쓰미는 중학교에 들어와 모든 교실에 이가라시 소타 같은 아이가 있다는 사실을 깨달았다. 교실이 열 개 있으면 이가라시 소타는 열 명이 있고, 수학여행 버스가 열 대 있으면 각각의 가장 뒷좌석에는 이가라시 소타가 앉아 있다. 이가라시 소타는 개성적이었던 게 아니라, 하나의 교실에 반드시 하나씩은 준비되어 있는 양산품이었나 보다.

복도 벽에는 미술부 학생이 그린 것으로 보이는 그림이 액자에 걸려 있었다. 무쓰미가 평소에 그리는 그림과는 분위기가 전혀 다르다. 하늘 위에서 본 전원 풍경, 그곳엔 사람이 한 명도 없다. 그림을 그린 사람의 이름이 가로로 적혀 있다. 3학년 4반이라는 글자를 보고 무쓰미는 그 그림이 아주 멀게만 느껴졌다. 3학년 4

반이라니, 이 학교 건물 어디쯤에 있을까. 혼자서는 도저히 발을 들일 수 없는 장소인 것처럼 느껴졌다.

"그리고 싶은 그림이라는 게, 굳이 따지자면 이런 느낌?"

시즈카는 빙글 뒤를 돌아보더니, 맞은편에 붙어 있는 포스터를 손으로 가리켰다. 그러자 가는 앞머리가 움직여 넓은 이마가 드러났다.

'연극부원 임시 가입 환영', 그 글자 아래에 분주하게 뛰어가는 아이들의 모습이 보였다. 남자와 여자 모두 사복을 입고 있었고, 제일 위에는 포스터 전체를 비추듯이 커다란 스포트라이트가 그려져 있었다.

"이렇게 윤곽이 뚜렷한 그림은 스크린톤을 붙이기 쉽잖아. 그렇지?"

머릿속의 생각을 그대로 말로 표현하는 모습에 무쓰미는 "아, 응" 하고 자신도 모르게 대답을 먼저하고 말았다.

"낮에 하는 드라마에서 주인공이 그랬어. 만화가와 편집자의 이야기인데."

시즈카는 몸짓발짓을 섞어가며 얼마나 드라마가 재미있었는지를 이야기하기 시작했다.

"편집자 역할을 한 사람이 꽃미남이거든. 지난주에 그 사람이……."

복도 한가운데에서 열변을 토하는 시즈카의 모습을 다른 반 아이들이 굉장히 짜증스럽다는 듯이 째려보면서 지나갔다. 그런데도 시즈카는 신경 쓰지 않았다. 하지만 무쓰미는 신경 쓰지 않는 척하는 것이라고 생각했다.

"기무라는 연극부에 들어갈 거야?"

말을 하고 나서야 명부에서 이름을 잘못 봤으면 어쩌나 걱정을 했지만, 시즈카는 "아, 안 돼"라고 말하며 급히 손을 얼굴 앞에서 흔들었다.

"지금까지 애들이 '키무'라는 별명으로 불렀는데, 그거 정말 싫었거든. 별로 귀엽지가 않잖아."

그렇게 말하면서 시즈카는 살짝 복도 옆으로 이동했다. 머리를 박박 민 남학생이 커다란 에나멜백을 흔들면서 시즈카가 이동해 비어 있는 복도를 걸어갔다.

"시즈카가 내 이름이야. 그러니까 그냥 시즈카라고 불러줘."

시즈카는 무쓰미를 보고 그렇게 말했다.

"아키모토는 뭐라고 불러줬으면 좋겠어?"

시즈카와 눈이 마주쳤을 때, 무쓰미의 입 안에서 아키가 내밀어준 오렌지주스의 달콤한 맛이 되살아났다.

"아키."

'무쓰미, 중학교는 다른 곳으로 가지만, 앞으로도 잘 부탁해.'

"성이 아키모토니까. 가끔 아키라고 부르는 사람도 있었어."

졸업식 후, 아키는 무쓰미에게 오렌지주스를 건네주었다. 그리고 건배를 하듯이 자신의 종이컵을 무쓰미의 종이컵에 살짝 부딪쳤다. '나는 그 아이처럼 되고 싶었다.' 아키가 없어진 세상에서 무쓰미는 더욱 강하게 아키가 되고 싶은 충동이 밀려왔다.

"아키모토니까 아키라, 흐응."

시즈카는 고개를 끄덕이더니, "역시 나는 연극부가 좋겠어"라고 일부러 무쓰미가 들으라는 듯이 말끝을 길게 늘어뜨렸다. 이 아이는 일부러 복도 한가운데에 멈춰 서거나 큰 소리를 낸다. 주변 사람들이 째려보는 데도 별로 신경 쓰지 않는 척하여 소중한 무언가를 지키려고 하는 것 같았다.

"아키는 연극에 흥미 없어?"

"그, 글쎄."

사실은 없다. 없었지만 무쓰미는 일단 말을 얼버무렸다.

"흐응. 연극을 할 때는 소도구 같은 것도 많이 필요하니까 그림 잘 그리는 사람도 분명히 필요할 거야. 이것도 드라마에서 본 거지만……."

그렇게 말하는 시즈카의 표정은 무쓰미가 어떤 대답을 할지에는 그다지 흥미가 없어 보였다. 가는 앞머리 사이로 보이는 이마에 조금 땀이 배어 있다.

시즈카는 자전거를 타고 통학하지 않았기 때문에, 무쓰미는 학교를 나와서도 자전거를 끌고 갔다.

"뒤에 태워줘."

시즈카가 졸랐지만 무쓰미는 거절했다. 자전거 스티커와 함께 받은 주의 사항에는 둘이서 타지 말라고 적혀 있었기 때문이다.

"있잖아. 그 포스터에 스크린톤을 붙여서 연극부를 예쁘게 만들어줬으면 좋겠어, 아키가."

큰 자전거는 끌면서 걷기가 조금 힘들었다. 걸으면서 발뒤꿈치에 걸리는 페달이 자꾸만 신경이 쓰였다.

"내일은 마침 금요일이니까, 임시 가입하러 가자."

시즈카는 별것 아니라는 듯이 말했다. 무쓰미는 무심코 페달을 내려다보던 고개를 번쩍 들었다. 그곳에는 교복을 입은 시즈카가 있었고, 그 너머에는 자전거를 타고 달려가는 다른 반 아이들이 있었다.

'방과 후는 이런 것이었구나'라고 무쓰미는 생각했다. 누군가가 옆에 있으면 학교의 수업이 끝난 뒤의 시간은 방과 후로 이름이 바뀐다. 시즈카네 집은 무쓰미와 같은 방향이었지만 중학교 바로 옆에 있었다.

"내일 잘 부탁해."

시즈카는 그렇게 말하고 손을 흔들며 집으로 들어갔다. 2층짜리 예쁜 집이었다. 시즈카는 복도에 걸려 있던 포스터에 등을 돌리고 있던 때도, 통학로를 걷는 사이에도, 몇 번이고 '연극부'라는 말을 입에서 웅얼거렸다. 무쓰미의 마음속에서 무언가가 움직이지 않도록, 몇 번이고 몇 번이고 확인을 하는 것처럼.

무쓰미는 자전거에 올라탔다. 스커트가 벌어지고, 시선이 조금 높아졌다. 그러자 길의 폭이 갑자기 넓어진 듯했다. 일어서서 페달을 밟았다. 바람을 맞아 양쪽으로 갈라진 앞머리는 분명 이상해 보이겠지만, 이 근처에는 무쓰미가 알고 있는 사람이 한 명도 살고 있지 않기 때문에 전혀 신경 쓰이지 않았다.

무쓰미는 생각했다. 시즈카는 중학교에서 집이 가까웠다. 즉 같은 초등학교에서 같은 중학교로 온 친구가 많이 있을 것이다. 하지만 오늘까지 시즈카가 다른 누군가와 이야기하는 모습을 거의 본 적이 없다.

무쓰미는 더 빨리, 더 빨리 페달을 밟았다. 몸이 좌우로 흔들렸다. 쓸데없는 생각만 맴도는 머리를 통째로 어딘가에 집어 던지고 싶었다. 체육시간에 2인 1조가 되어야 했을 때, 교실에서 음악실로 이동할 때, 소풍 때에 같이 다닐 조를 짤 때, 수영 수업을 잠시 쉴 때, 좁은 장소에 그렇게 많은 사람이 있었는데 대체 누구 옆에 있어야 할지 몰랐을 때, 무쓰미는 혼자서 붕 떠서 그 장소에 있는 모든 사람을 가만히 지켜보고 있는 것만 같았다.

하지만 이제부터는 지금까지 계속해서 고민해왔던 일을 고민하지 않아도 된다. 그것은 정말 달콤하고 상쾌한 발견이었다.

어깨에 멘 가방 안에 노란색 표지의 모눈 노트가 흔들리고 있었다. 무쓰미는 슈스케의 기뻐하는 얼굴을 떠올렸다. 같이 연극부에 들어가면, 시즈카는 분명 기뻐해준다. 내가 더 예쁜 포스터를 그리면, 시즈카뿐만 아니라 연극부 사람들까지 기뻐해줄지도 모른다. 그렇게 그림을 더 잘 그리게 되면 슈스케도 더더더 기뻐해준다. 수학여행 안내서 표지 그림을 보며 아키가 박수를 치며 "대단하다"라고 말해주었을 때처럼…….

멀리 보이는 신호등의 색이 빨강에서 파랑으로 바뀌었다. 무쓰미는 더욱 자전거의 속도를 높였다.

## 2

장마가 시작된 뒤로 며칠간 계속 비가 내리고 있다. 창문에 딱 달라붙은 빗물이 투명한 유리를 조금 흐리게 만들었다.

'똑똑', 문을 두드리는 소리가 들려도 무쓰미는 펜을 쥔 손을 멈추지 않았다. 그 사람은 무쓰미가 딱히 대답을 하지 않아도 방 안으로 들어온다.

"있어?"

슈스케는 반 아이들에 비해 키가 작다. 그리고 변성기도 시작되지 않았다. 그런데도 물풍선처럼 잔뜩 살이 쪄서 뭔가 균형이 맞지 않아 보인다. 엄마는 자주 "아빠는 키도 크고 말랐는데 말이야"라고 신기한 듯이 말한다. 엄마가 만드는 요리가 기름져서 그런지, 흰 밥이 술술 넘어간다.

"있는데."

무쓰미는 문 근처에 서 있을 슈스케를 보지도 않고 대답했다. 지금 슈스케가 어떤 표정을 짓고 있는지, 손에 무엇을 들고 있는지 무쓰미는 손바닥을 들여다보듯이 잘 안다. '끼익' 하는 소리가 난다. 방에 들어온 슈스케가 침대에 앉은 거겠지.

"만화 새로운 거 없어? 눈이 별로 안 큰 걸로."

무쓰미는 슈스케가 가지고 있는 만화를 읽지만, 슈스케는 무쓰미가 가지고 있는 순정 만화는 읽지 않는다.

"뭐해?"

잠시 무시하고 있자, 슈스케는 바로 옆으로 다가왔다. 평소대로의 흐름이다.

"방해는 하지 마."

무쓰미는 포스터에 그려져 있는 남학생 옷의 윤곽에 맞춰 커터의 칼날을 천천히 움직였다. 포스터의 밑그림에 겹쳐져 있는 체크 모양의 스크린톤을 남학생이 입고 있는 바지의 형태대로 잘라낸다.

"연극부?"

슈크케는 말끝에 의문 부호를 붙였다.

"여름 공연? 누나도 여기에 나와?"

눈에 보이는 것이나 자신이 잘 알지 못하는 사실을 바로 물어보는 습관은 어릴 때부터 변하지 않았다.

"안 나가. 나는 미술 담당이니까."

뭐야. 슈스케가 노래하듯이 그렇게 말하더니, 또 침대에 배를 깔고 누웠다.

"뭐야, 안 나가?"

엎드려 다리를 흔들거리고 있는지, 이불이 구겨지는 소리가 귀에 거슬린다. 슈스케는 언제나 가만히 있지를 못한다. 연극부 미술 담당이 하는 일은 무대의 장식이나 소도구를 만들고, 포스터나 광고지 등을 제작한다. 이런 작업은 집에서 해도 되는데, 학교에서 다 끝내지 못했을 때는 자연히 무쓰미 담당이 된다.

"여름 공연, 마지막 여름방학~."

슈스케가 큰 소리로 공연 타이틀을 읽었다. 엎드려 있기 때문인지 배에서 나오는 목소리다.

〈7월 공연〉 '마지막 여름방학'에서, 지금 동아리 활동을 하고 있는 3학년은 더 이상 동아리 활동에 나오지 않는다.

"연극부 재미있어? 난 중학교에 들어가면 어떤 동아리에 들어갈까."

슈스케는 침대 위에서 뒹굴거리며, 가끔 발바닥을 따악따악 하고 서로 맞부딪쳤다. 무쓰미는 손에 쥐고 있는 커터에 힘을 주었다.

슈스케는 어떤 동아리에서 활동할지 스스로 선택할 수 있다.

봄, 시즈카가 연극부에 임시 가입을 하자고 했을 때의 일을 무쓰미는 지금도 가끔 떠올린다. 겨우 자신에게도 같은 동아리에 들어가자고 한 친구, 모두가 자기 손에 있다는 것을 필사적으로 확인하고, 자랑스럽게 남에게 과시하던 무기, 그것만 손에 넣으면 지금까지 패배만 맛봐왔던 링 위에서 다시 한 번 싸울 수 있을 것만 같았다. 또다시 다가온 슈스케가 책상 옆에 치워 놓았던 색지를 집어 들었다.

"방해하지 말라고 했지?"

무쓰미가 손을 뻗었지만 슈크케는 슬쩍 피해 버렸다. 슈스케의 땀에 찬 손가락이 선배들이 쓴 메시지를 번지게 하는 게 아닐까 불안해졌다.

"이 사람 성은 좀처럼 보기 드문 거네?"

슈스케가 사카마치 신이치로라는 글자를 손톱으로 톡톡 치는 모습을 보고, 무쓰미가 결국 참지 못하고 색지를 빼앗았다.

"이건 연극부 거라 자꾸 건들면 안 된다니까."

조금 강한 어조로 그렇게 말하자 슈스케는 뭐야, 라고 하면서 시시한 듯이 추욱 팔을 늘어뜨렸다. 정말 포기를 모른다고 무쓰미는 생각했다. 자신이 먼저 말을 꺼내지 않았기 때문에, 슈스케는 이렇게 방 안을 어슬렁거리고 있는 것이다.

"오늘은 몇 권?"

무쓰미가 먼저 그렇게 묻자, 슈스케는 팔을 축 늘어뜨린 채 대답했다.

"두 권."

슈스케는 이 방에 들어왔을 때부터 계속 오른손에 노란 모눈 노트를 들고 있었다. 한 권일 때도 있고, 세 권이나 네 권을 가지고 올 때도 있다.

"이쪽 산수는 키리토, 과학은 유야를 그려줘."

요즘 방영되고 있는 애니메이션 〈전마 헌터 키리토〉에 나오는 캐릭터 이름으로, 슈스케는 노트 두 권을 내밀었다. 유야는 머리

모양을 그리기가 어렵다고 무쓰미는 생각했다.

"요즘 계속 이 캐릭터네."

"내일 가져갈 거야, 이거."

"응? 내일?"

무심코 무쓰미가 그렇게 되묻자, "그치만………" 하고 슈스케는 미안한 기색도 없이 말했다.

"내일 가져가기로 약속해버렸단 말이야, 나."

문을 연 슈스케는 조금 몸을 비틀어 "어쨌든 내일 아침까지"라고 무쓰미를 노려보았다. 책상 위에 남겨진 새 모눈 노트는 이제 막 뚜껑을 연 푸딩처럼 노란색으로 밝게 빛났다.

슈스케가 가지고 있는 노트 표지에는 만화나 애니메이션 캐릭터가 이쪽을 보고 검을 쥐고 있거나 주문을 외우고 있다. 국어, 산수, 과학, 사회 모두 마찬가지다. 그리고 그 그림은 모두 무쓰미가 그린 것이다. 슈스케는 친구들에게 그 그림을 자신이 그렸다고 자랑을 하고 다녔다. 그러자 모두들 '내 노트에도 그려줘, 그려줘' 하며 부탁해왔다고 한다.

여름 공연 포스터와 동아리 활동을 그만두는 선배들에게 전해줄 메시지 그리고 슈스케의 친구들 모눈 노트가 두 권. 작은 책상에는 그것만으로도 넘쳐 흐를 것만 같았다. 무쓰미는 양손을 머리 위로 올려 기지개를 켰다. 뼈가 삐걱이는 소리에 '으으으' 하고 저절로 신음 소리가 새어나왔다.

빗소리가 시끄럽다. 오늘은 우산을 가져오는 것을 잊은 시즈카와 같이 우산을 쓰고 집까지 바래다주었다. 비에 젖지 않은 시즈카는 "고마워"라고 말했다. 접이식 우산밖에 없는 사카마치 선배는 "아키의 우산은 커서 부러워"라고 말하며, 무쓰미가 그려올 포스터가 기대된다고 말해주었다.

사카마치, 좀처럼 보기 힘든 '성'의 울림을 무쓰미는 좋아했다. 자신만이 알고 있는 이름 같아서, 부를 때마다 기뻐졌다. 무쓰미는 책상 위의 색지를 집어 들었다. 여름 공연을 끝으로 동아리 활동을 그만두는 선배들에게 전하는 메시지에는 이미 후배들이 쓴 글로 가득했다. 그렇게 메시지를 쓰고도 남은 공간을 무쓰미가 그림으로 장식하기로 했다.

우산을 같이 쓰면 시즈카는 고맙다고 말해준다. 모눈 노트의 표지에 그림을 그리면, 슈스케도 슈스케의 친구들도 기뻐해준다. 지금까지 단순한 일러스트에 불과했던 포스터에 스크린톤을 붙이면 연극부 모두가 기뻐해준다.

무쓰미는 색지에 가득 들어찬 글자를 바라보았다. 여자치고는 글씨를 잘 못 쓰는 시즈카, 무쓰미와 시즈카 이외의 유일한 1학년 이지마, 모리 선배는 의외로 둥근 글자, 무라미카 선배의 균형 잡힌 별 마크, 혼자서만 세로로 글씨를 쓴 도모에 선배 그리고 사카마치 신이치로라고 조심스럽게 쓴 작은 글씨. 무쓰미는 다섯 글자밖에 되지 않는 한자의 파임, 치침, 쪼음 등을 각각 가만히 바라본다.

사카마치 신이치로, 손으로 쓴 다섯 글자 너머에 펼쳐지는 상상은 글자로 표현하면 몇천 글자, 몇만 글자가 된다.

빗소리를 들으면서 무쓰미는 포스터에 스크린톤을 붙이고, 모눈 노트에 애니메이션 캐릭터를 그린다. 그리고 색지의 빈 공간을 그림으로 장식한다. 그때마다 주변 사람들에 비해 늦게 얻은 무기가 말끔하게 광이 나는 것만 같았다.

## 3

사카마치 선배는 파이프 의자를 한 번에 네 개나 들고 있다.

"의자는 같은 방향을 보게 해서 이쪽에 모아 놔."

"네에." 대답을 한 시즈카는 덜컹덜컹 소리를 내면서 의자를 접기 시작했다. 은색 철골과 녹색 쿠션으로만 이루어진 의자는 접으면 크기가 확 줄어 납작해진다. 공연 중에 연기 담당과 미술 담당은 하는 일이 전혀 다르지만, 공연이 끝나면 상관없이 모두 같이 뒷정리를 한다.

에어컨이 없는 다목적실은 가만히 서 있기만 해도 땀이 흥건해질 정도로 덥다. 옷감이 얇은 여름용 스커트의 주름이 파이프 의자의 무게로 점점 구겨졌다.

"사카마치, 이건?"

모리 선배가 무대와 무대의 좌우를 나누기 위해 사용한 칸막이를 가리켰다. 모리 선배는 사카마치 선배보다 몸집이 크다.

"이거 어디서 빌린 거였지? 무라미카~."

"왜?"

다목적실 밖에서 무라미카 선배가 얼굴을 내밀었다. 6월에 들어 모두가 하복을 입게 된 뒤로, 시즈카는 무라미카 선배의 가슴이 굉장히 크다며 호들갑을 떨었다. 그 뒤로 무쓰미는 무라미카 선배만 보면 항상 가슴 쪽을 확인하게 된다.

"칸막이는 체육관에서 빌린 것 같은데. 모리, 이것 좀 옮겨줘."

무라미카 선배는 그렇게 말하더니, 곧바로 다목적실 밖으로 나가버렸다. 평소라면 모리 선배가 투덜투덜 불평을 쏟아내겠지만, 오늘은 어쩔 수 없다. 다목적실 밖에는 색지를 끌어안고 있는 3학년 선배들이 어딘가 아쉬운 듯 모여 있다. 무라미카 선배와 도모에 선배는 각각 개인적으로도 편지를 준비한 듯했다. 3학년 선배들은 눈썹을 잔뜩 모으고 있었지만, 웃는 얼굴로 "고마워, 고마워. 힘내, 힘내" 하고 계속 인사를 했다.

"사카마치."

"그래, 알았어. 같이 가져가자."

칸막이를 보고 질린 표정을 짓는 모리 선배의 등을 사카마치 선배가 팡팡 두드렸다. 그러자 '모리이'라고 새겨져 있는 모리 선배의 명찰이 흔들렸다.

연극부 3학년의 마지막 공연을 겸한 여름 공연은 매년 종업식 뒤에 다목적실에서 열린다. 체육관에서 한참 종업식을 끝낸 뒤에 열리는 공연이라 파이프 의자를 많이 늘어놔 보았자 객석이 가득 차는 경우는 없다. 선배들에게 있어서는 마지막 공연인데, 무쓰미는 조금 허무한 기분도 들었다. 하지만 선배들은 이제 익숙한지 아무도 그런 사실에 신경을 쓰지 않는 듯이 보였다.

"너무 더워, 여기."

"창문을 열었는데도 그냥 닫은 거랑 똑같잖아."

다목적실에서 선배들이 사라지자마자 시즈카도, 이지마도 게으름을 피우기 시작했다.

"바람조차 안 불다니 대체 뭐야?"

7월 22일 오후 3시 40분은 어디에서 무얼 하든 덥다. 하지만 내일부터 여름방학이라는 점을 생각하면 어떤 일이든 쉽게 용서할 수 있을 듯한 기분이 들었다.

"도모에 선배, 정말 멋졌어."

그렇게 감탄하며 한숨을 내쉬는 이지마는 시즈카와는 달리 텔레비전 드라마나 영화보다도 무대나 뮤지컬을 더 좋아한다. 그래서 임시 가입 때부터 뮤지컬을 좋아하는 도모에 선배와 죽이 잘 맞았다. 두 사람은 텔레비전에는 거의 나오지 않는 사람들의 이름이 실려 있는 잡지를 자주 읽는다.

"저렇게 잘하니, 도모에 선배는 이제부터 정식으로 연기 담당이랑 미술 담당을 같이 하게 될 것 같은데."

시즈카가 벽에 붙은 포스터를 지익지익 뜯으면서 말했다. 지금까지 무쓰미와 미술 담당으로 활동해온 도모에 선배는 오늘 공연을 시작으로 연기도 시작했다. 평소에는 큰 소리를 낼 것 같지 않은 도모에 선배였지만, 실제로는 의외로 힘찬 목소리가 다목적실 안을 크게 울렸다.

"앞으로 연극 담당과 미술 담당이 애매해질지도 모르겠어."

시즈카는 그렇게 말하더니 "안 그래, 아키?" 하고 무쓰미의 반응을 즐기듯이 떼어낸 포스터를 하늘하늘 흔들었다. 3학년이 빠져나가면 연극부의 인원은 확 줄어든다. 2학년은 네 명밖에 없고, 1학년은 더 적어 무쓰미와 시즈카 그리고 이지마까지 세 명뿐이다. 지금까지 미술 담당은 연극에 쓸 도구를 준비하는 등 준비 작업에만 몰두하면 그만이었지만, 이제부터는 도모에 선배처럼 연기도 같이 해야 할지도 모른다.

"난 절대로 못해, 연기라니."

파이프 의자를 접으면서 무쓰미가 대답했다.

"그거야 모르지."

이지마는 가볍게 대답했지만 무쓰미는 잘 알고 있었다.

"근데 가을엔 대회도 있고."

지지직, 시즈카는 포스터를 떼어냈다.

"절대 못해."

"대회니까 대작을 만들고 싶거든."

더운지 이지마는 스커트를 손으로 팔락거렸다.

"절대 못해."

무쓰미가 파이프 의자를 접으니 덜컹 하고 금속과 금속이 부딪치는 소리가 났다. 시즈카와 이지마는 더 이상 아무 말도 하지 않았다. 열려 있는 모든 창문에서 매미의 힘찬 울음소리가 흘러들어 왔다. 여름 공연도 끝나고 3학년 선배들도 동아리 활동을 마무리 지었는데, 여름은 겨우 이제부터 시작이다.

공연 중 미술 담당인 무쓰미는 칸막이 뒤에 있었다. 의상을 갈아입기 편하게 배치하거나, 필요한 소품을 준비하는 등 무쓰미는 리허설대로 움직였다. 단, 미술부라도 사람들 앞에 나서야 할 때가 있다. 장면이 전환되어 세트를 바꾸어야 할 때다.

다음 장면에 필요한 도구를 들고 칸막이 뒤에서 뛰어나갈 때, 무쓰미는 언제나 숨을 참는다. 그곳은 분명히 연극부가 만들어 낸 무대의 일부인데, 무쓰미에게는 가장 적이 많은 장소처럼 느껴졌다. 공연이 시작되기 직전, 무쓰미는 줄줄 땀을 흘리고 있었다. 드문드문 파이프 의자에 앉아 있는 사람들 중에 있을 리가 없는, 초등학교 시절 같은 반 아이들이 앉아 있을 것만 같았다.

무쓰미가 무슨 행동을 하면 킥킥거리며 웃었던 아이들. 어쩐 일인지 이가라시 소타 그룹과 같이 움직이게 되었던 수학여행의 자유시간 때는 소타의 부하 같은 남자아이들이 계속 자신을 보고 웃었다.

그때 본 나라의 대불상은 짧은 곱슬머리에, 눈이 가늘고 매우 뚱뚱했다. 무쓰미는 그때 엄청나게 큰 불상 앞에 버티고 서서 자신이 불상을 닮았다고 생각했다. 자신을 본 남자아이들이 나무

아미타불이라고 하면서 웃었던 이유를 비로소 알게 된 순간이었다. 자신의 추한 모습은 언제나 자신 이외의 누군가가 먼저 알아본다. 다른 사람이 보는 자신은 자신이 생각하는 것보다 추하다.

"아키, 나도 의자 치울게."

포스터나 벽에 붙은 장식을 다 떼어낸 두 사람이 무쓰미에 이어 파이프 의자를 접기 시작했다. 덜컹덜컹, 의자가 악기처럼 소리를 냈다. 누군가 자신을 아키라는 이름으로 불렀을 때 자연스럽게 반응하기까지 한 달 정도 걸렸다.

초등학교 6학년 때 딱 한 번, 음악 수업 때에 피아노를 치는 아키의 악보를 넘겨주는 역할을 맡은 적이 있다. 그때는 원래 반주를 하던 반장이 손가락을 다쳐서 대신 아키가 피아노를 쳤다.

피아노를 치는 아키의 모습을 보면서 무쓰미는 똑같은 기능을 가진 부위인데 왜 이렇게 많은 차이가 나는 걸까, 그런 생각을 했었다. 눈, 코, 입, 목, 어깨, 손가락, 머리카락. 자신도 똑같은 이름을 지닌 부위가 있는데, 이렇게 다르다니 좀처럼 믿을 수가 없었다. 악보를 넘기는 타이밍을 재면서 이런 사람만이 사람들 앞에 서야 한다고, 무쓰미는 계속해서 확인하듯이 생각했다.

"미안, 뒷정리를 다 맡겨서."

드르륵 하고 문이 열리고 무라미카 선배가 얼굴을 내밀었다. 그다지 정리가 되어 있지 않은 다목적실을 보고 놀라면서도, 무라미카 선배는 정리를 도와주지 않고 자신의 짐을 챙기기 시작했다.

"도모에 것도 있어?"

허리 부분에서 두 번 말아 올린 스커트가 작은 두 무릎 위에서 하늘하늘 자유롭게 움직였다.

"도모에가 울어서. 난 짐 좀 갖다 주고 올게."

3학년 선배들은 아직 학교 어딘가에 모여 있는 듯했다. 항상 냉정해 보이는 도모에 선배가 울고 있는 모습을 상상하니, 무쓰미는 어딘지 모르게 가슴이 두근거렸다.

"아."

두 사람분의 짐을 짊어진 무라미카 선배는 무쓰미를 보더니, 다정하게 웃으며 말했다.

"고마워, 색지. 아키모토, 정말 잘 그리더라. 포스터도……."

그렇게 덧붙여 말하고 무라미카 선배는 다목적실 밖으로 나가 버렸다. "수고하셨습니다." 1학년 세 명의 목소리가 문에 닿기도 전에 말끝이 흐려졌다.

"빨리 정리하고 우리도 돌아가자."

이지마가 덜컹 하는 소리를 냈다. 덜컹덜컹. 금속음이 내는 소리는 사람의 침묵을 더욱 두드러지게 했다. 무라미카 선배는 예쁘다. 한가운데에서 양옆으로 갈라진 앞머리는 단정한 눈썹과 길게 뻗은 쌍꺼풀을 가리지 않는다. 더욱이 4월 초가 생일이라 같은 학년의 친구들보다 먼저 한 살 언니가 된다.

무쓰미와 이야기할 때 무라미카 선배의 목소리나 표정은 조금 서먹서먹하게 대한다. 통학로나 복도에서 만나도 무쓰미나 시즈카에게 말을 걸지도 않는다.

"3학년은 이제 동아리 활동에 안 나오는구나."

셋이 있을 때 항상 먼저 말을 꺼내는 사람은 시즈카다.

"나, 그 색지를 보고 처음으로 무라미카 선배의 본명을 알았어. 무라이 미카코였구나. 그래서 무라미카."

"뭐, 너무 늦게 안 거 아니야?"

이지마가 깔깔 웃었다. 선배들이 사라지자 긴장이 풀린 듯했다.

"근데 색지에 의외로 쓸 말이 없어서 고민했었어."

"아, 그치? 진짜 그렇더라."

시즈카가 한숨을 쉬면서 말했다.

"아키가 그림을 잔뜩 그려줘서 살았어."

덜컹.

'있잖아, 그 포스터에 스크린톤을 붙여서 연극부를 예쁘게 만들어 줬으면 좋겠어. 아키가.'

'이쪽 산수는 키리토, 과학은 유야를 그려줘.'

'고마워, 색지. 아키모토, 정말 잘 그리더라.'

'아키가 그림을 잔뜩 그려줘서 살았어.'

덜컹.

마지막 의자를 접자, 다목적실은 꽤 깔끔해졌다.

"이거 끝나면 돌아가도 되지?"

"사카마치 선배들 안 돌아오려나?"

그렇게 말하는 두 사람 건너쪽 벽에 깜빡하고 떼어내지 않은 포스터 한 장이 남아 있었다. 남자아이와 여자아이가 서로 등을 맞대고 가슴을 내밀고 서 있다. 무쓰미는 손이나 신발을 잘 못 그린다. 그래서 무슨 그림을 그리든 손과 신발이 보이지 않는 포즈나 구도를 선택했다.

"어라?"

무쓰미가 마지막 포스터를 떼어내려고 했을 때, 그와 동시에 다목적실의 문이 열렸다.

"2학년 여자애들은?"

모리 선배는 목에 건 타월로 얼굴의 땀을 닦고 있었다. 체육관까지 옮긴 칸막이는 역시 무거웠나 보다.

"3학년 선배들과 어디론가 갔어요."

시즈카가 솔직하게 대답하자, "그 자식들 완전 땡땡이잖아"라고 말하며 모리 선배는 그 자리에 책상다리를 하고 앉았다. 그러자 헐렁했던 셔츠가 등에 딱 달라붙었다.

사카마치 선배는 다목적실을 빙 둘러보고는 "벌써 다 정리했네, 대단하다"라고 하면서 짝짝짝 박수를 쳤다. 무쓰미를 비롯한 1학년도 "칸막이를 옮겨주셔서 감사합니다"라고 일단 인사를 했다. 모두 다목적실을 나와 교무실로 향했다. 뒷정리가 끝났다고 선생님에게 말만 하면 되는데, 에어컨이 있다는 이유로 모리 선배도 사카마치 선배의 뒤를 따라갔다.

맴맴거리는 매미 소리를 쫓아가듯이, 무쓰미의 목덜미에 땀이 흘렀다. 아무도 없는 복도, 그 양옆에는 시즈카와 이지마가 있다. 교무실 안에서 사카미치 선배와 모리 선매의 웃음소리가 들려왔다.

"아이스크림 먹고 싶지 않아?"

시즈카의 제안에 이지마가 적당히 맞장구를 쳤다. 여기에도 방과 후가 있구나, 무쓰미는 그렇게 생각했다. 무쓰미는 마치 자신이 아주 마르고, 귀엽고, 생머리인 아키인 듯한 착각이 들었다. 아주 잠시지만, 온몸이 붕 뜨는 듯한 그런 기분이 밀려왔다.

"연기 담당인 두 사람은 앞으로 많은 역할을 맡게 될 거라 생각하니까, 잘 부탁해."

현관 앞에 도착하자 사카마치 선배는 조금 까치발을 들면서 신발장 제일 위에 들어가 있는 자신의 스니커즈를 꺼냈다. 반대로 체격이 큰 모리 선배는 몸을 둥글게 말고 제일 아래쪽에 있는 신발장을 열었다.

"이제 일곱 명이네."

"그러게."

사카마치 선배의 혼잣말에 모리 선배가 대답을 했다.

"많이 줄었다, 우리들."

모리 선배는 뒤를 접어 신어 신발이 큰 슬리퍼 같았다. 그 바로 옆에서 사카마치 선배가 "잠깐만 기다려 줘"라고 하 면서 신발끈을 고쳐 매고 있다.

"수고 많으셨습니다, 사카마치 부~장~님."

시즈카가 부장님이라는 부분을 살짝 장난스럽게 발음하자 사카마치 선배는 "지금 놀리는 거냐?"라고 말하며 얼굴을 찡그렸다. 공연 뒤, 사카마치 선배는 새로운 부장으로 임명되었다.

"수고하셨습니다."

시즈카에 이어서 무쓰미가 고개를 꾸벅 하며 인사했다. 그리고 신발 끈을 매는 사카마치 선배의 손등을 바라보았다.

"아, 포스터 진짜 좋았어."

손톱이 넓은 손가락, 의외로 큰 신발, 침착한 목소리.

"미술 담당이 많이 줄었지만, 일단 아키가 있으니 안심이야."

사카마치 선배는 무쓰미가 잘 그리지 못하는 부분만 멋지다.

사카마치 선배를 좋아한다고 생각하게 된 순간을 무쓰미는 선명하게 기억하고 있다. 그래서 몇 번이고 계속 그 순간을 떠올렸고, 몇 번이고 사카마치 선배에게 반할 수 있었다. 임시 가입 때부터 연기 담당을 희망한 시즈카와 이지마는 연기 담당 선배에게 발성 연습 방법을 지도받았다. 미술 담당을 희망한 무쓰미는 발성 연습에는 참가하지 않았다.

의상에 대해 잘 아는 도모에 선배와 대도구 준비가 특기인 사카마치 선배는 이때부터 연기도 같이 하고 있었기 때문에 무쓰미에게 신경을 써줄 틈이 별로 없어 보였다. 그 외의 미술 담당은 모두 3학년 선배였기 때문에, 무쓰미는 좀처럼 연극부 내에서 자신의 자리를 찾기가 어려웠다.

2주간의 임시 가입 기간이 지나고 골든위크(황금연휴)가 끝나자, 순식간에 여름 공연 준비가 시작되었다. 3학년의 마지막 공연이자, 1학년의 모습을 새롭게 선보이게 되는 공연이라 여름 연극 공연은 1년 중에서도 손꼽힐 정도로 중요한 무대이다. 공연은 이미 한 번 했던 공연을 다시 하는 경우도 있고, 완전히 새로운 작품을 처음부터 다시 만드는 경우도 있었다.

"여름 공연은 리메이크, 가을엔 다 같이 새로운 작품을 선보일 때가 많은 편이야."

사카마치 선배는 그렇게 말했지만, 아무튼 간에 미술 담당은 항상 내용을 생각하는 단계에서부터 참가한다. 어떤 장면에서 어떻게 연출을 하면 진짜로 실감나게 보일까. 그 모든 것을 생각해내야만 한다.

올해 여름 공연은 배경이 학교로 결정되었기 때문에 미술 담당이 할 일은 생각처럼 많지는 않아 보였다. 단지 출연자가 많이 필요하기 때문에, 미술 담당이었던 사람들 대부분이 연기도 같이 맡게 되었다. 무쓰미는 절대로 연기는 하지 않겠다고 굳게 결심을 했다.

무쓰미는 주로 장면 전환을 위한 배경을 담당했다. 교실 그림은 필요 없었기 때문에 집 안이라는 설정을 알 수 있게 하기 위한 문이나 창문, 그 외에도 자주 등장하는 버스정류장이나 공중전화 박스 등을 그렸다.

그날은 처음으로 다목적실에서 모든 장면을 연습한 날이었다.

무쓰미는 배경 그림을 바꾸는 타이밍, 칸막이를 이동시키는 신호, 위치 등 모든 것을 공연 전날에 몇 번이고 확인하면서 연습에 몰두하고 있었다.

"뭐하는 거야?"

연습이 끝난 뒤 무쓰미가 몰래 그림 도구를 준비하고 있는데, 사카마치 선배가 말을 걸었다.

"배경을 다시 그리게?"

여러 물품을 넘어서 사카마치 선배는 무쓰미에게 다가왔다.

"……버스정류장이요, 더 파랗게 칠하지 않으면 알아보기 어려울 것 같아서요."

무쓰미는 그렇게 대답하면서, 자신의 그림 도구 세트에서 대충 꺼내든 파란 물감의 뚜껑을 비틀었다.

"왜 연극부에 들어왔어?"

붓에 물을 묻히고 있는데, 문득 사카마치 선배가 물었다.

"아키는 연기하는 거 굉장히 싫어하잖아."

무쓰미는 사카마치 선배의 얼굴을 바라보았다. 화를 내고 있는 줄 알았다.

"굳이 연극부가 아니라도 미술부도 있잖아."

사카마치 선배는 딱히 표정을 바꾸지도 않은 채 손에 들고 있던 붓을 만지작거리고 있었다.

손이 예쁘다. 무쓰미는 그때 비로소, 자신이 사카마치 선배의 모습을 제대로 포착했다는 생각이 들었다.

"시즈카가 들어오자고 해서요."

무쓰미는 얼버무리려는 듯 파란색 물감을 팔레트에 짜냈다. 이 물감은 좀 부족할지도 모른다.

"흐응."

사카마치 선배는 만지작거리던 붓을 물에 담갔다.

"나는 혼자서 그림을 그려봐야 재미없을 것 같아서였었나?"

그렇게 말하더니, 사카마치 선배는 무쓰미와 함께 팔레트 안의 푸른 물감을 휘젓기 시작했다. 각자의 붓이 뒤섞이듯이 물감을 녹였다.

'저도예요.'

입 안에서 두 번, 그렇게 말해보았을 때였다.

"그보다 뭐야 이거. 물감이 많이 모자라잖아."

물감을 더 짜내려 했던 사카마치 선배가 김이 빠진다는 듯한 소리를 냈다.

"다시 칠하고 싶은 거지? 버스정류장."

사카마치 선배가 이쪽을 들여다보며 그렇게 말했을 때, 처음으로 무쓰미는 사카마치 선배의 두 눈을 정면으로 바라보았다. 물감 세트에서 새로운 파란 물감을 가져오면 된다. 머릿속으로는 알고 있었다. 하지만 그때 무쓰미는 머리보다도 몸이 먼저 움직이는 현상을 처음으로 경험했다.

"근데 하늘색 물감이 이제 없어요."

"엑."

사카마치 선배가 얼굴을 찌푸리는 모습을 보고 무쓰미는 다시 한 번 말했다.

"물감이 이거밖에 없어요."

사카마치 선배와 둘이서 이 물감을 같이 쓰고 싶다. 무쓰미는 그렇게 생각했다. 이 사람이 무언가 잘 안 될 때 고민하는 표정이나 일이 잘 풀려 기뻐하는 표정, 그런 표정을 모두 두 눈에 새겨 두고 싶었다. 물감을 있는 힘껏 비틀기도 하고, 가위로 잘라 붓을 집어넣어 보기도 하고, 물감 안에 물을 넣어 굳은 곳을 녹이기도 하고. 그런 다양한 움직임을 모두 두 눈에 새기고 싶다고 무쓰미는 생각했다.

## 4

누군가와 닮았다. 무쓰미는 그렇게 생각하면서 짠맛이 나는 손가락을 핥았다.

"이 사람, 무라미카 선배랑 닮지 않았어?"

"응? 누구?"

시즈카가 그렇게 말하며 몸을 앞으로 쭉 내밀었다. 그래서 텔레비전 화면이 보이지 않게 되었다.

"봐, 이 사람. 주인공이니까 쉽게 알 수 있잖아."

이지마가 텔레비전 화면을 손가락으로 짚으며 말했다. 그러자 텔레비전이 더 보이지 않게 되었다.

"아, 닮은 것 같기도……. 왕가슴이 특히!"

"거기가?"

어이가 없다는 듯이 그렇게 말을 하고, 무쓰미는 티슈로 손가락을 닦았다. 포테이토칩은 좋아하지만, 시즈카는 항상 맛이 진한 과자를 고른다.

"이 사람 이름이 뭐데?"

시즈카가 티슈로 손을 닦지도 않고 카펫을 만지고 있다.

"으음, 잠깐만."

이지마는 잡지에 얼굴을 묻고 있기 때문에 그 사실을 눈치 채지 못했다. 이지마가 집에 뮤지컬 비디오가 있으니까 보러 오라고 초대했다. 이지마의 집은 중학교를 중심으로 무쓰미의 집과는 방대방향이었다. 친구 집에 간다는 것 자체가 처음인 무쓰미는 집에서 과자를 가져온 시즈카를 보고 갑자기 긴장감이 몰려왔다. 그 외에도 자신이 모를 뿐 뭔가를 준비해야 하는 게 아닌지 걱정이 되었다.

"이 사람이야, 아마. 메이크업이라든가 많이 바꾸긴 했지만."

이지마가 이쪽을 향해 잡지를 펼쳐 보였다. 역시 뮤지컬을 좋아하는 도모에 선배와 함께 자주 들여다보는 이 잡지는 월간 발행으로 아무래도 이지마의 엄마가 정기 구독을 하는 모양이었다. 이지마는 엄마의 영향으로 뮤지컬을 좋아하게 됐다고 한다. 텔레비전이 있는 방에는 이 영상이 담긴 비디오가 쭉 진열되어 있다.

"예쁘다. 그러고 보니 닮긴 닮았네, 눈이라든가."

무쓰미는 그렇게 말하면서도 무라미카 선배보다 이 사람을 더 많이 닮은 사람을 떠올렸다.

이지마가 비디오에 넣은 테이프에는 '신인 공연'이라는 글자가 적혀 있었다.

"이거 봐, 아직 열다섯인가 열여섯밖에 안 됐어."

이지마가 들고 온 몇몇 잡지 안에는 사람 이름이 쭉 실려 있었는데, 출석부에서는 볼 수 없는 화려한 이름과 사진이 나열되어 있었다.

"여기서 주인공을 맡으면, 톱스타가 될 확률이 높아진대."

톱스타, 무쓰미도 소리를 내어 발음해보았지만, 평소에는 들을 수 없는 그 말은 입 안에 남아 있는 포테이토칩과 잘 섞여 들어가지 않았다. 스타 후보생들이 사각의 화면 안에서 노래하고 춤을 추었다. 무쓰미가 모르는 노래지만, 여주인공이 슬픔에 젖어 흐느끼고 있다는 사실은 알 수 있었다. 무대, 객석에 있는 모두가 그 히로인을 바라보고 있다.

'아키는 잘 있을까?' 문득 무쓰미는 그런 생각이 들었다. 이 아이는 무라미카 선배보다는 아키와 더 닮았다. 겉모습의 문제가 아니라 중심에 서 있기 때문인 듯했다.

"아키."

타악 하고 이지마가 잡지를 덮었다.

"다음 공연 때도 연기는 안 할 거야?"

다음 공연은 11월에 열리는 지역 연극 발표 대회를 말한다. 연극부의 1년 중 최대 목표는 이 연극 대회에서 금상을 타는 것이다.

"안 해."

"그럼 최대 여섯 명이 출연할 수 있는 연극을 골라야겠네."

시즈카가 그렇게 말하더니, 한 번에 포테이토칩 세 장을 집어 그대로 호쾌하게 와작와작 씹었다.

"가을 대회 때는 뮤지컬을 하고 싶어."

이지마와 시즈카는 이미 텔레비전을 보지 않고 있었다.

"뭐? 난 여름 공연 때 했던 게 더 좋은데. 그냥 평범한 게 좋아. 노래도 할 수 있고, 춤도 출 수 있고."

일단 여름 방학 숙제를 가지고 왔지만, 세 사람 모두 필기도구조차 꺼내지 않았다.

"이젠 가자노 선배도 없고."

"뭐? 이지마는 가자노 선배를 좋아했었어?"

"뭐? 아냐."

"아키, 좀 들어봐. 얘가 3학년 가자노 선배를……."

그때 순간 텔레비전이 새카매졌다. 무대에 불이 꺼진 듯했다. 네모난 어두운 화면에 우리들의 모습이 비쳤다. 무쓰미는 반사적으로 화면에서 고개를 돌렸다. 연기를 하다니, 절대 할 수 없다.

"가자노 선배, 노래를 제일 잘했잖아. 목소리도 크고."

"뭐야 그런 거였어? 재미없게……."

시즈카는 또 과자에 손을 뻗었다. 물론 자신이 가져온 거긴 하지만 과자를 혼자서 다 먹고 있었다. 화면 안의 무대에 다시 불이 들어왔다. 장면이 변했다. 조금 전까지 무대 한가운데에서 가만히 서서 눈물을 흘렸던 히로인은 무대 뒤편으로 사라졌다. 대신에 남장을 한 몇 명이 무대 위에 서 있다.

"이지마."

무쓰미는 무심코 텔레비전을 향해 몸을 내밀었다.

"이 사람 누구야? 이 남자 역할을 하는 사람."

무쓰미가 화면을 가리켰다.

"손으로 가리면 안 보인다니까~."

시즈카는 또 기름이 묻은 손가락을 카펫에 닦고 있다.

"응? 누구?"

이지마는 또 시즈카가 무슨 행동을 했는지 보지 못한 채 지나치고 말았다.

쿵! 벽 너머에서 소리가 들렸다. 조금 전까지 1층에서 텔레비전 게임을 하고 있었는데, 어느새 2층의 자기 방으로 올라왔나 보다. 슈스케는 여름방학 동안 초등학교 수영교실에 가는데, 대체로 집에 올 때는 이렇게 친구를 데려온다. 무쓰미는 공부 책상 위에 잡지를 펼쳐 놓았다. 땀에 젖은 팔이 매끈하게 빛나는 지면에 착 달라붙었다.

〈연구과 3년 고호쿠 츠카사〉

그날, 이지마가 가르쳐준 '남자 역할을 하는 사람'은 잡지의 구석에서 어색하게 웃고 있었다. 이름은 고호쿠 츠카사라고 하는 듯했다. 연구과 3년이라는 것은 아무래도 학교의 학년 같은 것으로, 비디오에서 본 신인 공연에는 7학년생까지 출연한다고 한다. 고호쿠 츠카사가 실려 있는 잡지는 이지마의 집에도 이 한 권이 유일해서, 어느 페이지를 펼쳐도 그녀는 똑같은 얼굴로 항상 그 자리에 있었다. 무대에 서 있는 모습이 아빠를 닮아 보였다. 무쓰미는 깊이 한숨을 내쉰다.

쿵! 또 벽에 무언가가 부딪치는 소리가 났다. 남자아이들끼리 모이면 왜 곧장 프로레슬링 같은 놀이를 하는 걸까.

"그마안."

즐거워 보이는 슈스케의 목소리가 벽 너머에서 들려왔다. 무쓰미는 다시 잡지를 들여다보았다. 고호쿠 츠카사가 무대에 서 있는 모습은, 키가 크고 마른 아빠가 아침 일찍 회사에 가려고 현관 앞에 서 있는 모습과 닮아 있었다. 그렇다면 아주 조금은 자신을 닮았을지도 모른다고, 무쓰미는 그렇게 생각했다.

"너 정말로 그 노트에 그린 그림, 네가 그린 거 맞아? 정말?"

벽 한 장 너머에서 남자아이의 목소리가 들려왔다. 무쓰미는 가만히 잡지의 그 페이지를 바라보았다. 외꺼풀, 짧은 머리, 주변 아이들에 비하면 조금 통통한 편이다.

"그래? 그럼 지금 그려줘. 우리 앞에서 키리토를 그려줘."

"지금은 도구가 없어서 못 그려. 다음 수영교실 때 그려서 갖다 줄게."

벽 너머에서 들려오는 목소리에 무쓰미는 귀를 막았다. 고호쿠 츠카사, 연구과 3년, 남자 역할, 아주 조금 자신과 닮아 있는 듯한 사람.

흥건히 땀이 배어 나오는 손바닥이 빌려온 잡지를 구불구불하게 만들었다. 내일은 비가 온다고 한다. 평소보다 더욱 구불거리는 머리카락이 땀 때문에 이마에 달라붙어 있다.

## 5

2년 전, 젊은 건축가가 리뉴얼에 참가했다는 옆 동네의 문화회관은 구조가 조금 복잡했다. 무쓰미는 화장실의 문을 잠그면서 집합 장소에 돌아가는 방법을 머릿속으로 떠올려 보았다.

가을 연극 발표 대회에는 다른 지역에 있는 20개에 가까운 중학교 연극부가 참가했다. 모든 중학교에 연극부가 있는 것은 아니지만, 연극부가 있는 중학교는 대부분 이 문화회관에 모여 있다.

2학기가 시작되자마자 사카마치 선배를 중심으로 이 연극 발표 대회에서 어떤 연극을 상연할 것인지를 논의했다. 원래는 미술 담당이었던 사카마치 선배와 도모에 선배는 3학년이 빠지고 난 뒤에는 거의 대부분 연기에 집중하고 있었다.

"아키가 있으니 미술 담당 쪽은 걱정할 필요 없어."

사카마치 선배는 그렇게 말하며 미술 담당 쪽의 일은 거의 무쓰미에게 맡겨두었다. 혼자서 미술 담당이 할 일을 다하기는 역시 힘들었지만, 그만큼 보람도 더 많이 느꼈다. 그리고 연기를 하는 사람들과 대화를 나눌 기회도 더 많이 늘었다. 고호쿠 츠카사를 좋아한다고 도모에 선배에게 말하자, 이지마뿐만이 아니라 도모에 선배도 몇몇 잡지를 빌려주었다.

스커트를 올리고 팬티를 내렸다. 흰 변기는 아주 차가워서 무쓰미는 순간 숨을 참았다.

가을 연극 발표에서 선보이는 연극은 엘리베이터에 갇힌 남녀 여섯 명이 벌이는 미스터리 밀실극이다. 원래 성인 극단에서 상연했던 연극으로, 중학생 연극용으로 각본을 다시 쓴 것이다.

장면 전환이 거의 없는 밀실극이라면, 미술 담당이 혼자라도 어떻게든 해결할 수 있을 만큼 양이 적어진다. 무쓰미는 엘리베이터 배경을 다 그렸을 때, 이 공연을 가장 강하게 추천했던 사카마치 선배의 마음을 살짝 엿본 듯한 기분이 들었다.

참고 있었던 소변이 나오기 시작한다. 혼자서 화장실에 왔기 때문에 옆 칸에 소리가 새어나갈 염려는 하지 않아도 된다. 시즈카도 이지마도, 의상을 갈아입거나 대본을 다시 읽어보는 등 대기실에서 매우 분주한 모습이었다.

친구의 생일 파티에 가기 위해 예쁘게 꾸민 여자 회사원, 중요한 거래처와의 미팅을 할 예정이었던 회사원, 짝사랑하던 남자아이와 영화를 보러 가기로 약속한 여고생, 대학생 손자가 '교통사고를 일으켜 돈이 필요하니 얼른 입금해줬으면 좋겠다'라는 전화를 받고 무심코 집을 뛰쳐나온 할아버지, 엄마와 싸우고 가출할 생각으로 집을 나온 여자아이, 이번에 처음으로 일본의 슈퍼를 찾아가 보려는 외국인 유학생. 서로 처음 보는 여섯 명이 한 엘리베이터에 갇히며 극은 전개된다.

"시즈카는 외국인 유학생 역할이 어울리지 않아?"

배역을 정할 때 무라미카 선배는 갑자기 그런 말을 꺼냈다. 시즈카는 그때 "외국인 역할은 잘 못해요, 영어도 못하고……"라고 호들갑스럽게 대답했다. 하지만 무라미카 선배는 "아, 아니, 그게 아니라"고 말을 하더니 살짝 웃으면서 말했다.

"그 왜 외국인 유학생을 맡으면 금발 가발을 써도 아무도 뭐라 안 할 테니까."

일을 보고 물을 내렸다. 화장실 칸에서 나온 무쓰미는 거울을 들여다보았다. 날이 쌀쌀해지자 장마 때와 비교해 머리카락이

덜 구불구불거리는 것처럼 보였다.

무라미카 선배는 지금도 시즈카를 그냥 시즈카라고 부른다. 시즈라고는 부르지 않는다. 무쓰미는 아키모토라고 부른다. 아키라고는 부르지 않는다. 이지마도 이지마. 절대로 친구처럼 친근하게 별명을 부르는 일이 없다.

간단한 연습이 끝나면 의상을 입고 본격적인 연습이 시작된다. 시즈카는 그날 어딘가에서 금발 가발을 구해왔다. 무쓰미에게도, 이지마에게도 같이 가발을 사러 가자고 말하지 않았다. 그때의 일을 생각하니 무쓰미는 속이 뒤집힐 것만 같았다. 얕은 물의 작은 돌멩이가 데굴데굴 굴러다니는 것만 같았다.

화장실의 물을 차갑다. 무쓰미는 손을 씻으면서 손수건을 안 가져왔다는 사실을 깨달았다. 젖은 손의 갈 곳이 없어졌다.

이 발표 대회가 끝나면 분명히 또 사카마치 선배나 모리 선배가 연기도 같이 하는 게 어떻겠느냐고 말을 걸어올 게 분명하다. 이렇게 인원이 적으니, 출연자가 한 명만 늘어나도 할 수 있는 연극의 수가 부쩍 많아진다.

하지만 무쓰미는 생각했다. 하늘하늘 움직이는 손에서 튀는 물방울이 거울을 적셨다.

처음 가발을 썼을 때, 시즈카는 무쓰미를 보고 "어울려?"라고 말하며 겁을 주었다. 옅은 검은 머리가 인공적인 금발로 뒤덮였던 때의 기분을 무쓰미는 지금도 생생하게 기억하고 있다.

지금은 몇 시일까. 문득 그런 생각이 들어 무쓰미는 시계를 찾았다. 하지만 화장실에 시계가 있을 리 없다. 집합시간은 언제였을까, 여기서 대기실까지 헤매지 않고 돌아갈 수 있을까. 갑자기 초조해지기 시작한 무쓰미는 무언가에 쫓기듯 화장실 밖으로 뛰어나갔다.

"여긴 어디지? 하나도 모르겠어."

그때 들려온 목소리에 무쓰미는 무심코 발걸음을 멈췄다. 교복을 입은 남자아이들과 여자아이들이 화장실 근처에서 두리번거리고 있다.

"선배들은 어디로 갔지?"

교칙을 철저히 지키기 위해 신고 있는 듯한 흰 스니커의 발끝이 이리저리 헤매고 있었다.

아키.

무쓰미는 등을 구부렸다.

아키를 중심으로 서 있는 남자아이들과 여자아이들은 무쓰미가 처음 보는 교복을 입고 있었다. 착각인지 다들 자신보다 키가 크고, 어른스러워 보였다. 무쓰미는 이 몇 초 사이에 아키가 그 그룹의 누구와 친하고, 누구와 좋은 관계를 맺고 있는지 바로 알 수 있었다.

"저쪽 아니야?"

아키가 얼굴을 돌린 방향으로 주변 아이들이 모두 따라갔다. 화장실 입구에 등을 돌리고 있는 지금, 무쓰미는 발소리를 내지 않으려 조심하며 그 자리를 떠나려 했다. 그 순간이었다.

"아키!"

멀리서 시즈카의 목소리가 들려왔다.

"여기 있었네. 아키, 이쪽이야, 이쪽!"

스커트만 연극 의상으로 갈아입은 시즈카가 타닥거리는 발소리를 내며 이쪽으로 달려왔다. 달리고 있어서 그런지 평소보다 옅은 머리가 더 양쪽으로 흘러내렸다. 정말 넓은 이마다. 웅대한 경치를 바라보는 것 같다고 무쓰미는 그렇게 생각했다.

"어라?"

자신의 등 뒤에 있던 사람들의 시선이 이쪽을 향해 있다는 것을 무쓰미는 보지도 않고 알 수 있었다. '아키', 그렇게 부르는 소리에 아키가 뒤를 돌아보지 않았을 리가 없다.

"무쓰미?"

뒷모습밖에 보이지 않는데, 아키는 무쓰미의 이름을 불렀다.

"우와, 오랜만이야!"

머리카락을 보고 알았구나, 무쓰미는 그렇게 생각했다.

아키는 이쪽으로 다가와 "저기, 있잖아" 하면서 무쓰미의 어깨를 두드렸다.

"뭐야, 무쓰미도 연극부에 들어왔구나. 이런 곳에서 만날 줄은 몰랐는데, 정말 놀랐어."

무쓰미는 머뭇거리며 뒤를 돌아보았다.

"오랜만이야."

겨우 목소리를 내본다. 그다지 키 차이가 나지 않았던 아키가 자신을 내려다보고 있다는 사실을 눈치 챈 무쓰미는 지금, 자신의 등이 고양이보다도 더 깊이 굽어 있을 거라는 생각이 들었다.

"뭐야, 무쓰미도 오늘 연극에 출연해?"

아키의 미소 저편에 있는 연극부 애들이 무쓰미와 시즈카를 바라보고 있다. 그애들의 시선은 한 곳에 고정되어 있지는 않았다. 무쓰미의 머리카락과 시즈카의 머리색을 교대로 보면서, 눈을 이리저리 움직였다.

"나는 안 나가."

무쓰미는 대답했다. 이 사람 앞에서 무대에 서다니, 그런 걸 수 있을 리가 없잖아.

"그렇구나. 그럼 대도구 담당이라든가? 그림 잘 그렸잖아. 졸업식 때 보고 처음이네."

아키는 기쁘다는 듯이 계속 말을 이었다. 컬러풀한 스커트와 교복, 조화롭지 않은 복장을 하고 있는 시즈카와 아무 말도 하지 않는 무쓰미만이 시선에 정체를 그대로 드러내고 있었다.

"저어……."

아키는 숨을 조금 들이 쉬더니 말했다.

"무쓰미, 지금 사람들이 아키라고 부르나 보네?"

아키의 저편에서 누군가가 작게 코웃음을 쳤다.

신은 있다. 무쓰미는 그렇게 생각한다. 하느님은 이렇게 가끔, 잊지 못하게 만들어준다. 자신이 살아가야 할 장소를 착각하지 말라고…….

연기를 하라니, 절대 못한다.

"그러고 보니 무쓰미, 대기실이 어디인 줄 알아? 우리들 선배랑 길이 엇갈려서."

아키의 천진난만한 목소리가 웅크리고 있는 무쓰미의 등에 하나씩 하나씩, 계속 쌓여갔다.

## 선배에게 듣는다!

제4회

극단을 졸업한 대선배에게 연구과 소속의 학생이 인터뷰를 하는 기획, 그 네 번째. 이번 초대 손님은 작년에 졸업한 유메구미의 전 톱스타, 사쿠라기 레이. 댄스, 노래, 연기. 그 어느 것 하나 빠지지 않는 실력으로 오랫동안 유메구미를 이끌어온 실력파. 졸업 후에도 드라마, 영화, 무대에서 대활약하는 선배와 인터뷰를 하기 위해 찾아온 후배는, 신인 공연을 이제 막 무사히 끝낸 오키노하라 마도카(연구과 3년)과 고호쿠 츠카사(연구과 3년)입니다.

**여기서 배운 것들은 모두 미래에 도움이 된다**

오키노하라 마도카 · 고호쿠 츠카사(이하 오키노하라 · 고호쿠) : 오늘 잘 부탁드립니다!

사쿠라기 레이(이하 사쿠라기) : 네, 잘 부탁드립니다.

**오키노하라 · 고호쿠** : …….

**사쿠라기** : 긴장했어? (웃음)

**오키노하라 · 고호쿠** : 네.

**사쿠라기** : 인터뷰 시작하기 전에는 그렇게 말을 잘했으면서. (웃음) 츠카사 씨가 극단에 들어오게 된 계기, 정말 재미있었어. 다음엔 꼭 여기서 이야기하길 바랄게……. (웃음) 농담은 여기까지 하고, 모처럼 이렇게 서로 만날 기회를 얻었으니, 오늘은 뭐든지 물어봐주세요.

**오키노하라** : 감사합니다! 그럼 사양하지 않고 여쭤보겠습니다.

**고호쿠** : 사쿠라기 씨는 1년 전에 유메구미를 졸업하셨는데, 졸업한 뒤와 극단에서 활동할 때의 차이점이 무엇인가요?

**사쿠라기** : 손에 들고 있는 대본을 그대로 읽고 있는데, 정말 괜찮아? (웃음) 음, 뭐라고 할까. 역시 여기서 정말 많은 것을 배웠구나, 그런 생각을 매일 하게 돼요. 졸업을 하면 발성의 기초나 스트레칭을 하는 법 같은 건 아무도 안 가르쳐주거든요. 그뿐만이 아니라 여기서는 인사하는 법이나, 윗사람을 어떻게 대해야 하는 것까지 배우잖아요.

**고호쿠** : 그렇군요.

**사쿠라기** : 그래요. 그래서 연기하는 데에만 집중할 수 있어요. 그 외에는 극단에 있는 동안 이미 자연스럽게 몸에 익게 되는 거죠.

오키노하라 : 대단해요.

사쿠라기 : 젊은 여배우나 남자 배우들과 일을 할 때가 많은데, 다들 연기를 하기 전에 그 외의 일들에 신경을 많이 쓴다는 느낌을 받아요. 그 점에서 여러분은 정말로 행운인 거죠. 여기서 배운 것들은 모두 미래에 도움이 된다, 그렇게 생각하는 게 좋아요. 앗, 너무 잘난 척하는 건가? (웃음)

고호쿠 : 아니요, 잘난 척이라니요. 정말 감사합니다.

**두려워 말고 뭐든지 도전!**

**젊은 세대에게 전하고 싶은 말**

오키노하라 : 지금 젊은 세대에 대한 이야기가 나왔는데, 저희들 연구과 학생들을 보고 하실 말씀이 있으신가요?

고호쿠 : 지난번 신인 공연, 보러 와주셨다고 들었습니다.

사쿠라기 : 우와, 죄송해요. 무섭죠? 선배가 보러 온다는 정보라니.

오키노하라 · 고호쿠 : 아뇨, 아뇨, 아뇨! 오히려 고맙습니다!

사쿠라기 : 내가 신인 공연을 할 때는 선배가 온다고 하면 엄청 싫어했는데. (웃음) 아, 그거, 뭐였더라. 젊은 세대에 하고 싶은 말.

오키노하라 · 고호쿠 : 네. 꼭 부탁드립니다.

사쿠라기 : 글쎄요…… 음, 뭔가. 정말 말로 하면 진부해서 미안하지만, 정말로 뭐든지 도전해봤으면 좋겠어요. 지금밖에

할 수 없는 도전은 자신이 생각하는 것보다도 많을 테니까요. 앗, 그래 봐야 어디서 많이 들어본 얘기겠죠? (웃음)

**오키노하라** : 도전, 말씀인가요?

**사쿠라기** : 네, 물론 연습이나 다양한 역할을 맡아보라는 이야기이기도 하지만 그 외에도 좋아요. 굳이 깊은 의미가 있을 필요도 없고요. 예를 들어 외모에 대한 것이라든가.

**고호쿠** : 외모에 관한 것……, 예를 들면 어떤 게 있을까요?

**사쿠라기** : 있잖아요, 사실 저는 학교에 들어가기 위해 시험도 남자 역할을 맡았는데, 마음속 어딘가에서는 망설였어요. 키도 165, 166 정도라 별로 크지도 않았고, 체격도 굳이 따지자면 여성스러웠거든요. 남자 역할로 승부를 보겠어! 그렇게 결심할 만한 결정적인 이유가 부족했어요.

**고후쿠** : 네.

**사쿠라기** : 키도 몸무게도 갑자기 바꿀 수는 없는 거잖아요? 그래서 저는 마음을 단단히 먹고 머리카락을 잘랐어요. 아니 거의 밀었죠. (웃음) 정말 빡빡머리처럼 잘랐어요.

**오키노하라 · 고호쿠** : 네에? 상상도 안 되는데요!

**사쿠라기** : 그렇죠? 어른들한테 얼마나 혼났는지. 남자 역할인데도 배역을 맡을 때마다 가발을 써야 했다니까요. (웃음)

**오키노하라** : 처음 듣는 말이라, 깜짝 놀랐습니다.

**사쿠라기** : 근데 그랬더니 머리가 길었을 때 보니까 머릿결이 좀 달라졌어요. 지금까지 가늘고 부드러웠는데, 그러니까 그

야말로 여자의 머리카락 그 자체였는데, 굵고 뻣뻣해진 거예요. 정말로 남자들 머리카락처럼 돼 버려서.

**오키노하라 · 고호쿠** : 와아~. 그런 일도 있군요.

**사쿠라기** : 그때 아아, 남자역이 딱 나한테 맞을 수도 있겠다, 그런 생각을 했죠. 연기를 칭찬받은 것도 아닌데, 무슨 말도 안 되는 소리냐고 하면 할 말이 없지만. (웃음) 그때는 신기하게도 마음이 편해졌다고 할까, 난 이 노선대로 가도 되겠구나 그런 결의가 생겼어요. 머릿결이 바뀐 것 같다는 생각을 했을 뿐인데.

**고호쿠** : 대단한 얘기네요.

**사쿠라기** : 그렇게 단단히 마음먹고 무언가를 해보면 결과가 어떻든 자신이 변하기도 해요. 다양한 역할에 도전해본다든가. 자기하고는 안 맞는 노래에 도전해본다든가, 그런 것도 물론 좋지만, 계속 싫어하던 음식을 먹어본다든가, 항상 피해 다녔던 사람과 대화를 나눠 본다든가, 그런 일로도 스스로는 생각도 못했던 부분이 바뀌는 경우가 있다고 생각해요.

**오키노하라 · 고호쿠** : 그렇군요…….

**사쿠라기** : 그러니까 여러분들은 젊은 지금……, 이런 소릴 하니까 갑자기 늙은 것 같은데요? 아, 싫다. 저도 아직 젊은 세대라고 해줘요. (웃음) 우리 같이 힘냅시다!

**오키노하라 · 고호쿠** : 네, 같이 힘내요!

(사진: 하타나카 게이스케 취재 · 글 : 오모리 다에코)

"추워, 추워, 추워, 추워."

기세 좋게 열렸던 방문이 그보다 더 빠른 속도로 닫혔다.

"복도 추워, 복도 추워."

슈스케는 양말도 슬리퍼도 신지 않기 때문에 난방이 설치되어 있지 않은 집 안에서는 까치발을 들고 다닌다.

"누나, 요즘 계속 잡지만 읽네."

"방에 갑자기 들어오지 말라고 했잖아."

공부 책상에 팔꿈치를 댄 채 무쓰미가 대답했다. 교과서나 노트를 옆에 정리해둔 덕분에 생긴 공간에 이지마에게 빌린 잡지가 가득 들어차 있었다.

"만화책은? 이제 새로 안 사?"

슈스케는 요즘 또 몸집이 커진 것처럼 보였다. 새해 연휴 3일 동안은 삼촌들보다도 오세치나 떡 같은 새해 음식을 더 많이 먹었다.

"거실에 교복 있던데."

펼쳐 놓은 잡지에서 눈을 떼지 않은 채 무쓰미가 말했다. 슈스케가 문을 열 때 안으로 들어온 찬 공기가 이제야 무쓰미의 오른쪽 뺨에 닿았다.

"왜 벌써 샀어? 아직 입학식까지 한참 남았잖아."

"저거, 아는 사람한테 받은 거래."

다른 사람에게서 교복을 물려받다니, 나라면 그야말로 질색이지만, 남자에게 교복이란 청결한 느낌보다는 오래되어 너덜너덜

한 느낌이 중요하다고 한다.

난방이 되어 후끈해진 방은 오랫동안 환기가 되지 않아 어딘가 공기가 탁해진 듯한 느낌이 들었다. 하지만 그 안에서 좋아하는 만화나 잡지를 읽는 것은 비밀스런 느낌이 들어 좋았다.

"이 사람 누구? 난 모르는 사람인데."

잡지의 펼쳐진 페이지를 가리키는 슈스케의 손을 무쓰미는 "만지지 마"라고 하면서 떨쳐냈다. 슈스케는 분명 거실에서 무언가를 손으로 주워 먹고 왔을 것이다. 그런 손으로 츠카사 님의 사진을 더럽히려 하다니 참을 수가 없었다.

이지마에게 몇 권인가 빌려온 잡지 중에서 츠카사 님을 발견하기란 매우 힘들었다. 딱 펼쳤을 때 눈에 띄는 곳에 츠카사 님이 보이는 경우는 거의 없었다. 매월 정기적으로 졸업생을 초대해 인터뷰하는 페이지에 실린 기사가 츠카사 님과 관련해 가장 크게 다루어진 기사였다. 무쓰미는 그 페이지를 몇 번이고 반복해서 읽었다. 자신과 아주, 아주 약간 닮았다고 생각한 사람이 이렇게 활약을 하고 있다. 그렇게 생각할 때마다 몸 이곳저곳에 있는 모든 구멍이 부드러운 모래로 막혀가는 감각에 휩싸였다.

"누나."

이제 두 달 후면 남동생도 중학생이 된다. 연년생 남매가 드물다는 사실은 시즈카에게 듣고서야 처음으로 알았다.

"또 이거 그려줬으면 좋겠는데."

노란 표지의 모눈 노트를 무쓰미의 책상 위에 올려두었다.

"키리토면 돼?"

무쓰미는 이제 보지도 않고 키리토를 그릴 수 있게 되었다.

"언제까지?"

대충 그렇게 묻는 무쓰미에게 슈스케는 작은 목소리로 내일모레라고 대답했다.

"요즘 친구들이 별로 놀러오지를 않네?"

무쓰미는 슈스케의 얼굴을 보지도 않고 말했다.

"겨울이라 춥잖아."

고개를 숙인 채 대답한 슈스케가 그대로 방을 나서려고 하는 모습을 보고, 무쓰미는 무심코 얼굴을 들었다.

"저기."

슈스케가 이쪽을 바라보았다.

"이 그림, 네가 그린 게 아니라는 거 친구들이 눈치 챈 거 아니야?"

후슈우~ 공기가 빠지는 듯한 소리가 들리며 난방 장치의 가동이 멈추었다.

## 6

"어떻게 하면 좋을까."

무쓰미가 쥐고 있는 연필 끝을 보면서 사카미치 선배가 '으으음~' 하고 고민하는 소리를 냈다.

"남자아이들이 많이 올 수 있을 만한 거였으면 좋겠어, 나는."

모리 선배가 무쓰미 옆에 있는 의자에 털썩 하고 거꾸로 앉아 의자 등받이에 손을 올렸다.

"신입생 환영회니까, 너무 딱딱하면 그렇잖아. 아주 즐거운 느낌? 그런 게 좋지 않아?"

"너무 도움이 안 되는 조언이라 아키가 난처해하잖아."

도모에 선배가 모리 선배의 머리를 딱콩 하고 쥐어박았다. 무라미카 선배는 다른 사람의 몸을 만지는 일이 거의 없지만, 도모에 선배는 자주 모리 선배의 커다란 몸을 쥐어박는다.

봄방학 동안은 그 어떤 계절보다도 학교가 조용하다. 1학년도 2학년도, 모두가 학년이 바뀌는 때이기 때문에, 지금 이 시기에는 그 많던 학생이 이 건물 교실의 어디에도 소속되어 있지 않다. 그래서 그런지 지금 자신이 있는 장소가 마치 학교가 아니라 출입이 금지된 건물에 있는 것처럼 느껴졌다.

"근데 이제 진짜 남자가 와야지, 안 오면 엄청 난처해지잖아. 안 그래?"

모리 선배는 두꺼운 팔을 사카마치 선배의 목에 둘러 자신에게로 잡아당겼다.

"이래서는 연극 때 남자가 둘 이상 나오는 연극을 못 하잖아."

그렇게 말하는 모리 선배는 아직도 연극 의상을 입고 있어서 그런지, 평소보다 수다스러웠다.

가을 연극 발표 대회가 끝난 뒤에는 연극부 활동은 그다지 바쁘지 않다. 그토록 바라던 금상을 탔기 때문인지, 다시 해이해진 분위기를 잡는 데 꽤 시간이 오래 걸렸다.

"음, 모리 말대로야. 즐거운 분위기는 정말 중요하니까."

사카마치 선배가 그렇게 말하자 모리 선배가 "그치?"라고 어깨를 으쓱하며 콧구멍을 벌렁거렸다.

"들었지? 즐거운 분위기래."

시즈카가 재촉했지만 결국 어떤 걸 그려야 할지는 감이 잡히지 않았다. 방향성이 잡히지 않은 채 연필을 움직였더니, 결국 구도가 평소와 똑같아지고 말았다.

신입생 환영 공연은 가을 연극 발표 대회에서 공연한 연극을, 캐스팅을 달리 해서 다시 공연하기로 결정했다.

"완성도를 어필하는 게 아니라, 이 사람들이랑 같이 활동하고 싶다는 생각을 불러일으켜야 하니까, 가장 마음 편하게 연기할 수 있는 게 좋잖아."

사카마치 선배의 제안에 모두가 찬성했기 때문이다. 캐스팅을 바꾸기는 하지만 이미 많은 연습을 했던 연극이기 때문에, 다른 연극보다도 여유를 가지고 즐겁게 연기할 수 있다. 그 모습을 신입생들에게 선보여서, 모리 선배의 말로는 특히 남자아이들에게, 연극부에 흥미를 가지게 하자는 것이었다. 그 때문에 연초부터 봄방학에 걸쳐서 무쓰미와 연극부원들은 신입생 환영 공연용 무대를 계속 준비하는 중이다.

"오, 대단해. 금방 그리는구나."

무쓰미가 가볍게 얼굴의 윤곽을 그리기 시작하자, 모리 선배가 더욱 몸을 앞으로 내밀었다.

"이런 걸 할 수 있는 애가 있어서 정말 다행이야."

"모리, 이제 슬슬 옷 좀 갈아입지 그래? 언제까지 그러고 있을 거야?"

사카마치 선배가 모리 선배의 팔에서 빠져나왔다. 모리 선배는 가을 연극 발표 대회에서 할아버지 역할을 맡았지만, 이번엔 사카마치 선배와 교대하여 회사원을 연기한다. 넉넉한 덩치에 슈트를 입으니 너무 잘 어울려서 의상을 입은 채 연습을 하면 다들 한 번씩은 웃음을 터뜨리고 만다.

"도모에, 가자~."

여자 화장실에서 의상을 다 갈아입은 무라미카 선배가 문을 드르륵 하고 열었다.

"모리, 아직도 그러고 있어?"

보자마자 얼굴을 히죽거린다.

"미카도 같이 포스터 어떻게 할지 생각 좀 해봐."

"포스터?"

손짓을 하는 도모에 선배를 딱히 신경 쓰지도 않은 채, 무라미카 선배는 양쪽 발의 양말을 차례로 끌어 올렸다. 지난번에는 주인공인 여자 회사원을 연기했지만, 이번엔 작은 여자아이 역할이다. 역할이 정해졌을 때에는 무라미카 선배가 작은 여자아이로 보일까 은근히 걱정했다. 하지만 막상 연습이 시작되자 무라미카 선배는 목소리도, 행동도 역할에 자연스레 녹아들었다.

"공연 포스터 말이야. 신입생이 많이 들어오지 않으면, 우리 많이 위험하잖아."

도모에 선배가 그렇게 말해도 무라미카 선배는 "흐~응" 하기만 말을 할 뿐, 별로 적극적이지 않았다. 그때 옆에 있던 시즈카가 "아" 하고 목소리를 냈다.

"선배, 이거. 이제 괜찮아요. 감사합니다."

무라미카 선배는 시즈카의 손에 있는 물건을 보더니, 뭔가 기억이 났다는 듯이 살짝 눈을 크게 떴다.

"아냐, 괜찮아. 다 끝낼 때까지 가지고 있어."

무라미카 선배는 오른손을 가로저으며 "염색한 머리, 연극 때도 사용하고 싶을지도 모르잖아. 그치?"

그렇게 살짝 웃더니, 도모에 선배를 데리고 순식간에 교실 밖으로 나가버렸다.

"저 녀석 너무 빨리 가는 거 아냐?"

너무 잘 어울리는 회사원 복장을 마음에 들어 하는 듯한 모리 선배가 약간 서운한 듯이 중얼거렸다. 시즈카는 무라미카 선배에게 내밀었던 염색머리 가발을 잠깐 바라보더니, 자신의 가방 안에 다시 집어넣었다. 무쓰미는 그 모습을 못 본 척했다.

가을 연극 발표 대회에서 외국인 유학생 역할을 한 시즈카는 이번엔 여고생 역할을 하게 되었다. 금발 가발이 필요 없어져서인지, 어느 날 무라미카 선배는 두 종류의 가발을 들고 왔다.

"언니한테 빌려왔어. 요즘 유행인가, 그렇대. 진짜 여고생이 하고 다니는 머리 같기도 하니까 한 번 써봐. 검은 머리하고 갈색 머리가 있으니까 좋아하는 쪽으로."

무라미카 선배가 두 가지 가발을 앞으로 내밀자 시즈카는 받아들기 전에 자신의 앞머리를 손바닥으로 다시 고쳤다. 평소에는 이것저것 참견하길 좋아하는 모리 선배가 이번에는 그 광경을 못 본 척하고 있는 모습을 무쓰미는 확실히 보고 말았다.

"미안, 아키."

몸을 내밀어 포스터에 매달려 있는데, 툭툭 하고 이지마가 어깨를 찔렀다.

"나, 오늘 엄마가 차로 데리러 온다고 해서."

"응?"

연필을 손에서 놓고 무쓰미가 고개를 들었다.

"약속했던 잡지, 돌려줄 수 있어?"

"앗!"

무쓰미는 서둘러 가방에 손을 뻗었다.

"미안해. 우리 가족은 전부 그 극단을 좋아해서, 잡지가 빠져 있으면 혼나거든."

이지마는 미안하다는 듯이 눈썹을 오므렸다.

"나야말로 오랫동안 빌려서 미안해. 고마워."

무쓰미는 잡지를 이지마를 향해 내밀었다. 돌려주고 싶지 않아질까 봐 표지를 최대한 안 보려고 노력했다.

"아키, 뮤지컬을 좋아했었어?"

도모에와 이지마가 좋아하는 이미지라고 하면서 사카마치 선배가 잡지를 집어 들었다. 그대로 팔락팔락 페이지를 넘겨보더니 "다들 이름이 굉장해"라고 말했다.

"아키는 이 아이를 좋아하는구나."

이지마가 그 인터뷰 페이지를 가리키며 물었다. 몇 번이고, 몇 번이고 반복해서 읽었던 기사 한 줄이 눈에 들어왔다.

그만해, 무쓰미는 갑자기 그렇게 생각했다.

"응? 이 애?"

사카마치 선배는 오키노하라 마도카를 가리켰다. '아니에요.' 그렇게 말할 새도 없이 모리 선배가 크게 웃으며 끼어들었다.

"그애, 예쁘네. 그치?"

사카마치 선배도 동의했다.

"이 사쿠라기 레이란 사람, 화장이 너무 진하지 않아?"

"얼굴이 새하얘."

아무런 악의도 없는 그들의 목소리가 퉁퉁거리며 귀 주변을 튀어 다녔다.

“이 쇼트커트를 한 애는 남자 역할?”

사카마치 선배는 그렇게 말하면서 이지마를 올려다보았다.

“맞아요.”

이지마가 그렇게 대답하자, 사마카지 선배는 흐응 하고 고개를 끄덕였다.

“머리카락, 굉장히 예쁘다.”

무쓰미는 다시 한 번 연필을 잡고 그림을 그리기 시작했다. 마음이 뒤집히려고 했다. 이 장소에서 페이지를 열지 말았으면 했다.

“벌써 차가 왔을 것 같아서요. 죄송합니다, 먼저 갈게요.”

이지마는 잡지를 휙 빼내더니 “수고하셨습니다아” 하고 인사를 남긴 채, 잔걸음으로 동아리실 밖으로 달려 나갔다. 불과 네 명, 봄방학 동안의 학교는 이렇게나 허전하다.

벌써 네 시가 넘어가는 시간이었다. 조금 배가 고팠다.

“전 좀 더 남아서 그림을 그리고 갈 테니, 먼저 가셔도 돼요.”

무쓰미가 그렇게 말하자, 모리 선배는 “그래?”라고 하면서 조금 안심이 된다는 표정을 지었다.

“하지만” 무언가 말을 하려던 사카마치 선배의 말을 가로막듯이, 무쓰미가 말했다.

“괜찮아요. 전 연기를 못 하니까, 이런 것밖에는 도움이 안 되니까.”

"그렇게까지 말한다면……."

그렇게 말하며 일어서는 사카마치 선배를 무쓰미는 힐끔 바라보았다.

'머리카락, 굉장히 예쁘다.'

"수고했어~."

두 명이 떠난 뒤에도 시즈카는 자리에서 움직이지 않았다.

"안 가?"

"으~응."

건성으로 그렇게 대답한 시즈카는 조금 전부터 계속 창밖을 바라보고 있었다. 가발을 썼다가 벗었기 때문인지, 평소보다 더욱 볼륨이 사라진 머리카락이 이마를 채 가리지 못했다.

무쓰미는 아무 말도 없이 연필을 계속 움직였다. 오른손잡이라 왼쪽을 향한 얼굴을 더 쉽게 그릴 수 있다. 손가락과 신발은 여전히 잘 그리지 못해서, 이번에도 상반신만 나오는 그림이 되어버렸다. 이렇게 되면 결국 항상 비슷한 구도가 된다.

남자가 흥미를 가질 만한 포스터, 머릿속으로 테마를 몇 번이고 확인한 후 손을 움직였다. 남자의 흥미, 남자의 흥미……. 모눈 노트 표지에 몇 번이고 그렸던 〈전마 헌터 키리토〉.

"있잖아~."

시즈카가 말을 걸었을 때, 무쓰미는 지금이 몇 시 몇 분인지 전혀 알지 못했다.

"나, 생각해봤는데."

무쓰미는 얼굴을 들었다. 시즈카는 아직 창문을 바라보고 있었다.

"무라미카 선배는 좋은 사람이지?"

억양이 없는 목소리로 시즈카는 그렇게 말했다. 무쓰미는 그때 뒹굴 하고 마음이 뒤집히는 소리가 들린 듯했다.

"응, 좋은 사람이라 생각해."

시즈카는 표정을 바꾸지 않은 채, 무쓰미의 대답에 고개를 끄덕였다. 창밖에서 조용히 계절이 바뀌어 갔다.

무쓰미는 처음으로 시즈카가 금발 가발을 썼던 날을 떠올렸다. 그때는 가을이었다. 연극 발표 대회에서 상연하는 연극을 처음으로 의상을 다 갖춰 입고 끝까지 연습했던 날, 부러웠다. 그때 무쓰미는 시즈카를 보고 부럽다고 생각했다.

「고호쿠 츠카사 님

처음 뵙겠습니다. 저는 4월부터 중학교 2학년이 되는 여자아이입니다. 이렇게 편지를 쓰는 것은 처음이라 어떻게 쓰면 좋을지 모르겠지만, 일단 계속 쓰겠습니다. 마지막까지 읽어주신다면 정말 감사하겠습니다.

저는 솔직히 극단에 대해서 자세히 알지 못합니다. 외국에 대한 이야기도 잘 모릅니다. 하지만 친구 집에서 비디오를 보고 츠카사 님을 좋아하게 되었습니다. 크게 눈에 띄지는 않았지만 저에게는 매우 마음에 들었습니다.
친구에게 극단에서 나오는 잡지를 빌려 몇 번이고, 몇 번이고 읽었습니다. 츠카사 님의 등장은 적었지만, 잡지에 나오면 꼭 발견해냈습니다. 선배와 인터뷰를 했던 페이지도 몇 번이나 읽었습니다. 그 중에서 마음에 드는 구절이 있어서, 특히 그 부분은 반복해서 읽었습니다. 지금부터 쓰는 것은 아무에게도 말하지 않았던 것이니 비밀로 해주십시오.
왜 츠카사 님을 좋아하게 되었냐면, 아주 조금 저와 닮았다고 생각했기 때문입니다. 하지만 그건 정말 아주 조금입니다. 저는 츠카사 님처럼 예쁘지 않습니다. 눈도 작고, 코도 낮고, 얼굴도 둥글고, 뚱뚱하고, 무엇보다 머리카락이 기분 나빠 보입니다. 초등학교 때에는 남자아이들이 불상 같다고 놀렸습니다. 중학생이 되어서도 저는 친구가 많지 않습니다.
죄송합니다. 닮았다고 했으면서 이런 글을 쓰다니, 좋지 않은 일이라는 사실은 잘 압니다. 죄송합니다.
저는 연극부에 들어갔지만, 사람들 앞에 나서고 싶지 않기 때문에 미술을 담당하고 있습니다. 배경을 그리거나, 소품을 준비합니다. 무대에 서지 않고 무대 뒤에서 일하며 연극부를 돕고 있습니다. 연극부를 돕기 위해서 미술 일을 계속 하는 것이라고, 스스로를 다독이고 있습니다. 하지만 츠카사 님을 보고 있으면, 그 마음속 뒤에 있는 아주 작은 무언가가 튀어나올 것만 같습니다.

무슨 말을 하려는 건지 저도 잘 모르겠네요. 죄송합니다.

아무튼 저는 츠카사 님을 응원하고 있습니다. 앞으로도 계속 응원하겠습니다. 신인 공연, 정말 멋졌습니다.

아키모토 무쓰미」

## 7

파이프 의자에 앉은 신입생들이 모두 이쪽을 향해 있다.

"여러분에게 연극부를 소개하려고 합니다."

신입생 앞에서 말을 하는 사카마치 선배는 평소보다 등을 더 곧게 펴고 있다. 옆에 서 있는 양복 차림의 모리 선배가 뭔가 싱글싱글하고 있는 이유는 분명 쑥스러워서 일 게 틀림없다.

"멤버는 이 여섯 명과 저희를 뒤에서 돕고 있는 미술 담당을 포함해……."

반 정도의 학생이 의자에 앉은 채 고개를 돌렸다. 갑작스러운 일에 무쓰미는 조금 고개를 숙였다.

"일곱 명입니다. 활동은 일주일에 두 번이 기본이고, 공연을 앞두었을 경우에는 매일 연습을 합니다."

조심조심 고개를 들어보니, 신입생들은 모두 정면을 바라보고 있었다. 무쓰미는 잠시 참고 있었던 숨을 다시 내쉬었다.

"제가 신입생 대상으로 발성 연습을 할 예정이니 흥미가 있다면 꼭 동아리실에 와주십시오."

사카마치 선배의 인사가 끝나자, 신입생이 드문드문 일어나기 시작했다. 중학교에 막 입학한 신입생들은 겨우 한 살밖에 차이가 나지 않는데도, 역시 1년 정도만큼 어려 보였다.

슈스케는 어제 먼저 궁도부에 간다고 했다. 야구부나 축구부 등 그런 곳에는 가지 않을 모양이다. 물론 연극부 신입생 환영회도 보러 오지 않았다.

힐끔 다목적실의 입구를 보니, 도모에 선배가 이쪽을 가리키면서 무언가 설명하는 모습이 보였다.

"이 포스터? 이건, 저 아이가 그린 거야."

도모에 선배에게 질문을 한 듯한 신입생은 머리가 짧고 활발해 보이는 남자아이였다. 무쓰미가 그린 소년 만화풍 포스터 앞에서서 이쪽을 보고 있다.

"미술 담당에 흥미가 있으면 저기 있는 아키모토 선배가 여러모로 가르쳐줄 테니까 한 번 가 봐."

저 아이는 본 적이 있다. 무쓰미는 그런 생각이 들었지만, 언제 어디서 보았는지는 확실히 기억이 나지 않았다. 그 남자아이는 도모에 선배에게 꾸벅 고개를 숙이더니, 타다닥 발소리를 내면서 다목적실 밖으로 나갔다. 친구와 함께 왔는지 출구에는 남자아이들 몇 명이 모여 있었다. 그 집단이 무쓰미를 바라보았다. 순간이었지만 모두가 무쓰미를 바라보았다. 그리고 살짝 웃었다.

"아키."

그 집단은 금방 다목적실에서 사라져 버렸다.

"배경, 보기 쉽게 다시 그려줬구나. 고마워."

어느새 바로 옆에 서 있던 사카마치 선배가 연극 의상인 스웨터의 옷소매를 말아 올리고 있었다. 무쓰미가 잘 그리지 못하는 손가락이 부드러워 보이는 옷감을 스윽 밀어 올렸다.

"평소보다 남자아이들도 많아 보였어. 역시 포스터 덕분인가?"

"역시."

사카마치 선배가 그렇게 말했을 때, 다목적실 뒷정리를 시작한 도모에 선배가 마침 그 포스터를 벽에서 떼어냈다. 이런 말을 들었을 때는 어떻게 대답해야 할지 모르겠다. 무쓰미는 숨을 들이쉬었다.

"저, 무대에는 서지 못하니 이 정도는 해야죠."

무쓰미의 대답에 사카마치 선배는 난처한 듯이 웃었다. 솜털을 날리듯이 후후 하고 입김을 부는 것만으로도 마음은 쉽게 뒤집히고 만다.

"근데 말이야."

신입생이 사라진 다목적실을 모두가 각자 정리하고 있는데, 무라미카 선배가 갑자기 말을 꺼냈다.

"연극 때 갑자기 갈색 가발을 써서 깜짝 놀랐어."

"아, 그게. 이쪽도 괜찮지 않을까 해서요."

시즈카가 쑥스럽다는 듯이 갈색 가발을 벗었다.

"그야 갈색 머리가 더 여고생답긴 해, 잘 어울리고."

"잘 어울려요?"

시즈카가 가발을 썼다 벗었다 하며 장난을 쳤다.

"너무 함부로 다루지 마. 그거 우리 언니 거니까."

가발을 향해 손을 뻗는 무라미카 선배는 마치 친구에게 말을 거는 듯이 웃었다. 몇 번이나 읽었던 그 인터뷰의 문장이 무쓰미의 눈앞에 줄줄 흘러가기 시작했다.

또 이런다. 마음이 뒤집히려고 한다. 숨이 막힌다.

"왜 그래?"

"아."

무쓰미는 떠억 입을 벌렸다.

"아무것도 아니에요."

입을 열자 그만큼 숨을 쉴 수 있었다.

"응."

사카마치 선배는 그렇게 대답을 한 뒤, 칸막이를 옮기려고 하는 모리 선배가 있는 쪽으로 걸어갔다. 이지마도, 도모에 선배도, 모두 조금 전까지 작은 무대였던 다목적실을 정리하고 있다.

무쓰미는 사카마치 선배의 예쁜 손가락을 바라보았다. 스웨터의 옷자락에서 뻗어 나온 팔의 근육을 보았다.

나는 저 사람에게 듣고 싶은 말이 있다. 하지만 그것은 저 사람이 절대 하지 않을 말이다.

데굴데굴데굴. 마음이 오뚝이처럼 흔들리고 있다. 이제 뒤집혀도 이상하지 않다. 시즈카에게는 무라미카 선배가 있었다. 그럼 나에게는 대체 누가 있을까.

"슈스케는?"

컵에 보리차를 따르면서 무쓰미가 말했다.

"안 돌아왔어?"

"응~."

애매한 대답을 한 엄마가 돼지생강구이가 가득 든 접시를 옮겼다. 슈스케는 양파가 들어간 돼지생강구이에 마요네즈를 잔뜩 뿌려 먹는 것을 좋아한다.

"방에서 계속 안 나오네."

엄마의 말을 들어보니, 슈스케는 집에 돌아오긴 한 듯했다. 하지만 거실에는 가방도 교복도 보이지 않았다.

"돌아오자마자 2층에 올라가서는 안 내려와."

엄마는 난처한 듯 눈썹을 모으고, 타월에 손을 슥슥 닦았다.

"슈스케, 밥 먹어~."

거실에서 큰 소리로 부르면 2층에서도 목소리는 잘 들린다. 이렇게 소리 높여 부르면 대부분은 1층으로 내려온다. 그런데 2층에서는 아무 소리도 들리지 않았다. 순식간에 식탁 위에는 오늘 저녁에 먹을 밥과 반찬이 차려졌다.

"내가 보고 올게."

무쓰미는 의자에서 일어나 맨발로 계단을 올라갔다. 두 계단씩 한꺼번에 뛰어 올라갔더니 순식간에 2층에 도착했다.

"슈스케, 자?"

슈크케의 방은 계단을 올라와 바로 보인다. 초콜릿색 문 너머로 말을 걸었지만 아무런 반응이 없었다.

"밥 먹어~."

문손잡이를 돌려 보았지만, 꿈쩍도 하지 않는다. 안에서 문을 잠그다니, 슈스케는 지금까지 이런 적이 한 번도 없었다.

"슈스케?"

"다 누나 때문이야."

잘각잘각 하고 금속이 쓸리는 소리 사이로 잘 알지만, 처음 듣는 듯한 목소리가 들렸다. 무쓰미는 무심코 문손잡이에서 손을 떼었다. 손바닥의 체온으로 하얗게 김이 서린 부분이 금세 은색으로 돌아왔다.

"왜 그런 포스터를 그린 거야?"

처음 듣는 듯한 목소리는 한 글자씩 말할 때마다 더욱 낯선 목소리가 되어갔다.

"그거 들켰어. 내가 거짓말했다는 거."

포스터라는 단어를 듣자 떠오른 것은 연극부의 공연 포스터밖에 없었다.

"무슨 소리야, 슈스케."

'남자가 많이 올 수 있을 만한 거였으면 좋겠어, 나는.'

그때 모리 선배에게 그런 말을 듣고 동아리실에서 포스터의 밑그림을 그렸다. 다들 주변에서 이야기를 나누고 있어서 집중해서 그림을 그릴 수가 없었다. 그래서 결국 자연히 손이 움직이는 대로, 익숙한 터치로 그림을 그렸다.

"그 포스터, 누나가 그렸지?"

오른손잡이가 손에 익어버린 왼쪽을 향한 옆얼굴, 손가락이나 신발을 그리지 않아도 되는 구도 그리고 남자아이들의 흥미를 끌 만한 그림, 노란 모눈 노트 표지, 슈스케를 위해 몇 번이고, 몇 번이고 그려준 〈전마 헌터 키리토〉.

"그 포스터를 보고 그 녀석들, 이거 네 노트랑 똑같다고 이야기를 꺼내더니……."

예년보다 남자아이들이 많이 왔다며 사카마차 선배가 기뻐했던 포스터.

"확인하고 온다면서, 나를 놔두고 오늘 연극부에 갔어."

'미술 담당에 흥미가 있으면 저기 있는 아키모토 선배가 여러모로 가르쳐줄 테니까 한 번 가봐.'

공연이 끝난 뒤 도모에 선배는 그 남자아이들에게 그렇게 말했다. 남자아이들은 그 말을 듣고, 다목적실의 출입구 근처에 모여 있던 친구들과 합류했다.

"그 녀석들이 나보고 거짓말쟁이라고."

그 그룹은 다목적실에서 나가기 직전에 이쪽을 보고 살짝 웃었다.

"거짓말쟁이는 이제 친구가 아니래."

꼬르륵, 배에서 소리가 났다.

슈스케는 살이 쪘다. 가는 눈도, 낮은 코도, 무쓰미와 많이 닮았다. 반 남자아이들의 흥미를 끌기 위해서는 무언가 특별한 힘이 필요하다고, 슈스케가 그렇게 생각하는 것도 자연스런 일이다. 그래서 슈스케는 거짓말을 했다.

무쓰미는 그건 어쩔 수 없는 일이라고 생각했다. 거짓말을 하는 것은 어쩔 수 없는 일이다. 무쓰미는 사카마치 선배의 얼굴을 떠올렸다.

"슈……."

"게다가."

슈스케는 계속 말했다.

"불상 같은 누나라고 놀렸어."

꼬르륵, 무쓰미의 배가 또 울렸다.

"불상 같은 머리카락에 뚱땡이에……. 그게 누나냐고 애들이 놀렸어."

무쓰미는 손바닥에 흥건이 배어 나온 땀을 타월과 같은 원단으로 된 바지에 닦았다. 그 인터뷰의 문장이 다시 한 번 눈앞에 줄줄 흘러가기 시작했다.

"이게 다 누나 때문이야."

무쓰미는 자각하고 있었다.

"전부 내 탓?"

자신의 마음이 크게 뛰기 시작했다는 사실을 무쓰미는 이때 확실히 자각했다.

"초등학생 때부터 계속 그랬어."

굵은 혈관을 확 잘라버린 듯이 꿀럭거리며 슈스케의 입에서 목소리가 흘러나왔다.

"누나를 보면 그 녀석들이 불상, 불상거리면서 네 머리카락도 저렇게 되는 거 아니냐면서 놀렸어."

"슈스케."

지금 당장 뒤집힐 것 같은 마음을 무쓰미는 가슴을 세게 누르며 진정시켰다.

"슈스케가 놀림을 받은 게 내 머리가 이상한 탓이야?"

계속계속 이런 때를 기다렸다고 무쓰미는 생각했다. 시즈카에게는 무라미카 선배가 있듯이 자신에게는 슈스케가 있었다고, 무쓰미는 이때 크게 외치고 싶었다.

"머리카락이 평범해지면 다시 나와 줄 거야?"

방 안에서 작은 목소리로 "다 누나 탓이야"라는 목소리가 들려왔다.

자신의 방 안에는 분명 가위가 있었다. 무쓰미는 이상하게 냉정한 마음으로 그런 생각을 했다.

"기다려."

무쓰미는 달렸다.

자신의 방문을 열고, 손잡이가 노란 실리콘으로 된 가위를 집어 들었다. 그리고 슈스케의 방 앞으로 돌아갔다. 초콜릿색 문 너머에는 구해내야만 하는 사랑스런 남동생이 있다. 그렇다고 강하게 믿었다. 가위의 손잡이에 손가락을 넣었다. 손잡이의 실리콘이 피부의 온도보다 살짝 차가웠다.

"이렇게 하면 슈스케가 나와 주는 거지?"

무쓰미는 손가락에 힘을 넣었다. 날과 날이 쓸리는 소리가 귓가에서 울렸다. 그 기분 좋은 소리는 잡지의 페이지를 여는 소리와 조금 닮아 있었다.

「사쿠라기 : 키도 몸무게도 갑자기 바꿀 수는 없는 거잖아요? 그래서 저는 마음을 단단히 먹고 머리카락을 잘랐어요. 아니, 거의 밀었죠. (웃음) 정말 빡빡머리처럼 잘랐어요.」

머리카락을 움켜쥐었다. 뿌리가 충분히 피부에서 뽑혀 나올 때까지 잡아당겼다. 차가운 날이 이마에 닿았다. 손가락에 힘을 넣었다.

「사쿠라기 : 근데, 그랬더니 머리가 길었을 때 보니까 머릿결이 좀 달라졌어요. 지금까지 가늘고 부드러웠는데, 그러니까 그야말로 여자의 머리카락 그 자체였는데, 굵고 빳빳해진 거예요. 정말로 남자들 머리카락처럼 돼 버려서.」

싹둑 하는 소리가 났을 때, 무쓰미는 텅 빈 뱃속에 꿀럭거리며 마그마 같은 것이 솟아나는 감각을 느꼈다. 그것은 용기가 분출되는 소리다.

싹둑싹둑. 소리가 계속 들렸다. 마음이 빙글 하고 뒤집혔다.

"슈스케, 부탁이야. 나와줘."

초콜릿색 문은 열리지 않았다. 세상에서 오직 하나, 둘도 없는 남동생이 나오지 않았다. 용감한 누나는 그런 동생을 구하기 위해 머리카락을 잘랐다. 여자아이에게는 무엇보다 소중한 머리카락을 눈물을 머금으며 스스로 잘랐다.

그렇게 생각했다. 그렇게 생각했다. 다른 이유가 흘러들어오지 않도록, 무쓰미는 강하게 강하게 그렇게 생각했다.

외국인 유학생을 연기하게 됐으니 금발 가발을 쓴다. 여고생을 연기하게 됐으니 갈색 가발을 쓴다. 무대를 더 좋게 만들기 위해서 선배의 제안을 받아들였다. 어쩔 수 없는 이유로 가발을 썼던 시즈카가 무쓰미는 너무나 부러웠다. 시즈카는 분명히 계속 가발을 써 보고 싶었을 것이다.

자신을 위해서. 자신을 더 예쁘게 보이기 위해서. 계속 가발을 써보고 싶었을 것이다. 무라미카 선배는 좋은 사람이다. 시즈카의 자존심에 물든 욕망을 다른 형태로 변환해준 것이다.

바닥에 떨어지는 머리카락은 일단 자신의 머리에서 떠나자 그저 기분 나쁜 물체로밖에는 보이지 않았다. 양말을 신지 않은 발등에 머리카락이 한 올, 한 올이 먼지처럼 들러붙었다.

"슈스케, 나와. 부탁이니까."

사랑하는 남동생을 위해서라고. 남동생을 방에서 나오게 하기 위해서라고. 자신을 아무리 다독인다 하더라도, 그게 아닌 진짜 이유가 몸속의 세포 사이를 채워갔다.

반장인 그 아이의 일을 줄여주기 위해 그린 수학여행 안내서 표지, 남동생과 그 친구들을 기쁘게 해주기 위해 모눈 노트 표지에 그린 그림, 연극부를 떠나는 3학년 선배들을 위해 그린 색지의 그림, 연극에 직접 참여하지 않는 대신 더 열심히 했던 미술 담당일, 잡지에서 한눈에 반해버린 츠카사 님을 더 잘 알고 싶어서 읽었던 잡지 몇 권, 부장인 사카마치 선배를 위해 그린 사람을 많이 끌어 모으기 위한 공연 포스터.

싹둑.

소리도 없이 떨어지는 머리카락의 끝이 발가락의 피부를 자극했다. 아주 작은 그 자극으로 계속, 계속 숨겨두었던 또 하나의 마음이 드러났다. 수학여행 안내서의 표지를 그린 이유는 반장보다도 자신의 그림이 더 뛰어나다고 반 아이들에게 알리기 위해서였다. 모눈 노트 표지에 그림을 그려준 이유는 나중에 남동생이 "친구들이 잘 그린다고 칭찬해줬어"라는 말에 취해 있었기 때문이다.

색지의 그림을 그린 이유는 3학년 선배에게 써줄 말이 없는 자신의 마음을 감추기 위해서였다. 미술 담당일에 열중한 이유는 누구에게도 결코 비웃음을 당하지 않는 위치를 지키면서, 꼭 필요한 사람이라는 소리를 듣고 싶어서였다.

츠카사 님의 잡지를 몇 번이나 읽은 이유는 아주 조금이라도 자신과 닮았다고 생각하는 사람에게, 자신의 욕심을 투영하여 스스로를 진정시키기 위해서였다.

사람을 많이 끌어 모으기 위한 공연 포스터를 그린 이유는 연극부를 존속시키기 위해서가 아니라, 그저 사카마치 선배에게 칭찬을 받고 싶어서였다.

"무쓰미?"

자신을 부르는 엄마의 목소리가 들렸다.

"슈스케, 어서 나와."

남동생을 부르는 자신의 목소리가 들렸다. 그 모든 목소리를 모두 제치고 몸속 깊고 깊은 곳에서 울리는 말이 있었다.

'머리카락, 정말 예쁘다.'

만약 앞으로 이 머리카락이 똑바로 자란다면, 사카마치 선배는 또 그렇게 말해줄까. 잡지에 실려 있는 고후쿠 츠카사가 아니라, 자신을 보고 그렇게 말해줄까.

무쓰미는 자신의 머리를 만져 보았다. 3분의 1 정도가 짧게 잘려 잔디 같았다. 계속, 계속 이렇게 하고 싶었다. 사람들에게 더 잘 보이고 싶었다. 머릿결이 바뀐다면 머리를 박박 밀어도 좋다고 생각했다. 그림을 그려 칭찬받고 싶었다. 다시 열심히 배경을 그려 좋은 아이라는 평가를 받고 싶었다.

다른 누가 아니라, 모두 나 자신을 위해서였다.

반 아이들에게 놀림을 받지 않는 사람이 되고 싶었다. 다른 사람의 시선을 무서워하지 않아도 되는 사람이 되고 싶었다. 예뻐지고 싶었다.

아키처럼 되고 싶었다. '아키', 그렇게 불리는 것만으로도, 머리카락이 똑바로 자라는 것만으로도 그녀를 닮을 수 없다는 건 잘 알지만 그래도 좋으니, 어떤 방향이라도 좋으니, 그 모습에 아주 조금이라도 다가가고 싶었다.

누군가를 위해 그런 전제를 깔고 행동했던 모든 것에는 그 전에 또 다른 전제가 있었다. 자신을 위해, 자신을 위해, 자신을 위해. 드디어 뒤집힌 마음이 한껏 숨을 쉬며 점점 커져갔다.

꼬르륵 하고 배가 울렸다. 빨리 가지 않으면, 돼지생강구이가 식어 버린다. 자신을 위해서라도 괜찮다고 무쓰미는 생각했다. 이런 자신을 속이기 위해 이유나 변명을 찾는 데 시간을 허비하고 말았지만, 이제는 그러지 않아도 괜찮다고 생각했다.

나는, 나를 위해, 더 발전하고 싶다. 그렇게 생각을 하는 것만으로도 이토록 숨을 쉬기 편해진다면, 분명히 그것은 추한 욕망이 아닐 것이다.

"무쓰미?"

탁탁탁. 엄마가 계단을 하나씩 밟고 올라오는 소리가 들린다. 엄마는 이 모습을 보고 뭐라고 할까. 무쓰미는 싹둑싹둑 하고 계속 가위를 움직였다. 화를 낼지도 모른다. 울지도 모른다. 하지만 지금 모습은 보기 안 좋을지 몰라도, 결코 부끄럽지는 않을 것이라고 무쓰미는 그렇게 생각했다.

제3장

# 다이아몬드 에이스

"몸만이 매일 탈피를 계속한다.
몸에 두른 것이 조금씩 벗겨져 간다."

1

도쿄다이토카이자東京大都會座에서 상연 중인 〈왈츠의 박자가 맞지 않아〉의 주연을 마지막으로 은퇴를 표명한 여배우 오키오하라 마도카(36)는 6일 오후 2시부터 도쿄 도 내에서 기자회견을 열었다. 회견에는 소속 연예인 사무실의 사장 가니에 슈이치로(57)도 참석하였다. 아시아권에서도 인기가 높은 오키노하라의 기자회견이었기 때문에 국내외의 미디어 관계자 약 60명이 몰려들었다.

기자회견은 오후 2시에 시작되었다. 오키노하라와 가니에 사장이 수많은 플래시 세례를 받으며 등장. 흰 셔츠에 얇은 그린 재킷을 입은 오키노하라는 담담한 표정으로 입을 열었다.

**오키노하라** : 이렇게 많은 분이 모여주셔서 정말 감사합니다. 팩스로 이미 연락을 드렸듯이, 저는 지금 출연하고 있는 무대를 끝으로 여배우로서의 삶을 접고자 합니다. 갑작스럽게 발표를 하게 되어 많은 분께 폐를 끼쳤습니다. 이 자리를 빌려 다시 한 번 매우 죄송하다는 말씀을 드립니다.

일어서서 고개를 숙이는 오키노하라. 카메라의 플래시가 오키노하라를 비추었다. 가니에 사장이 신호를 보내자 오키노하라가 다시 자리에 앉는다.

오키노하라 : 이유를 말씀드리면 병으로 인한 요양입니다. 얼마 전 정기 건강검진 결과, 지주막낭종이라는 진단을 받았습니다. 병명만 들으면 심각하게 생각하실지도 모르지만, 평범한 생활을 하는 데에는 아무런 지장이 없습니다. 수술을 하거나 입원을 할 필요는 없다고 합니다. 걱정을 끼쳐 죄송합니다. 생명에는 전혀 지장이 없고, 평범하게 살아가는 데에는 전혀 문제가 없는 병입니다.
단지 몸, 특히 머리에 부담이 가는 일은 삼가야 합니다. (잠시 침묵) 저는 무엇보다 무대에 서는 일을 사랑했습니다. 극단에 있었을 때부터 특히 뮤지컬과 쇼를 좋아했습니다. 앞으로 제가 가장 좋아하는 일을 할 때에 100퍼센트 힘을 발휘할 수 없다는 사실을 알았을 때, 저는 더 이상 이 일을 계속해서는 안 된다는 생각이 들었습니다. 저는 분명히 무의식적으로 제 몸을 지키면서 춤을 추게 될 테니까요. 그런 쓸데없는 걱정을 무대 위에 가지고 올라가서는 안 된다고 생각했습니다.

기자회견장이 술렁이는 가운데, 오키노하라는 가니에 사장에게 마이크를 넘겼다.

**가니에** : 오키노하라 마도카 씨는 무대에 서야 빛이 난다는 사실을 여러분도 잘 아시리라 생각합니다. 저도 처음에는 텔레비전 드라마라도 좋으니 일을 계속하는 게 어떠냐고 설득을 했습니다만, 그녀의 결심은 강했습니다. 지금은 모두 오키노하라 씨의 생각을 지지해주고 있습니다.

가니에 사장의 인사 후, 질의응답 시간을 가졌다.

■ 무대 이외의 일을 계속할 수는 없는 것인가요?

가능한가 불가능한가 둘 중 하나를 선택해야 한다면 가능하리라고 생각합니다. 하지만 저의 출발점은 무대입니다. 극단을 퇴단한 뒤로 지금까지, 왜 제가 텔레비전 프로그램에 나오는지 스스로도 이해하지 못했습니다. 지금 다시 돌아보면 이 다음 일은 무대이니까, 몇 주 후에는 무대에 돌아가니까, 그런 마음으로 무대 이외의 일을 해왔던 듯한 기분이 듭니다. 더 깊이 들어가면 연기를 한다기보다는 노래하고 춤추는 일을 더 좋아했던 것인지도 모르겠습니다.

■ 주위 사람들의 반응은 어떤가요?

놀라시기도 하고, 제 몸을 걱정해주시기도 하고, 반응은 모두 다릅니다. 제가 가장 놀랐을 정도니까요. 극단에서 저에게 가르침을 배풀어주셨던 강사 분들은 안타깝다, 서운하다는 연락을 해주셨습니다. 제가 극단에 있었을 때는 동급생의 의상을 멋대로 어레인지하여 혼나기도 하고, 밤에 길을 잃어서 기숙사에 들어가지 못하기도 하는 등…… 문제아라고 할까, 열등생이었어요. 하지만 그래서 더 기억이 난다며 옛 이야기를 하기도 했습니다.

▪ 은퇴를 하는 데 후회는 없는지요?

신기하게도 후회는 없습니다. 열다섯에 무용학교에 들어가 지금까지 20년보다 조금 더 됐네요. 벌써 평생 동안 부를 노래를 다 부르고, 평생 동안 출 춤을 다 췄다고 생각합니다. 무용학교에 들어가기 전에는 친구도 별로 없고, 괴롭힘도 많이 당했지만 많은 동료를 만날 수 있었습니다. 무엇보다 아버지에게 제가 무대에 선 모습을 보여드리겠다는 큰 목표를 이룰 수 있었기에 후회는 없습니다. 무대 위에 한 점 후회를 남기지 않도록 도쿄다이토카이자에서 조금 더 열심히 노력하겠습니다.

2

하나로 묶은 머리카락에서 귀밑머리가 흘러나와 있다. 이 아이는 떨어질지도 모른다. 그런 생각을 하면서 츠카사는 머릿속에 새겨 놓은 안무 동작을 계속해서 따라 했다. 발레 강사가 제안한 안무는 기본 스텝이 몇 가지 섞여 있으면서, 유연함과 리듬감을 확인할 수 있도록 구성되어 있었다. 수험생의 실력을 보기에는 딱 좋다.

발끝을 세우자 종아리의 근육이 위에서 꽉 뭉쳤다. 츠카사는 신체조를 했을 때부터 반고리관이 강했다. 이렇게 몇 번씩 턴을 해도 현기증을 느끼지 않는다.

"앗."

옆에서 마도카의 작은 목소리가 들려왔다. 순간 균형을 잃은 듯했다. 하지만 수험생 앞에서 본과생이 실수를 할 수는 없다. 수험생은 마도카의 작은 흔들림을 눈치 채지 못한 듯하지만, 분명 강사의 눈은 속일 수 없었다.

츠카사는 호흡을 가다듬으면서 두 번 연속으로 턴을 했다. 허벅지에 경련이 일어나지 않도록 몸의 중심에 힘을 주었다. 강사는 마도카를 보고 있다. 수험생은 츠카사를 보고 있다. 시선이 갈라졌다는 사실을 츠카사만이 눈치 챘다.

거울 중간, 횡 1열로 늘어서 있는 수험생들은 모두 긴 머리카락을 한데 묶고, 등을 곧게 편 채 서 있다. 열다섯 살부터 열여덟 살까지, 응모 자격을 만족한 그녀들 중에는 자신들보다도 나이 많은 사람도 있을지 모른다고 츠카사는 생각했다. 츠카사도 마도카도 열다섯 살에 이 학교에 입학했기 때문에 본과생이 된 지금도 불과 열여섯 살이다.

수험생들은 자세를 흐트러뜨리지 않은 채, 빨려들 듯한 시선으로 이쪽을 바라보고 있다. 츠카사는 발끝, 발부리, 표정을 형성하는 얼굴의 근육, 그 모두를 지나는 신경에 전기가 흐르는 듯한 감각을 느꼈다. 츠카사와 마도카가 춤을 모두 끝내자, 강사 중 한 명이 "그러면"이라고 말하며 일어섰다.

"지금부터 네 번 연습을 하겠습니다. 그리고 발레 시험, 즉 실전입니다."

"네."

수험생들이 한 목소리로 대답했다. 문득 옆을 보니 볼을 잔뜩 부풀린 마도카가 수험생들처럼 고개를 끄덕이고 있었다.

매년 발레 시험만은 본과생 중 두 사람이 수험생들에게 시범으로 연기를 보여주게 되어 있다. 올해 입학시험 때에는 츠카사와 마도카가 발레 시험의 모범 연기를 선보이는 학생에 선정되었다.

"실례합니다."

연기를 끝낸 츠카사와 마도카는 입을 맞추어 인사했다. 이 무용학교 입학시험의 경쟁률은 매년 20 대 1을 넘는다. 방금 모범 연기를 보던 수험생들이 한 명도 합격하지 못하더라도 놀랄 일이 아니라고 생각하니, 연습장의 분위기가 또 확 식어버린 듯한 느낌이 들었다.

연습장에서 나오자 마도카는 미소를 지으며 이렇게 말했다.

"어렴풋이 시험을 봤을 때가 기억나."

마도카는 발끝을 세운 채 도움닫기를 했다. 그리고 그대로 아무도 없는 복도에서 타앗 하고 공중으로 뛰어올랐다.

"그 아이들이랑 같이 고개를 끄덕였잖아, 조금 전에."

"아, 들켰나?"

츠카사를 돌아보며 마도카가 씨익 하고 흰 이를 드러냈다.

입학시험이 치러지는 3월은 여전히 춥다. 여자 역할을 희망하고 있는 마도카는 머리카락을 항상 머리 뒤쪽으로 한데 묶어 놓고 있다. 귀밑머리 한 올도 삐져나오지 않았다.

마도카는 아직도 춤이 모자라다는 듯이 오른쪽 다리를 높이 올렸다. 아주 가는 발목에는 둥근 뼈가 툭 튀어나와 있다.

"그 아이들 중 누가 후배가 되는 걸까."

마도카의 소리가 아무도 없는 복도에 울렸다. 평범하게 대화를 하고 있을 뿐인데, 마치 노래를 하는 것 같다. 츠카사는 힐끔 뒤를 돌아보았다. 닫혀 있는 연습장의 문에서 발레 과제곡의 멜로디가 새어 나왔다.

조금 전 수험생은 츠카사를 보고 있었다. 강사들은 마도카를 보고 있었다.

"수고하셨습니다."

철컥 하고 문이 열리는 소리가 나더니 매니저가 분장실로 들어왔다.

"수고했어."

꾸벅꾸벅 졸고 있던 모습을 들키지 않기 위해 필요 이상으로 큰 소리로 인사했다.

"고마워."

츠카사는 매니저가 내민 페트병을 받아들었다. 뚜껑이 열려 있는 구멍에는 언제나처럼 둥근 스트로가 꽂혀 있다. 텅 빈 위장 안으로 미지근한 물이 흘러내렸다. 충족되는 감각보다도 공백 부분이 더욱 뚜렷해졌다.

"두 번째 공연이라 그런지, 역시 지치네요."

졸고 있던 사실을 이미 다 알고 있는 것인지, 매니저는 츠카사와 눈을 마주치지 않은 채 말했다. 매니저는 츠카사가 있는 곳에서는 자리에 앉지 않는다.

가이카쓰 극장의 무대 뒤는 무척 넓다. 이 극장의 무대에 벌써 몇 번이나 섰는지 알 수 없을 정도로 많다. 하지만 아무리 익숙하다고 해도 아침부터 하루 종일 이곳에 있으면 역시 쉽게 지치고 만다.

"몸 좀 움직일게."

츠카사는 드레스의 옷자락을 잡고 일어섰다. 밑바닥까지 가라앉았던 몸과 머릿속이 서서히 원래 상태로 되돌아왔다. 문 저편에서 들리는 노랫소리를 듣고 츠카사는 무대의 끝이 다가오고 있다는 사실을 깨달았다.

마지막 장면을 끝내고 커튼콜까지는 시간이 꽤 걸린다. 츠카사가 힘껏 가슴을 펴니 어깨 뒤에서 뼛소리가 났다.

분장실 거울에 비치는 자신의 얼굴은 방금 전까지 많은 사람 앞에서 울고 웃었던 사람이라는 생각이 들지 않을 만큼 표정이 없었다. 새하얀 빛에 휩싸인 분장실의 거울로 봐도 그럴 정도니, 다른 사람이 보는 자신의 얼굴은 대체 얼마나 무표정할까?

츠카사는 떠올렸다. 많은 플래시 세례를 받고 있던 마도카의 얼굴은 수많은 감정을 모두 억누르고 있는 것처럼 보였다. 그 회견을 보고 있는 사람 모두가 그 뚜껑 너머에 어떤 이야기가 숨겨져 있는가, 고스란히 상상할 수 있을 만한 그 얼굴이다.

"이 파트."

츠카사는 스트로의 끝을 티슈로 닦았다.

"고음이 항상 안 나오지?"

무대에서는 주연 여배우의 마지막 하이라이트 장면이 펼쳐지고 있다. 기억을 상실한 주인공이 일찍이 사랑하고 좋아했던 꽃을 발견하고, 가슴 벅찬 감정을 억누르지 못하는 장면이다. 어두워진 무대 위, 솔로로 노래를 부르는 주연 여배우에게만 스포트라이트가 쏟아지고 있다.

유메구미를 졸업하고 벌써 4년이 지났다. 츠카사는 퇴단 뒤 드라마에 출연하기 시작한 마도카와는 달리, 텔레비전에서는 출연 제의가 거의 오지 않았다.

분장실에서 조금 걸어 모니터가 설치되어 있는 무대 옆 공간으로 이동했다. 츠카사가 그곳에 나타나자 몇몇 젊은 배우가 인사를 했다. 커튼콜을 기다리는 몇 명의 출연자가 모여 있는 장소다.

곡조가 바뀌고 후렴이 한 번 더 반복되는 부분, 안 그래도 높은 음이 계속 이어지는 후렴구가 반음 정도 더 높아졌다.

"이 곡은 어려우니까요."

츠카사가 무슨 말을 하기도 전에 매니저가 중얼거렸다.

"이 아이는 레슨 기간에도 조금 부족했었고요."

매니저의 목소리를 듣고 가까이에 있던 젊은 배우가 이쪽을 힐끔 바라보았다. 주연 여배우와 사이좋게 지내는 20대 전반의 남자배우였다. 둘은 같은 사무실인 듯, 각각 다른 오디션에서 그랑프리가 아닌 아래 단계의 상을 수상했다고 한다.

첫 대면 때에 주연을 맡은 여자아이는 가장 처음으로 츠카사에게 말을 걸었다.

"어릴 때 유무구미의 공연을 보러 온 적이 있어요. 여자 역할을 하신 분이 정말 예뻐서 저도 언젠가 저렇게 무대에 서고 싶다고 생각했었죠. 그래서 이 공연에 발탁됐을 때 정말 기뻤어요. 여러모로 지도 부탁드립니다. 잘 부탁드립니다."

그 아이는 원래부터 큰 눈을 더 크게 뜨며 츠카사를 우러러보는 듯한 표정으로 인사를 했다. 아직 아무도 밟지 않은 눈밭의 눈처럼 흰 피부를 보면서, 고호쿠 츠카사는 유메구미의 남자 역할을 했던 사람이었다고 알려줘 봐야 이 아이는 신경도 안 쓰겠구나, 츠카사는 그런 생각을 했었다.

모니터링용 카메라는 극장의 천장 부근에 설치되어 있다. 그래서 스테이지에서 보이는 앞의 좌석 몇 줄 정도는 화면으로 확인해볼 수가 있다.

"오늘도 왔네요."

젊은 배우가 모니터를 보면서 말했다. 퍼밀리어는 앞쪽에 몰려 앉아 있기 때문에 잘 알 수 있다.

'고맙게도요.' 츠카사가 이렇게 대답하려고 했는데, 그는 물을 한 모금 마시고는 이렇게 말했다.

"대단하네요, 저 사람들. 정말 열의가 있어서."

츠카사는 아주 살짝 그 남자의 입매가 일그러졌다는 사실을 눈치 챘다.

"츠카사 님이 나오셨습니다!"

극장에서 나온 순간, 멀리까지 퍼지는 목소리가 차가운 공기를 갈랐다. 꺄아아. 제일 앞쪽에 있던 여성이 뛰어오르듯이 비명을 질렀다. 옆의 친구로 보이는 여성이 "목소리가 너무 크다니까"라고 그 아이의 어깨를 치며 웃었다. 퍼밀리어라고 불리는 팬클럽 회원들에게 줄을 흐트러뜨리거나 큰 소리를 내는 일은 금지되어 있다.

"츠카사 님, 수고하셨습니다."

대표자가 인사하자, 계단 형식으로 줄을 서 있는 여성들도 그에 맞춰 인사를 했다. 많은 사람의 입에서 흘러나온 흰 입김이 공기 중에 아직도 남아 있다.

"여러분, 추운데도 이렇게 기다려줘서 고마워요."

츠카사가 그렇게 말하자, 4열로 늘어선 여성들이 고개를 들고 일제히 박수를 쳤다. 이번엔 츠카사가 인사를 할 차례다. 츠카사는 고개를 숙였다. 그리고 가슴을 활짝 폈다.

인사를 하는 중에는 머리 저편에서 감탄이 섞인 박수 소리가 들려왔다. 이때는 언제나 정수리에 구멍을 뚫고 지금 들리는 모든 소리를 머리로 빨아들이고 싶어진다. 활짝 펼친 가슴에 퍼밀리어가 던지는 칭찬과 감탄으로 가득 채우는 모습을 떠올렸다.

무대를 보러 오는 관객의 대부분은 자신의 팬이 아니라는 사실을 츠카사는 잘 알고 있다. 하지만 그렇기에 이 순간에 많은 것을 되찾아야 한다. 거짓말일지도 모르는 이 광경을 보아야 맛있는 음식을 먹고, 부드러운 침대에서 편히 잘 수 있다.

츠카사는 반듯하게 늘어선 4열 사이를 천천히 왕복했다.

"오늘도 굉장히 멋졌어요!"

"또 보러 올게요!"

"팬레터 썼어요. 시간 되시면 꼭 읽어주세요."

한 사람, 한 사람이 츠카사의 모습을 두 눈 가득 비추고 있다. 퇴단 뒤에 규모는 어떨지 몰라도 이렇게 팬클럽이 남는 경우는 드물다. 언제인지는 모르지만 누군가가 그렇게 말해주었다.

전 유메구미 준 톱스타, 그때는 마도카와 함께 '꿈의 열다섯 살 콤비'라고 불릴 정도였다. 열다섯 살에 무용 학교에 입학해, 함께 유메구미에서 차지한 남자 주인공과 여자 주인공.

'고마워요' 하고 말을 걸면 '꺄아아' 호응을 해주는 팬이 있다. 그 목소리를 들을 때마다 츠카사는 당연하다고 생각해서는 안 된다고 결심한다. 이 환성에 안주해서는 안 된다. 하지만 안주해서는 안 된다고 스스로를 다독이는 시점에 이미 안주하는 것보다 더한 상태에 도달한 것이나 마찬가지다.

"여러분, 오늘은 정말 고마워요."

겸손을 잊지 말자. 그렇게 생각한 시점에 이미 다시 되돌릴 수 없는 상태에 빠져 있는 것이다. 의식을 하며 잊지 않는 겸손은 진짜 겸손이 아니다.

"츠카사 님, 오늘도 수고하셨습니다."

4열 모두에게 인사를 끝내자, 퍼밀리어의 대표자가 선물이나 팬레터를 모은 종이봉투를 내밀었다.

"이걸 받아주세요."

항상 세 사람이 마지막에 인사를 하는데, 이 사람들은 똑같은 문장을 가슴에 차고 있다. 그 문장은 공연이 끝난 밤의 어둠 속에서도 자랑스럽게 빛이 났다. 이 세 명이 팬클럽을 조직하고 이끌고 있는 사람들이라는 사실을 츠카사도 잘 안다. 매니저와 대화를 나누어 일정을 퍼밀리어 내에 공유하고 있는 사람들도 이 세 사람이다.

"고마워요."

종이봉투를 받아들자 매니저가 자동차가 있는 곳으로 츠카사를 안내해주었다. 살짝 뒤를 돌아보니, 대표자 셋은 여전히 표정을 바꾸지 않은 채 이쪽을 바라보고 있었다. 구깃구깃해진 종이 봉투의 손잡이와 그 침착한 표정이 도무지 어울리지 않아, 잊고 있던 차가운 공기가 츠카사의 뺨을 다시 찔렀다.

퍼밀리어는 모두 움직이지 않은 채 이쪽을 보고 있다. 추운 겨울바람에 머리카락과 코트의 옷자락만이 흔들리고 있다. 머릿속에서 츠카사는 컴퓨터의 전원을 켰다. 빛이 들어온 디스플레이가 눈꺼풀 뒤에서 수상하게 빛났다.

차에 타자 긴장이 풀렸는지 급격하게 배가 고파졌다. 내뱉은 입김이 엔진 소리에 묻혔다.

"츠카사 씨."

조수석에 앉은 매니저가 가방 안에서 휴대전화를 꺼냈다.

"저기."

무언가 말을 듣기 전에 츠카사가 먼저 말을 꺼냈다.

"그건 어떻게 됐어?"

일주일 전 세계적으로 유명한 연출가 히에이 마사토시가 연출하는 무대의 캐스팅 후보로 자신이 거론되었다. 지금부터 약 1년 후, 내년 겨울 즈음에 상연을 목표로 하고 있는 무대라고 한다. 그렇다고는 하지만 히에이 마사토시의 일정이 확실치 않아 연습 기간, 상연 기간 등이 아직 정해지지 않았다.

오디션을 봐야 하는 건가. 그런 생각을 하니 몸에서 힘이 빠져나갔다. 온몸이 2년 전 가을에 샀던 울코트 안에 파묻혀 갔다. 히에이 마사토시는 캐스팅이 매우 까다롭기로 유명하다.

결로로 인해 흐릿해진 창문이 밤의 윤곽을 더욱 애매하게 만들었다. 그렇게까지 피곤하지는 않지만, 운전사나 매니저 그리고 이 자동차 밖으로 펼쳐져 있는 세계가 더욱 지치게 만드는 듯했다.

"오디션 일정은 결정됐어?"

"그것도 아직 확실히 정해지지는 않았는데요."

매니저는 터치패널로 조작하는 작은 단말기 안의 일정을 넌 단위로 작게 만들었다.

"내년 봄 무대와는 겹치지 않도록 조정하겠습니다."

봄에 있을 무대 일정은 조정할 수 없다. 심야 버라이어티 방송을 통해 인기를 얻은 남성 아이돌이 총출동하는 무대이다. 관객은 공연 시작 전에 다운로드한 어플리케이션으로 좋아하는 역할에 투표를 하면서 무대를 감상한다고 한다. 남자학교가 배경이고, 츠카사는 음악 선생님 역을 맡는다. 연습 기간은 매우 짧은데, 상연 기간은 매우 길다. 돈을 몇 번씩 지불해주는 반복 관객을 노린 일정인 게 틀림없다. 마도카에게는 분명히 이런 공연 제안은 절대 들어오지 않는다. 츠카사는 얼굴이 거의 보이지 않도록 마스크의 위치를 조정했다.

연내에 딱 한 번 출연자 남자배우들과 미팅이 있었다. 무대에서는 사람들 중 서른여섯 살인 츠카사가 최연장자였다. 한겨울인데도 여름옷을 입은 남자아이들의 가슴 판은 모두 속이 다 비쳐 보였고, 쭉쭉 뻗은 팔다리는 마치 젊은 대나무 같았다.

라디오에서 밤 11시를 알리는 소리가 들렸다. 이 소리를 들으면 이 좁은 공간에 몰려 있는 사람 모두가 실은 이루 말할 수 없을 만큼 남이라는 사실을 새삼 강하게 깨닫게 된다.

"저기, 츠카사 씨."

그 타이밍에 매니저가 입을 열었다.

"내일 사무실에 마도카 씨가 오신대요."

"그래요."

시간을 알리는 방송이 끝나면 말해야지, 마음속으로 그렇게 결정을 해둔 건지도 모른다. 매니저의 작은 용기를 생각하니, 더욱 더 하고 싶은 말이 없어졌다.

"마도카 씨가 츠카사 씨를 만나고 싶어 하신다던데."

"그렇군요."

츠카사는 그 말만 하고 눈을 감았다. 잠을 청할 생각은 없었지만, 확 깨어 있고 싶지도 않았다. 어둠 속에서 디스플레이가 조금씩 따뜻해져 갔다.

태어났을 때 4킬로그램을 넘었던 츠카사는 목을 가누는 것도, 말을 시작하는 것도, 걷기 시작한 시기도 또래보다 빨랐다. 엄마는 그런 츠카사가 재미있다는 듯 주위에 얘기했고, 발육이 늦어 불안해하는 엄마들이 상담을 신청해오기도 했다.

같은 동네에는 츠카사보다 4일 늦게 태어난 다케히로라는 남자아이가 있었다. 마음에 맞는 엄마끼리 패밀리레스토랑이나 서로의 집에서 만날 때마다 츠카사와 다케히로도 함께 만나게 되었다. 여자아이, 남자아이라는 자각이 확실해지기 전에 두 사람은 자연히 친해지게 되었다.

다케히로가 무선조종 장난감을 가지고 싶어 하면 츠카사도 가지고 싶어 했고, 츠카사가 롤러스케이트를 가지고 싶어 하면 다케히로도 가지고 싶어 했다. 그리고 언제나 누가 더 잘하는지 경쟁했다.

어느 날 유치원에서 집으로 돌아가는 길, 다케히로가 체조 교실에 놀러간다고 해서 츠카사도 엄마에게 졸라 같이 따라갔다. 그곳에는 이미 다케히로와 나이차가 많이 나는 형이 다니고 있던 곳으로, 다케히로는 체조 교실에 도착하기 전부터 "형이, 형이" 하고 몇 번이나 형이라는 말을 반복했다. 엄마가 서른이 넘어 낳은 외동딸인 츠카사에게는 무조건 우러러 볼 수 있는 '어른이 아닌 사람'이 있다는 사실이 매우 부러웠다.

다케히로를 따라다니다가 츠카사도 그 체조 교실에 다니기로 결정했다. 주변 아이들보다 체격이 컸기 때문에 유치원에서는 몸을 마음껏 움직이지 못할 때도 많았다. 그런데 체조 교실에서는 아무 신경도 쓰지 않고 마음껏 움직일 수 있어 매우 즐거웠다. 원래 유연성이 뛰어났던 츠카사는 신체조 코스에 들어갔다. 얇고 파란 리본을 빙글빙글 휘두르는 츠카사를 보고, 다케히로는 "뭐하는 거야, 지금"이라고 하면서 매우 즐겁게 웃었다. 기계 체조 코스에 들어간 다케히로는 형이 힘차게 몸을 움직이는 모습을 진지한 눈으로 바라보았다.

츠카사와 다케히로는 서로 키를 추월하기도 하고, 추월당하기도 하면서 앞으로 계속해서 자랄 것만 같은 팔과 다리를 마음껏 움직였다. 츠카사는 그 중에서도 배운 움직임의 순서를 정확하게 잘 기억했다.

"역시 여자아이구나, 츠카사는."

다케히로의 엄마가 감탄스럽다는 듯이 그렇게 말할 때마다 츠카사는 다케히로를 보고 으스대도 좋을지 망설이게 되었다.

"하나하나, 몸으로 외우는 느낌이야. 다케히로는 너무 힘으로만 하려고 드니까 오늘 할 수 있었던 걸 내일 못하게 되기도 하는 거야."

남자아이, 여자아이라는 이유만으로 다케히로와 자신 사이에 무언가 차이가 생기기 시작한 걸까. 츠카사는 그렇게 생각했지만, 그 흐릿한 감정을 표현하기가 힘들어서 아무 말도 하지 않았다.

초등학생이 되자 두 사람은 다케히로는 남자이고, 츠카사는 여자라는 사실을 자각하게 되는 일이 많아졌다. 그것은 커피의 빈 캔처럼, 일상생활 여기저기에 굴러다니고 있었다. 초등학교에 들어갈 때까지는 체조 교실에서 코스는 다르지만 같은 기술을 연습하고 있던 두 사람이었다. 하지만 어느새 츠카사의 기술은 유연성에 중점을 두게 되었고, 다케히로는 기술은 근력에 더욱 중점을 두게 되었다.

"누가 먼저 할 수 있는지, 승부야."

무선조종 장난감을 샀을 때도, 롤러스케이트를 샀을 때도 다케히로는 도발하듯이 그렇게 말하며 웃었다. 같은 기술을 배웠을 때는 언제든 어디서든 똑같이 승부를 펼칠 수 있었다. 하지만 이젠 진정한 승부를 할 수 없다고, 츠카사는 어느 날 빙글빙글 도는 리본의 끝을 보다가 깨달았다. 다케히로가 평가받는 면과 자신이 평가받는 면이 점점 달라지고 있다는 사실을 츠카사는 어렴풋이 깨달았다.

츠카사는 언제나 다케히로 너머에서 새로운 무언가를 발견했다. 무선조종 장난감, 체조 교실, 형제. 다케히로의 어깨 너머로 보이는 모든 것은 츠카사가 모르는 것이었기 때문에 매력적이었다.

그리고 츠카사는 자신이 답답함을 느끼고 있다는 사실을 깨달았다. 그 답답함이 무엇을 의미했던 것인가, 그때의 츠카사는 아직 알지 못했다.

"사실은 나, 전부터 보고 싶었어."

어느 날 저녁 식사시간, 엄마가 그렇게 말씀하시며 티켓 두 장을 가방에서 꺼냈다. 츠카사가 초등학교 4학년이었을 때의 일이었다.

"여기 무대가 정말 대단하대. 도내에 살고 있어서 의외로 가볼 기회가 없으니까."

"흐응."

딱히 흥미가 없어 보이는 아빠와 아주 흥미로워하는 엄마의 대화를 츠카사는 지금도 기억하고 있다.

"그럼 당신이랑 츠카사랑 가지 그래?"

"정말로? 그날 저녁 혼자서 차려 먹을 수 있겠어?"

고무공이 튕기듯이 그렇게 말하는 엄마에게 아빠는 쿨하게 "그러지 뭐"라고 대답했다. 그때 츠카사는 엄마가 없는 토요일 낮에 아빠가 기쁜 표정을 지으며 컵라면에 달걀을 넣어 먹는 모습을 떠올리고 있었다.

"다케히로네 엄마한테 받은 거야. 엄마랑 같이 가자."

엄마는 그렇게 말하며 깔끔하게 쭉 뻗은 직사각형 종이를 츠카사에게 보여주었다. 한자가 가득해서 읽지는 못했지만, 이번주 토요일 오후 여섯 시 반부터 어딘가에 입장하기 위한 종이라는 것 정도는 알고 있었다.

"다케히로네 엄마는 갑자기 약속이 생겨서 여기에 못 가게 됐대. 다음에 같이 고맙다고 인사하러 가자, 응?"

다케히로네 엄마가 가지 못한다면 다케히로와 나, 이렇게 둘이서 가지는 못하는 걸까. 츠카사는 자신의 머릿속에 떠오른 생각을 바로 지워 버렸다. 다케히로는 4학년이 되고부터, 체조 교실이 끝난 뒤에 함께 집으로 가지 않았다. 신체조 코스와 기계체조 코스의 끝나는 시간이 달라서인지, 다케히로는 기계체조를 같이 배우는 남자아이들과 서로 어깨를 나란히 하며 체육 교실 현관을 빠져나가 버렸다.

위에서부터 솟아오르는 답답함을 츠카사는 물과 함께 집어 삼켰다. "기대된다"라고 말하자 엄마는 기쁘다는 듯이 웃었다.

빨간 좌석이 쭉 늘어선 극장은 조금만 긴장을 풀어도 미아가 될 것처럼 넓어서, 츠카사는 엄마의 옷자락을 꽉 잡았다.

"화장실 안 가도 돼? 이제부터 중간 휴식시간까지 못 나가."

엄마가 그렇게 말하며 츠카사에게 초콜릿 하나를 건네주었다. 2부 구성으로 진행되는 무대는 밤 아홉 시가 지나서야 끝나기 때문에 엄마는 밥과 반찬을 만들어놓았다. 테이블에 놓인 "전자레인지에 데워 먹어"라는 편지를 보고 아빠는 조금 실망한 표정을 지었다.

"대단하다."

뮤지컬 제1부가 끝나고 극장에 밝은 불이 들어오자, 엄마가 감탄을 하며 그렇게 중얼거렸다. 츠카사는 "으~응" 하고 양팔을 힘껏 쭉 뻗었다. 외국인 이름이 많이 나와 외우기 힘들었던 데다, 멀리 있는 무대 위에서 누가 말을 하는지 알 수가 없어서 츠카사는 그다지 재미있지가 않았다. 하지만 엄마에게 무언가 칭찬을 받고 싶었던 츠카사는 "남자도 얼굴이 굉장히 예뻤어"라고만 말한 뒤, 걸쳐 신었던 신발을 다시 고쳐 신었다.

"응? 다 여자야."

"뭐?"

엄마의 목소리를 듣고 츠카사는 몸이 앞으로 쭈욱 기울이는 바람에 발끝에 걸려 있던 신발이 바닥에 떨어졌다.

"조금 전에 나왔던 사람들은 전부 여자야, 주인공도. 여자가 남자 역할을 하고 있고. 말 안 했었나? 화장실 갔다 올게."

자리에서 일어난 엄마가 츠카사의 허벅지를 넘어갔다. 순간 시야가 차단되었다. 츠카사는 꿀꺽 침을 삼켰다. 그러자 온몸을 휘도는 관을 모두 잡아당기는 듯했던 답답함이 갑자기 어디론가 흘러가버린 듯한 기분이 들었다.

30분 휴식 후 쇼가 시작되었다. 조금 전과는 달리 배역이나 스토리가 있지는 않았다. 명랑한 음악과 화려한 댄스 그리고 객석의 일치된 손장단, 엄마와 츠카사도 당황스러웠지만 그 손장단에 참가했다.

중반은 야구 시합을 모방한 프로그램이 있었다. 똑같은 야구 유니폼과 모자를 쓴 그룹과 치어리더의 모습을 한 그룹으로 나뉘어 서로 경쟁하듯이 춤을 추는 연출이다. 어떻게 봐도 남자 야구 선수로밖에 보이지 않는 여성들이 팔과 다리를 화려하게 움직이면서 무대 위를 자유롭게 춤추며 뛰어다녔다. 그 안에서 남자 역할을 하는 그룹이 어깨동무를 하는 장면이 있었다. 서로의 모자를 차지하려고 장난을 쳤다.

역시, 츠카사는 그렇게 생각했다.

조금 전 몸 속으로 미끄러지며 흘러들어갔던 것들이 다시 한번 몸을 휘돌고는 머리로 모여들기 시작했다.

츠카사는 다케히로와 절친한 친구가 되고 싶었다. 같은 사람으로서, 어깨동무를 하고 싶었다. 장난을 치다 어른들에게 들켰을 때에는 둘이서 큰 소리로 떠들면서 같은 방향으로 도망치고 싶었다. 남자아이를 한 발 뒤에서 바라보는 여자아이가 아니라, 그 이상의 의미 없이 서로 어깨동무를 하며 깔깔 웃는 남자 대 남자처럼 절친한 친구가 되고 싶었던 것이다.

그날부터 츠카사는 여러 가지를 조사하기 시작했다. 발레, 성악, 면접, 1차 시험, 2차 시험. 각각 세 과목인 입학시험을 통과하면 일본무용학교에 입학할 수 있다. 그 무용 학교에서 2년간 열심히 공부하면 그 후 일본무용학교를 운영하는 단체가 창설한 대극단에 소속될 수 있다. 대극단은 오사카와 도쿄에 상설 극장이 있어, 다섯 개 구미組로 나뉘어 각각의 구미가 순차적으로 공연을 한다. 일본무용학교에 입학할 수 있는 사람은 여성뿐이다. 그 때문에 대극단에서 상연하는 연극은 배역이 모두 여성으로만 이루어져 있다.

그저 지식이 늘어갈 뿐이었는데, 왜인지는 몰라도 그때마다 자신이 한 걸음 더 그 무대에 가까워진 것만 같은 느낌이 들었다. 그리고 그때마다 츠카사는 다케히로를 떠올렸다.

며칠 후, 츠카사는 엄마와 다케히로네 집을 찾아갔다. 엄마에게는 커피, 츠카사에게는 오렌지주스를 내준 다케히로네 엄마는 츠카사의 엄마가 티켓의 답례로 산 쿠키를 하나도 먹지 않은 채 말했다.

"그날 사실, 저쪽 사택을 보러 갔다 왔어."

다케히로네 엄마는 미안하다는 듯이 커피잔에 입을 대더니 "이제 전근 갈 일은 없다고 생각했는데"라고 말하며 한숨을 내쉬었다. 다케히로는 당장에 비가 내릴 것 같은 하늘 아래에서, 이제 곧 멀리 떨어지게 될 소꿉친구를 놔두고 어딘가로 놀러가고 없었다.

다케히로네 집에서 집으로 돌아오는 길에 츠카사는 미래에 남자 역할 배우로서 그 무대에 서는 자신의 모습을 상상했다. 그 사람들처럼 낮은 목소리로 호들갑스러운 몸짓으로 웃으면, 언젠가 다케히로의 어깨를 안고 절친한 남자친구처럼 될 수 있지 않을까, 그런 생각을 했다.

"서운하네."

엄마가 그렇게 중얼거렸을 때 비가 내리기 시작했다. 츠카사가 우산을 폈다. 츠카사의 키는 엄마와 그다지 차이가 나지 않았다.

## 3

현관에 들어와 신발을 벗으려다가 아침에 쓰레기를 버리려다

깜빡했다는 사실을 깨달았다. 어제 팩에 담긴 초밥을 먹어서인지 간장과 생선의 비릿한 냄새가 섞여 코를 스쳐갔다.

부츠를 벗기 전에 생각나서 다행이야. 그런 생각을 하면서 츠카사는 세탁기 위에 가방을 올려 두었다. 무릎 걸음으로 걸어가 부엌 옆에 놓아둔 쓰레기봉투를 집어 들었다.

"당신은 기억을 잃어가고 있군요. 이 꽃도 잊어버리다니. 이건 당신이 사랑하는 사람이 좋아하는 꽃이에요."

츠카사는 부츠의 밑바닥이 바닥에 닿지 않게 조심하면서 현관으로 돌아왔다. 흰 팬츠의 무릎 부분이 나무 바닥에 쓸렸다.

"당신이 사람을 사랑해서 다행이에요. 당신이 모든 것을 잊어버려도 누군가가 당신을 기억하고 있으니까요."

작은 목소리로 대사를 중얼거리면서, 츠카사는 현관을 나와 엘리베이터에 올라탔다. 안에 아무도 없었기 때문에 대사를 반복해서 연습할 수 있다. 쓰레기를 버리기 위해 밖에 나온 자신을 감싼 공기는, 다른 공간에서 자신을 감싸는 공기보다도 더 차갑게 느껴졌다.

아파트 1층에는 요일, 시간에 관계없이 쓰레기를 버릴 수 있는 공간이 있다. 같은 사무실 사람들이 많이 사는 이 아파트 안에서 가장 사람을 만나고 싶지 않은 장소가 이곳이다. 더러운 것을 빨리 손에서 놓으려 하는 자신의 모습은 분명 자신이 생각하는 것 이상으로 추해 보일 테니까.

"당신의 기억은 분명 당신을 기억하고 있는 누군가에 의해 조금씩 보완되어 가겠죠."

방으로 돌아와 현관에 앉아 부츠의 끈을 풀고 있는데, 흰 팬츠의 무릎 부근이 거무스름해졌다는 사실을 깨달았다. 조금 전에 무릎 걸음으로 통로를 걸어갔기 때문일까. 방바닥을 제대로 닦은 게 과연 언제일까. 순간 그런 생각이 들었지만, 츠카사는 바로 생각을 멈추었다.

부츠를 벗자 땀에 젖은 양말에 공기가 닿았다. 양말을 벗자 발바닥의 껍질이 조금 벗겨진 듯한 느낌이 들었다. 몸만이 매일 탈피를 계속한다. 몸에 두른 것이 조금씩 벗겨져 간다.

극단을 퇴단하고 지금 사무실에 들어가기로 결정했을 때, 마도카에게서 문자가 왔다.

「같은 사무실에 들어온다고 들었어. 사무실 아파트는 창문이 커서 밤이 되면 꼭 전신거울 같아진다?」

아주 오랜만에 보내는 문자인데 마치 방금 전까지 같이 대화를 나눴고, 또 1초 후에도 대화가 이어질 것 같았다. 마도카는 퇴단 후, 바로 이 사무소의 간판 여배우가 되었다. 큰 화장품 회사의 CF 계약도 몇 년 동안 계속 갱신되고 있다.

"당신은 기억을 잃어가고 있군요. 이 꽃도 잊어버리다니. 이건 당신이 사랑하는 사람이 좋아하는 꽃이에요."

츠카사가 그렇게 말하며 움직이자, 창문에 비친 츠카사도 똑같이 움직였다. 이 대사는 연습을 할 때 주인공에게 닥친 비극을 마치 자기 일처럼 한탄하고, 걱정하듯이 연기해줬으면 한다고 연출자가 계속 주문한 장면이다.

결국 이 장면은 연출자가 만족하지 못한 채 공연 첫날을 맞이했다. 첫날은 대체로 그 독특한 고양감 때문인지 모든 배우가 평소보다 더 훌륭한 연기를 펼친다. 하지만 배역 중에서도 가장 풍부한 무대 경험을 지닌 츠카사는 그 고양된 분위기의 흐름을 타지 못했다.

"그 장면 괜찮았어. 역시 관객 앞에 서면 다들 변하는구만."

커튼콜 뒤에 연출가가 츠카사에게 말했다.

"감사합니다."

고개를 숙이자 왁스로 반짝반짝 빛나는 바닥이 보였다. 그 바닥의 나뭇결의 선을 세면서 츠카사는 이 사람도 마찬가지구나 그런 생각을 했다.

그 장면이라면, 연습 때부터 계속 똑같이 연기를 했다. 오히려 일부러 바꾸지 않으려고 노력을 했을 정도이다. 첫날을 맞이하자마자, 단순히 관객 앞에 섰다고 해서 연습 때보다 나아졌다고 말하는 연출가가 적지 않다. 역시 무대에 서는 사람은 다르다고, 쓸데없는 한마디를 덧붙이는 사람도 있다. 모두 그렇게 대충 얼버무린다. 이런 일을 하면 이래야 한다는 이야기를 스스로 부여하고, 그 외의 일은 생각하지 않으려고 한다.

화장을 지우고 실내복으로 갈아입은 다음, 일단 텔레비전을 켰다. TV장 아래의 선반에는 히에이 마사토시가 연출한 공연 DVD가 몇 개 꽂혀 있다. 매니저가 준비해준 DVD는 모두 1.5배속으로 한 번씩 확인을 끝냈다. 그때는 오디션이 있다는 사실을 몰랐기 때문에 대략 분위기만 파악해놓으면 된다고 생각했었다.

히에이 마사토시는 배우를 극한까지 몰아붙이는 것으로 유명하다. 그 결과 첫날을 맞이한 캐스팅된 배우들은 어딘가 해탈한 듯한 표정으로 인터뷰나 기자회견에 임하는 경우가 많다.

「연기하는 데 무엇이 소중한지 배웠습니다. 지금까지 해왔던 연기는 연기도 아니었다니, 그런 생각은 해보지도 못했습니다.」

어딘가의 잡지 인터뷰 때에 이렇게 말한 젊은 배우들은 누더기 같은 의상을 입고, 무대 위에서 쭈뼛거리며 대사를 읊고 있었다. 누더기가 움직일 때마다 저편에서는 대패로 깨끗하게 깎아낸 고급 목재 같은 알몸이 보였다. 츠카사는 이 DVD를 볼 때, 이 장면에서 딱 한 번 리모컨의 일시정지 버튼을 눌렀다.

그날은 날씨가 좋지 않았다. 아파트 안에까지 눅눅한 비가 스며 들어온 듯한 공기 속에서 츠카사는 마지막으로 누군가와 알몸을 맞댄 적이 언제였는지 떠올려 보았다. 깔끔하게 리모델링을 한 이 방에서는 아직도 누구와도 섹스를 해본 적이 없다. 그런 생각을 하자 이 아파트 안에서 이 방만이 가장 빨리 썩어 들어가는 듯한 생각이 들었다.

사무실 컴퓨터와 동기화되어 있기 때문에 집에서도 일정을 확인할 수 있다. 내일은 연극이 없는 날이다. 그 외도 딱히 일이 없다. 내일 다시 한 번 히에이 마사토시의 DVD를 잘 봐두어야 할지도 모른다.

컴퓨터를 부팅하자 빨리 그다음을 써두어야 한다는 달콤한 유혹에 빠져들었다. 하지만 아직 안 된다. 그건 하루가 끝날 때 쓰기로 정해두었다.

컴퓨터 화면 안에서 커서를 자유롭게 움직였다. 사무실 공식 트위터나 블로그, 사무실에는 비밀로 하고 몰래 만든 페이스북 계정. 트위트나 블로그는 글을 올릴 때마다 고호쿠 츠카사의 분주한 모습이 주위에 전해진다. 페이스북은 글을 올리는 주기가 길어지면 길어질수록 다구치 츠카사의 분주한 상황이 주위에 전달된다.

다구치 츠카사였던 시절에는 텔레비전에 나오는 사람들이 말하는 '배역 연구'가 거울처럼 비치는 창문을 향해 실내복을 입고 춤을 추거나, 슈퍼에서 사온 도시락을 먹으면서 DVD를 1.5배로 돌려 보는 것이라고는 생각지도 못했다. 그런 일은 좀 더 일반인은 감히 상상도 못할 정도로 미스터리하고, 심오하고, 마치 마법 같은, 특수한 능력이 필요한 것이라고 생각했다.

「지금까지 연출하셨던 수많은 무대를 보여주셔서, 그것을 보고 흡수하여 배역 연구에 활용했다.」

히에이 마사토시의 무대에 선 배우는 그렇게도 말했다. 흡수, 배역 연구. 세상의 다른 사람들이 쉽게 확인할 수 없는 곳에서 벌어지는 일들은 대부분 듣기 좋은 이름으로 포장된다.

마우스를 움직여 메인 화면으로 돌아와 보니, 톱뉴스의 목록이 업데이트되어 조금 전과는 달라져 있었다. 그런데도 '오키노하라 마도카 여배우 은퇴 기자회견'은 계속 톱뉴스로 머물러 있었다. 그리고 그 글자 바로 옆에는 동영상을 볼 수 있도록 사각형 아이콘이 표시되어 있다.

조금 망설인 다음, 츠카사는 제목의 '마도카' 부분에 커서를 올려놓았다. 딸깍, 마우스 소리가 바늘이 바닥에 떨어지는 소리와 닮았다.

「성형 여배우, 수고하셨습니다. 이제 안 나와도 돼요.

공감 1098 | 비공감 672

https://www.youtube.com/watch?v=..... 이 동영상을 보고 오키노하라 마도카가 성형을 했다고 생각하는 사람은 공감 클릭

공감 9006 | 비공감 422

아버지가 와서 봤다고 해도 못 알아봤을 것 같은데, 성형했으니까. 뭐, 자업자득이지만.

공감 8752 | 비공감 390」

화면을 제일 아래로 내리면 뉴스를 읽은 사람들의 댓글을 볼 수가 있다. 그 댓글에 동의가 많으면 공감 수치가 올라가고, 반대 의견이 많으면 비공감 수치가 높아진다. 츠카사는 두 번째 댓글에 있는 한 인터넷 링크를 클릭해보았다.

윈도 창이 하나 더 열렸다. 설사 클릭할 때까지는 당신 나름의 고민이 있었을지는 몰라도 아무튼 당신이 선택한 거 아닙니까, 그렇게 말하듯이 인터넷 링크 페이지는 순식간에 열렸다.

눈 깜짝할 사이에 '오키노하라 마도카 성형의혹 1/4'라는 제목의 12분이 약간 안 되는 동영상이 재생되기 시작했다. 벚꽃이 지는 영상을 배경으로 '그 사람을 만나기 위해 무대에 서고 싶다. 소녀들이 뒤쫓는 꿈~'이라는 글자가 떠올랐다.

일요일 오후에 방송된 한 시간짜리 다큐멘터리였다. 매주 초점을 맞추는 사람들은 일반인이지만 내레이션은 저명한 연예인이 맡는다.

작은 사각형에서 흘러나오는 화면 안에서 열다섯 살짜리 마도카가 발레 연습을 하고 있다. 나카하라 마도카(15)라는 흰 글자가 화면 아래에 표시되었다. 이 방송은 츠카사가 무용학교에 입학하기 직전, 지상파의 한 방송국을 통해 전국에 방송되었다.

츠카사는 엄마와 둘이서 이 방송을 봤다. 아빠는 점심을 먹고 난 다음, 거실에서 그대로 곯아떨어졌다.

츠카사는 이 방송을 보고, 자신이 무용학교에 도전한 나이가 평균보다도 더 어렸다는 사실을 알게 되었다. 그리고 텔레비전

화면 안에 있는 아이들이 자신과 같은 목표를 지니고 있다는 생각이 도무지 들지 않았다. 오히려 이미 텔레비전에 나올 자격을 얻은 아이들처럼 보였다.

동영상은 담담하게 계속 흘러갔다. 화면 오른쪽에 늘어서 있는 관련 동영상에는 친절하게도 '2/4', '3/4', '4/4'가 모여 있다.

텔레비전 카메라는 맨 처음, 이해에 무용학교에 도전하는 세 여자아이를 동시에 취재했다. 하지만 중반 이후부터 명백하게 마도카를 쫓는 장면이 많아졌다. 발레 스쿨뿐만이 아니라, 좁은 자택 아파트 안에서도 카메라가 비추는 사람은 마도카뿐이었다.

"몸이 또래보다 작아서 그런지 초등학교 때에는 괴롭힘을 당해서, 지금도 친구다운 친구가 별로 없어요."

한 사이즈 큰 다운코트로 몸을 감싼 마도카가 흰 입김을 하후하후 내뿜으며 카메라를 향해 이야기했다.

"정말로 어릴 때부터 노래와 춤을 좋아하는 아이였어요. 학교 수업이 끝나면 친구와 놀지도 않고 바로 집으로 와 텔레비전을 켜는 때가 많았죠. 노래 방송을 보고 계속 따라 했어요."

앞치마를 걸친 마도카의 엄마가 아리송한 표정으로 마도카에 대해 이야기할 때도 있었다.

"애 아빠는 음……, 별거 중이에요. 생활비는 제가 버는 돈으로 충분하지 않아서 어느 정도는 도움을 받고 있어요. 덕분에 이 아이가 발레를 배울 수 있으니 뭐라고 말할 수는 없네요."

"아빠는 생일에만 만날 수 있어요. 항상 역 앞 레스토랑에 데리고 가줘요. 언젠가 무대에 서는 모습을 보여드릴 수 있으면 좋겠어요."

마도카와 마도카를 꼭 닮은 엄마의 입에서는 텔레비전에 방송되어 동정을 사기에 딱 좋은 불행이 줄줄 흘러나왔다.

3월 중순, 아직 켜놓은 전기장판 위에서 츠카사는 엄마가 타준 달콤한 홍차를 마시며 부푼 배를 천천히 쓰다듬었다.

메말라 가는 눈을 몇 번인가 깜빡였다. 동영상은 어느새 '오키노하라 마도카 성형의혹 4/4'까지 진행되었다. 츠카사는 슬리퍼 안에서 차가워지기 시작한 발끝을 스웨터의 옷자락으로 감쌌다.

직사각형 화면 안에서 마도카는 발레 스쿨의 선생님에게 격려를 받고 있다. 방송도 클라이막스. 2차 시험을 보기 전날, 마지막 레슨이 끝난 뒤의 장면이다.

"너는 슬픔을 표현할 때의 설득력이 다른 아이들보다 월등히 뛰어나."

텔레비전 카메라는 마도카의 옆모습을 클로즈업해서 보여주었다. 눈물을 글썽이는 마도카의 눈동자는 아직 탱글탱글해지기 이전의 젤리처럼 손끝으로 만지면 주르륵 녹아내릴 것처럼 보였다.

"기술로는 결코 손에 넣지 못할 감정 표현을 너는 이미 지니고 있어. 그 표현은 보는 사람들에게 반드시 전해질 거야. 자신의 성장과정을 원망할 때도 있을지 모르지만, 꼭 원망할 필요는 없어. 너는 큰 무기를 가지게 된 셈이니까."

츠카사는 이 장면이 방송되고 있을 때, 다 마신 홍차 찻잔의 손잡이를 살살 만지면서 눈앞에서 잠들어 있는 아빠의 등을 보고 있었다. 그리고 멍하게 시험장에서 본 많은 여자아이의 얼굴을 떠올렸다.

"네 표현은 강해. 행복이나 기쁨을 표현할 때일수록 네 힘은 폭발하거든. 외로움, 슬픔, 진정한 고독을 알고 있기 때문에 네가 표현하는 기쁨은 보는 사람을 감동시켜."

화장을 잘하지 못했던 그 아이, 늘씬하지만 심하게 휜 다리였던 그 아이, 시험이 끝난 뒤 화장실에서 울고 있던 아이, 그 아이를 위로하면서 콧구멍을 벌렁거리던 아이. 시험을 보러 온 모든 사람에게 있었을 주인공으로서의 가능성이 1초마다 확실하게 뭉개지는 모습이 츠카사의 눈에는 보였다.

초봄, 일요일 오후에 멍하게 자는 다정한 아빠의 등, 그 등을 덮고 있는 간장이 묻은 스웨터, 다 마신 달콤한 홍차, 부드럽고 따뜻한 전기장판.

이곳에 텔레비전 카메라가 들어온다고 해도, 대체 무엇을 찍을 수 있을까. 그 사이 텔레비전 안에서 발레 선생님의 목소리가 떨리기 시작했다.

"그러니까 넌 괜찮아. 과제곡이 어떤 것이든 네 매력은 분명히 전해질 거야. 적어도 나한테는 계속, 계속 전해지고 있어."

마도카가 고개를 끄덕였을 때, 드디어 두 사람의 눈동자에서 눈물이 흘러내렸다. 내레이션도 없이 마도카가 결의를 다지는 그 옆얼굴이 소리 없는 텔레비전 화면에서 비치고 있었다. 시험장 이곳저곳에 떨어져 있을 작은 드라마가 사방팔방으로 흩날리고, 마도카만이 그곳에 남았다.

재생시간 종료. 열다섯 살 마도카가 클로즈업된 화면이 순식간에 아홉 개로 분할되어, 각각의 공간에 다른 동영상 표시가 형성되었다. 츠카사는 두 눈을 손가락으로 집으며 눈물을 참은 뒤, 잠시 동안 눈을 감았다.

목욕을 해야지. 무대 의상 중 하나인 가발을 쓰고 있던 머리카락은 안에서 작은 벌레가 굼실거리듯이 은근하게 가렵다. 빨리 목욕을 하고 얼른 그다음 문장을 쓰고 싶다.

이 다큐멘터리 방송이 동영상 사이트에 업로드된 것은 아주 최근의 일이다. 현재의 오키노하라 마토카와 열다섯 살 그녀의 얼굴은 이렇게 다르다는 소문이 어떤 뉴스 종합 블로그를 통해 순식간에 확산되었다. 그로부터 한 달 뒤, 마도카는 지주막낭종으로 인해 여배우 은퇴를 발표하였다.

마도카는 성형을 하지 않았다. 츠카사는 누구보다도 그 사실을 잘 알고 있다. 같은 나이에 무용학교에 입학해 2년 후, 둘이 같이 유메구미에 들어갔다. 여자 역할로 입단한 마도카는 나이를 먹을 때마다 정말로 예뻐졌다. 이토록 점점 아름다워지는 여성이 있을까 하고, 세계의 절경을 바라보는 듯한 기분으로 츠카사는 그녀의 모습을 계속 바라보았다.

마도카의 은퇴는 사무실 매니저에게 직접 들었다. 체육관에서 돌아오는 길, 정기적으로 이루어지는 건강검진의 결과를 통보받고 사무실에 들렀을 때의 일이다.

"마도카 씨가 병이라고."

작은 목소리로 이야기하기 시작한 매니저는 츠카사의 눈을 보지 않았다. 일상생활에는 지장이 없다. 하지만 머리에 충격을 주어서는 안 된다. 츠카사는 넘겨받은 건강진단의 결과를 보고 가슴이 뛰었다. '이상 없음'. 이런 글자를 보면서 매력적인 이야기의 원천이 또 달콤한 냄새를 풍기기 시작했다는 사실을 느낄 수 있었다.

## 4

「오늘 저녁 8시경에 연락 가능할까요?」

매니저의 문자는 첫머리에 항상 용건을 적어두기 때문에 무슨 내용인지 알기 쉽다. 휴대전화의 화면을 스크롤해보니 적절하게 문단이 나뉘어 있어 문장을 읽기 쉬웠다.

「히에이 마사토시 씨의 일정이 밤에는 알 수 있을 듯하니, 오디션 일정을 결정해주십시오. 그쪽은 빨리 일정을 확정짓고 싶어 합니다. 물론 애초에 그쪽이 일정을 빨리 확정지어 주지 않고 있지만요……. 잘 부탁드립니다.」

「괜찮습니다」라고 문자를 쓴 뒤 보내기 버튼을 손가락으로 눌렀다.

"츠카사."

문자가 보내지자마자 부엌에 있던 엄마가 거실로 얼굴을 내밀었다.

"미안해, 모처럼 휴일인데."

엄마는 같은 무늬의 찻잔이 올려진 쟁반을 조심스럽게 옮기고 있다. 부모님 집의 거실에는 찻잔이 잘 어울린다.

"괜찮아, 오지 마. 다리 아프잖아."

엄마가 내려준 차를 한 모금 입에 대니 "맛있다"라는 말이 자연스럽게 흘러나왔다. 양말을 두 겹이나 신고 있는 엄마는 영차 하고 소리를 내며 소파에 앉았다. 아빠도 이제 예순을 넘었지만, 오랫동안 일했던 회사의 자회사에서 아직도 계속 일을 하고 계셨다.

엄마가 텔레비전을 켰다. 아빠라면 반드시 보았을 골프 방송은 그냥 넘기더니, 재방송되는 스페셜 드라마에 채널을 고정했다. 자신이 채널을 돌렸으면서, 엄마는 텔레비전 화면은 보지 않고 책을 펼쳤다. 찻잔에서 수증기가 희미하게 올라왔다.

"이제 좀 됐으려나."

욕실에 따뜻한 물을 받아둔 지 벌써 10분 정도가 지났다. 츠카사는 미리 탈의실에 옮겨 두었던 이불을 욕조 안에 담갔다.

쉬는 날에는 이렇게 부모님 댁에 자주 찾아온다. 부모님 댁이 있는 야마나시까지는 신칸센을 타면 두 시간 정도 걸린다. 츠카사는 청바지를 벗고 곧장 짧은 팬츠로 갈아입었다. 욕조 안에 액체 세제를 넣고 맨발로 욕조 안에 들어갔다.

츠카사의 집에서는 이불을 이렇게 발로 밟아서 빤다. 츠카사가 중학생 때, 처음으로 이불을 발로 밟아 빨아본 엄마는 밟을 때마다 탁해지는 욕조의 물을 보고 매우 놀란 표정을 지었다. 그 이후로 발로 밟아 빨지 않으면 이불은 깨끗해지지 않는다고 믿게 된 듯하다.

푸슈푸슈. 소리를 내면서 물과 거품과 이불이 섞였다. 예순이 가까워지자 엄마는 겨울이 가까워오면 발이 아프다고 말하기 시작했다. 그 뒤로 부모님 집에 올 때면, 엄마 대신에 츠카사가 이불을 밟아 빨고 있다.

이 집에서 살았을 때는 자주 욕조 안에서 엄마와 함께 둘이서 이불을 밟아 빨았다.

"학교 기숙사에서도 이렇게 이불을 빨 수 있을까?"

열다섯 살에 무용학교 시험에 합격한 츠카사는 중학교 졸업과 동시에 집을 떠나 무용학교 기숙사에 들어가게 되었다.

"글쎄, 기숙사에서는 자유롭게 행동하지 못할 것 같은데."

엄마는 미소를 띠며 말하고는 츠카사의 발을 밟지 않도록 오른쪽, 왼쪽, 오른쪽, 왼쪽으로 발을 조심해서 움직였다. 이불을 밟는 일은 둘이서 하면 금방 끝난다. 그리고 좁은 욕조 안에서 둘이 이불을 밟고 있으면, 자연히 서로를 마주보게 된다.

"기숙사는 어떤 느낌일까?"

츠카사는 가족과 떨어졌을 때의 외로움이나 환경이 변한다는 사실에 불안을 느끼기도 했지만, 지금까지 뭐든지 잘해왔던 자신이 앞으로도 잘해나갈 거라는 자신을 가지고 있었다.

"같은 학년 애들이랑 친해지면 좋겠어."

츠카사는 초등학교 1학년부터 중학교 3학년이 될 때까지 같은 반 여자아이들 중에서 가장 키가 컸다. 학교의 동아리 활동에는 참가하지 않고, 체조 교실에서 계속 신체조를 배웠다. 쇼트커트 헤어스타일을 바꾸지 않는 츠카사를 여자아이들도 '멋지다'라고 칭찬해주었다. '반에서 가장 키가 크고, 학교 밖의 체조 클럽에 소속되어 있는 쇼트커트의 여자아이'는 자연스럽게 또래 여자들과의 인간관계에서 소외되고 말았다.

욕실에서는 목소리가 잘 울렸다.

"텔레비전에 나오는 아이, 츠카사하고 동급생이었지?"

그래서 츠카사는 엄마의 목소리가 안 들리는 척할 수 없다.

"맞아."

츠카사는 애매하게 대답했다. 자신의 발이 순간 멈춰 있다는 사실을 깨닫고 서둘러 다시 움직였다.

텔레비전에서 본 그 아이, 무용학교에 입학하지 못하더라도 텔레비전을 타기에 딱 좋을 만큼의 작은 불행을 짊어지고 있는 그 아이, 스포트라이트를 받으며 많은 사람 앞에서 노래하고 춤추는 아이. 이름이 뭐였더라. 어디에 살고 있었더라. 이름이나 출신지는 기억이 안 나는데, 그 아이가 눈에 한가득 글썽거렸던 눈물과 그 눈물샘을 자극했던 어른들의 수많은 말을 츠카사는 확실히 떠올릴 수가 있었다.

「애 아빠는…… 음, 별거 중이에요.」

「외로움, 슬픔, 진정한 고독을 알고 있기 때문에, 네가 표현하는 기쁨은 보는 사람을 감동시켜.」

거실에 돌아와 보니 어느새 오후 네 시가 지나 있었다.

"이불은 지금 탈수하고 있어. 끝나면 코인 세탁소에 가지고 갈게."

짧은 팬츠를 입은 채로 츠카사는 거실 소파에 걸터앉았다.

"요즘 빨래 자주 못했지? 구정물이 엄청 나오더라."

발을 계속 움직였기 때문인지 난방으로 따뜻해진 거실이 조금 덥게 느껴졌다.

"고마워. 그리고 이거, 정말 맛있더라."

엄마가 읽고 있던 책을 덮더니, 작은 접시에 담긴 바움쿠헨을 가리켰다.

"이건 네 몫."

전철에 타기 전, 역의 지하에서 츠카사가 사온 것이다. 예쁘게 잘려 있는 바움쿠헨에는 깨끗하게 닦인 은색 포크가 놓여 있었다. 엄마는 안경을 벗더니, 미지근해진 차를 마셨다.

"마도카, 은퇴하는구나. 조금 전 와이드쇼에 나왔어."

마지막으로 남은 바움쿠헨 조각을 먹으며 엄마는 소파에 자세를 고치고 다시 앉았다.

"출연했던 영화나 드라마를 계속 보여줬는데, 역시 그 아이는 연기 잘하더라. 정말 박진감 넘치고 사실적이라고 할까. 여러모로 어려움을 극복해서 그런 걸까."

츠카사가 대답을 하지 않는 것이야 아무것도 아니라는 듯이 엄마는 소파에서 몸을 앞으로 내밀었다.

"기억나니? 그 애 입학 전에 밀착 취재 방송에 나왔었잖아. 그 영상도 살짝 나왔는데, 얼마나 그리운지."

"아~."

츠카사는 쟁반 위에 놓인 작은 접시를 손에 들었다. 바닥의 차가운 느낌이 매우 기분 좋았다.

"그런 게 있었나?"

"있었어. 여기서 이렇게 같이 봤잖아. 아빠는 그냥 자고."

엄마는 동창회에서 학창시절의 이야기를 하듯이 자연스럽게 계속 말을 이었다.

"그리고 뭐였더라. 여배우를 하다가 인상에 남은 게 있다면 말해달라고 하니까, 네 이름을 말했어. 유메구미에 막 들어갔을 때

네 의상을 멋대로 개조해서 엄청 혼났다든가, 그런 얘기였는데."

츠카사는 옆에 놓인 은색 포크를 바움쿠헨에 찔러 넣었다.

"노란색 스톨? 그런 얘기를 했었는데, 혹시 기억나?"

몇 개의 층이 겹쳐 있던 바움쿠헨이 조금씩 잘라졌다.

노란색 스톨.

"모르겠어."

당연히 기억하고 있다.

"너는 좀 어때? 요즘 일 말이야."

은색 포크가 접시에 닿아 잘각 하는 소리를 냈다.

"새 무대가 또 결정될 것 같아. 그보다 이거 정말 맛있어."

츠카사가 바움쿠헨을 가리키자 엄마는 "그치?"라고, 마치 자신이 사온 선물을 칭찬받은 것처럼 말끝을 올렸다.

"아빠가 먹을 만큼은 남겨 놔야지."

그렇게 웃는 엄마의 머릿속에서 이미 마도카는 사라졌을 게 분명하다. 이럴 때에는 언제나 그 문장의 다음을 상상하면서 마음을 안정시킬 수 있게 되었다. 마도카의 은퇴 회견 날부터 매일매일 글을 쓰고 있기 때문에 이제는 꽤 양이 많아졌다.

츠카사는 또 한 입, 크게 자른 바움쿠헨을 입에 넣었다. 어떤 잡지를 봐도 맛있다고 평가를 받은 바움쿠헨은 생각했던 것보다 퍼석퍼석했다.

「히에이 마사토시 씨의 일정이 확정되었습니다.」

빙글빙글 도는 건조기 안에서 조금 전에 세심하게 밟았던 이불이 즐겁게 회전하고 있었다. 오른쪽으로 세 번 회전하다가 이번엔 왼쪽으로 세 번. 안전한 어른의 손으로 하늘 높이 올라 비행기가 된 기분을 느끼는 어린아이 같다.

츠카사는 휴대전화 화면을 터치했다. 츠카사가 이불을 끌어안고 집을 나섰을 무렵, 엄마는 부엌에서 소매를 걷어 붙이고 있었다. 엄마는 이불을 건조시키는 사이에 저녁을 준비할 생각이라고 한다.

「①××일 오후 다섯 시, ②××일 오전 11시, ③××일 오후 8시가 그쪽이 희망하는 오디션 날짜입니다.」

이불 건조는 겨우 10분으로는 끝나지 않는다. 100엔 만큼의 건조가 끝날 때마다 안의 이불을 만져본 뒤 아직 눅눅하면 또 100엔을 넣고 돌린다.

「전후 스케줄을 생각해보면 ③이 가장 좋아 보이지만, 어떤가요? 확인해보시고 연락주십시오.」

츠카사는 매니저의 문자를 다시 처음부터 읽어보았다. 매니저는 츠카사의 일정을 모두 파악하고 어느 때에 시간이 비는지 확인해준다. 하지만 매니저가 파악하고 있는 스케줄이 츠카사의 스케줄의 전부이다. 미용실이나 치과 이외에는 개인 일정이 없다.

부모님 집 바로 근처에 있는 코인 세탁소에는 커다란 건조기 다섯 대가 쭉 늘어서 있다. 그 맞은편에는 큰 세탁기가 세 대, 그리고 작은 세탁기가 세 대. 건조기와 세탁기 사이의 좁은 통로에는 녹슬고 등받이가 없는 둥근 의자가 놓여 있다. 츠카사가 앉은 곳에서 두 자리 옆에는 50을 좀 넘었을까, 모르는 남자가 앉아 있다. 남자는 지폐를 100엔 동전으로 바꾸기 위해 샀을 것으로 보이는 캔커피를 귀찮다는 듯이 마시고 있다.

이불을 깨끗하게 만들고, 옷을 깨끗하게 만들기 위해 이 시간을 보내고 있다. 더 나은 삶을 위한 행동인데, 몸 안의 무언가가 점점 죽어가는 느낌이 들었다.

츠카사는 다시 한 번 문자를 읽어보았다. 몇 번을 읽어도 내용은 변하지 않는다. 히에이 마사토시의 무대에 선다는 것은 배우로서 매우 큰 의미를 지닌다. 단순히 '무대에 섰다'는 것일 뿐인데, 주변에서는 '그렇다면 저 사람에겐 뭔가 있는 게 틀림없어'라고 생각하며 멋대로 다양한 부가가치를 부여한다.

부가가치, 상대가 멋대로 스토리를 상상해 붙여줄 수 있는 여백. 히에이 마사토시는 츠카사가 원하고 원하고 원하던 걸 분명 부여해줄 것이다.

"이봐."

목소리가 나는 곳을 바라보니, 캔 커피를 마시고 있던 남자가 밤을 향해 계속 자라고 있던 수염을 만지면서 츠카사를 바라보고 있었다. 내가 누군지 눈치 챈 걸까. 츠카사는 순간 그렇게 생각했다.

"조금 전부터 멈춰 있어."

남자는 그렇게 말하더니, 츠카사의 눈앞에 있는 건조기를 가리켰다.

"아, 감사합니다."

츠카사가 그렇게 인사하자, 남자는 자신의 빨래를 재빨리 치우더니, 코인 세탁소에서 나가버렸다. 아직 내용물이 남아 있을 캔커피만이 의자 위에 덩그러니 놓여 있다. 매니저 이외의 사람에게서는 문자가 오지 않는다.

해가 저물어가는 경치 속으로 헬멧을 쓴 중학생이 자전거를 타고 가로질러 갔다. 연말이 다가오는 부모님 댁의 한 마을, 평일 저녁, 멈춰버린 건지기 안에서 축 처져 있는 깨끗한 이불.

이 마을에는 히에이 마사토시가 없다.

엄마의 아픈 발, 아빠의 때가 낀 골프백, 먹다 남은 바움쿠헨과 마시다 만 캔 커피. 이런 것으로 가득 차 있는 이 마을에 히에이 마사토시가 끼어들 틈은 그 어디에도 없다. 그래도 자신은 그게 가져다줄 부가가치와 여백을 이토록, 이토록 간절히 원하고 있다.

끝이 차가워지기 시작한 손가락을 츠카사는 이리저리 움직였다.

「스케줄, 고마워. 지금은 밖이니까 돌아가면 확인하고 연락할 게. 그럼.」

조금 바람이 불기 시작한 듯하다. 엄마는 어떤 저녁 반찬을 준비했을까. 츠카사는 입고 있던 스웨터의 옷자락을 잡았다. 히에이 마사토시가 끼어들 틈이 없는 마을. 그렇기에 이 마을에서는 고후쿠 츠카사가 있을 자리를 찾고 또 찾아봐도 찾을 수 없다. 어려운 이름을 지닌 병에 걸려 인기 절정일 때 연예계에서 갑작스레 은퇴. 이런 알기 쉬운 스토리를 얻은 오키노하라 마도카만이 대낮 와이드쇼에 등장해 이 마을까지 도달했다.

무용학교에 다니는 학생이 사는 '아지사이 기숙사'는 학교에서 도보로 10분 정도 거리에 있다. 학생 혼자 사는 것은 금지되어 있기 때문에 부모님 집에서 학교에 다닐 수 없는 대부분의 학생은 아지사이 기숙사에 산다.

기숙사 안에는 네 평 정도 되는 방이 있고, 방에는 최대 네 명이 같이 산다. 네 명이 살 수 있는 이불이 늘어설 정도로 넓지 않은 방 안에는 2층 침대가 두 개씩 놓여 있다. 남자출입금지인 이 기숙사는 설사 학생의 아버지라도 들어올 수 없다. 츠카사의 방에는 인원 문제로 세 명밖에 들어오지 않았기 때문에 네 명이 같이 쓰는 방을 배정받은 동급생들이 굉장히 부러워했다.

어느 겨울, 아침부터 눈이 내린 날이었다. 그날 오후의 커리큘럼에는 연기 수업이 들어 있었다.

"너희들, 잠깐만."

수업이 중반에 들어섰을 때, 에튀드라고 불리는 즉흥극 연습을 하고 있었는데 강사가 츠카사를 불러 연기를 멈추게 했다.

"가난해서 먹을 음식이 없고, 곁에 의지할 사람이 없는 데다, 전쟁도 끝나지 않은 그런 무대 설정인데, 너희들 지금 그걸 이해하고 연기하는 거야?"

그때 츠카사와 페어로 연기 연습을 하고 있던 사람은 마도카였다. 그리고 강사는 분명히 츠카사를 보고 있었다.

"대사도 완벽하고, 발음도 목소리도 좋아. 하지만 네 대사에는 무대 설정에 대한 이해가 담겨 있지 않아."

그때 "네"라고 바로 대답한 사람은 마도카였다. '너희들'이 '너'로 변화되었다는 사실을 잊기에 충분한 성량이었다.

그날 밤, 2층 침대 위에서 누워 있던 츠카사는 천장만이 보여서인지는 모르겠지만, 강사의 말만이 머릿속을 맴돌았다. 귀로 들은 말인데 어느 관을 타고 몸속을 돌아다니는지, 어느새인가 뱃속 저 아래쪽에 소리가 머물러 있는 듯한 기분이 들었다.

"츠카사, 위에 있어? 마도카 어디 갔는지 몰라?"

침대 아래에서 같은 방에 사는 여자아이가 물었다. 이 방은 츠카사와 마도카, 방금 마도카에 대해 물어본 셋이 같이 쓰고 있었다.

"어디 갔는지, 아직 안 돌아온 것 같아."

츠카사는 무심코 머리맡에 놓아둔 알람시계를 집어 들었다. 오후 8시 42분.

"외출한 것 같은데, 괜찮으려나. 곧 통금 시간인데."

아지사이 기숙사는 규칙이 매우 엄격하다. 특히 이제 막 입학한 츠카사를 비롯한 1학년 예과생들은 2학년 본과생보다 더욱 조심해야 했다. 그 중에서도 오후 아홉 시 통금시간을 어기는 것은 심각한 규칙 위반이다.

"마도카가 밖에 있어?"

츠카사가 침대에서 내려오자, 아래에 있던 아이가 "으~응" 하고 애매한 대답을 했다. 이 방 안에서는 어느새 츠카사가 리더 역할을 맡고 있었다.

"아마도, 욕실에도 없는 것 같고."

이제 15분 후면 아홉 시가 된다. 이 기숙사에서는 한 사람이 규칙을 어기면 동급생 전원이 혼나게 된다.

"내가 찾아볼게."

츠카사는 잠옷에 다운재킷을 걸치고 혼자서 기숙사 밖으로 나가보았다.

"아직 밖에 있다고 할 순 없잖아?"

등 뒤에서 불안한 목소리가 들렸지만, 츠카사는 신경 쓰지 않고 밖으로 나갔다. 그 순간, 피부를 째는 듯한 차가운 공기가 얼굴을 덮쳤다. 이렇게 한밤중에 눈길을 걷는 것 정도를 버티지 못하면, 시간이 지나도 계속 그 강사의 말이 계속 머릿속에서 휘돌 것만 같았다.

한밤중의 마을에 뚜껑을 덮듯이 눈이 뚝뚝 떨어지고 있다. 가로등의 빛에 의지해 마도카를 찾고 있던 츠카사는 이미 문을 닫은 가게의 창문에 비친 자신의 모습을 바라보았다.

검은 우산으로 눈으로부터 몸을 지키고 있던 자신은 추운 겨울밤, 부모님에게서 멀리 떨어진 곳에 혼자서 서 있는데도, 키가 크고, 살집도 적당해 매우 건강하게 보였다.

「가난해서 먹을 음식이 없고, 곁에 의지할 사람이 없는 데다, 전쟁도 끝나지 않은…… 그런 무대 설정인데, 너희들 지금 그걸 이해하고 연기하는 거야?」

"츠카사!"

순간 창문에서 눈을 떼려고 하는데, 앞쪽에서 마도카가 온몸을 흔들며 이쪽으로 달려오는 모습이 보였다.

"다행이야, 지금 몇 시? 여긴 어디야? 여기서 우체국까지 어떻게 가는 거였더라?"

마도카는 허리를 굽혀 무릎에 손을 댄 상태로 하아하아 숨을 몰아쉬고 있다. 이 근처를 뛰어다녔는지 신발이 눈에 젖어 형편없었다.

"우체국? 무슨 소리야?"

츠카사가 되묻자 마도카는 꿀꺽 침을 삼켰다.

"그게, 오늘 꼭 편지를 보내야 하는데 우표가 없어서 사러 가야 한다고 생각해서."

마도카의 작은 손에는 흰 봉투가 쥐어져 있었다. 자세히 보니 받는 사람의 이름은 츠카사가 모르는 사람이었다. 작고 조심스럽게 적힌 그 이름이 츠카사의 마음속에 어떤 스위치를 켰다.

"우체국이 이 시간에 문을 열 리가 없잖아."

츠카사는 그렇게 말하면서 자신의 목소리는 이렇게 억양이 부족했나 하는 생각이 들었다. 그래도 이야기를 하면 할수록 목소리가 차갑게 변해갔다.

"지금 보내나 내일 아침에 보내나, 결국 수거는 똑같은 시간에 하잖아. 그보다 이런 시간에 왜 밖에 나온 거야? 다른 애들한테 피해가 가잖아."

하아. 츠카사가 한숨을 내쉬자 마도카는 추욱 하는 소리가 들릴 것처럼 크게 어깨를 떨구었다.

"꼭 오늘 중에 보내고 싶어져서……."

츠카사가 들고 있는 우산보다 작은 우산이 더 작은 마도카의 몸을 차가운 눈으로부터 지켜주고 있다. 츠카사는 아마도 양말까지 다 젖었을 마도카의 발을 바라보았다.

츠카사는 지금 자신이 가난해서 먹을 것도 없고, 곁에 의지할 사람도 없는 데다, 전쟁도 끝나지 않은 나라 한가운데에 서 있다고 생각했다. 그 가운데 절망하고 있는 소녀에게 손을 내밀어주는 상황이라고 생각했다.

"돌아가자, 어서."

츠카사가 빙글 뒤로 돌아 걷기 시작하자, 마도카는 아무 말 없이 뒤따라 걸어왔다. 차악차악. 물처럼 녹아버린 눈이 네 개의 발에 밟히는 소리가 난다. 그 외에는 아무런 발소리도 나지 않았다. 조용한 길 위에서 츠카사는 왜인지 벌써 몇 시간이나 이렇게 걷고 있는 듯한 기분에 휩싸였다.

"미안해, 도중에 길을 잃어서."

등 뒤에서 마도카가 말을 걸었다.

"워낙 오랜만에 우체국을 가려다 보니까, 길을 잃고 헤맸어. 헤헤~."

보너스처럼 덧붙인 웃음소리를 들으면서, 츠카사는 자기 우산에 쌓이고 있는 눈의 무게에 짓눌릴 것만 같았다. 자신은 처음 온 장소에서도 길을 잃고 헤매는 일이 없다. 어떤 영화든, 만화든, 소설이든, 길을 잃고 헤맬 듯한 사람들이 주인공으로 등장한다. 사람들이 한참을 찾아 돌아다니다 발견하면 태연한 표정으로 "나비를 쫓아갔어"라고 말하며 돌아오는 사람이 주인공이다.

기숙사 앞에 도착해 주머니에 넣어온 시계를 보니 8시 54분이었다. 그제야 마음을 놓으면서 츠카사는 뒤를 돌아보았다.

"왜 그래?"

조금 떨어진 곳에 서 있던 마도카는 눈 속에서 울고 있었다.

그만해, 츠카사는 순간적으로 그렇게 생각했다.

"아, 미안. 뭔가."

'그만, 말하지 마. 아무 말도 하지 마. 뭔가 스토리가 될 만한 이

야기는 이제 더 이상 하지 말아줘.'

츠카사가 몇 번이고 그렇게 빌었지만 이미 늦었다.

"옛날에 이렇게 아빠랑 엄마의 뒤를 따라 걸었던 기억이 생각나서."

마도카는 그렇게 말하더니 코트의 소매로 뒤덮인 손등으로 오른쪽에서부터 순서대로 눈을 닦았다. 그 손에는 흰 봉투가 쥐어져 있었다. 저것은 분명 아빠에게 보내는 편지다.

"어렸을 때, 우리 가족이 함께 살 때, 아빠를 이렇게 올려다 보며 걸었던 기억이 갑자기 생각나서……."

울면서 웃는 마도카의 모습은 아주 가련하고 귀여워서, 츠카사는 구토를 느낄 정도로 기분이 나빠졌다.

"난 어릴 때 몸이 약해서, 계속 집에서 아빠, 엄마랑 같이 있었어. 그러니까……."

마도카는 흰 입김을 내뿜으며 말했다.

"그래서 부러워."

저 멀리 보이는 모퉁이에서 자동차 한 대가 이쪽을 향해 달려오고 있었다.

"츠카사는 몸도 튼튼하고, 키도 크고, 친구도 많아서 부러워."

자동차의 라이트가 조금씩 이쪽을 향해 가까이 다가왔다.

"내가 츠카사 같았다면, 아빠도 계속 곁에 있어줬을지도 몰라."

분명히 동급생들은 츠카사의 모습을 본다. 노래도, 발레도 정확하게 잘하는 츠카사를 바라본다. 하지만 강사는 다르다. 강사는 조마조마하면서도 즐거운 표정으로 마도카를 바라본다. 다음에 어떤 동작을 할지 몰라 위험으로 가득한 마도카의 연기를 강사들은 빨려 들어가듯이 바라본다.

"나 있잖아, 아빠에게 내가 무대에 선 모습을 꼭 보여드리고 싶어. 그게 목표야."

바로 앞에까지 다가온 자동차의 라이트가 등 뒤에서 마도카의 모습을 비추었다.

"츠카사는 뭘 위해서 무대에 서려고 하는 거야?"

빛이 일순 마도카의 모습을 통째로 집어삼켰다.

"그만해."

목소리가 나왔다. 녹아가는 눈을 자동차의 타이어가 짓밟았다. 얼음물이 깨지는 소리가 츠카사의 중얼거림을 지워버렸다.

충동이라고 생각한다. 나한테는 왜 아이들의 괴롭힘이나, 병을 극복한 과거가 없는 걸까. 나에게는 왜 어릴 때 멀리 떨어진 아빠가 없는 걸까. 나에게는 왜 설득력을 뛰어넘을 만큼의 스토리가 없는 걸까. 이러한 스토리를 쌓기도 전에 왜 무대에 서기로 결심한 걸까. 하지만 이제 되돌아갈 수가 없다.

마도카의 작은 손 안에서 봉투가 구겨져 있었다. 만들어야 한다. 자신도 무대에 서는 것을 정당화할 만한 이유를, 자신만의 스토리를 만들어야 한다. 츠카사가 그런 생각을 했을 때, 기숙사 현관에서 얼굴을 내민 같은 방의 여자아이가 "얼른! 이제 곧 아홉 시야!"라고 소리쳤다.

## 5

「오키노하라 마도카 · 마지막 무대에 절찬 잇따라」

약속 시간인 저녁 7시 50분보다 꽤 이른 시간인데 목적지에 도착하고 말았다. 츠카사는 일단 화장실 개인칸에 들어가 있다. 그리고 코트를 벗지도 않고 변기 위에 앉더니, 처음부터 그러기 위해서였다는 듯이 휴대전화를 꺼냈다.

기합을 잔뜩 넣고 빨리 왔다는 인상을 주고 싶지 않았다. 앞으로 12, 13분은 이곳에 있는 게 좋을 것 같다. 츠카사는 장갑을 벗고 땀이 밴 손가락으로 휴대전화의 화면을 터치했다.

매니저의 문자를 다시 확인했다. 주소, 전화번호 그리고 지도까지 첨부해주었다. 분명히 이곳이다. 이제 곧 있으면 매니저도 이 건물에 도착한다.

지정된 시간까지는 아직 조금 여유가 있다. 츠카사는 사무실이 운영하는 공식 블로그 관리 화면에 접속했다. 그리고 계속 써 내려가면서도 임시 저장해둔 글을 터치하여, 처음부터 다시 읽어

보았다.

하아. 츠카사는 한숨을 내쉬었다. 달콤한 냄새에 뇌가 침식되는 느낌이 들었다. 퇴고를 계속한 문장은 꽤 읽기 쉬워졌다. 이 글이 공개될 날을 상상하니 아랫배가 조금 근질거렸다.

갑자기 화장실에 불이 꺼졌다. 센서가 사람의 존재를 감지할 때까지 츠카사는 몸을 움직였다. 어둠 속에서 빛나는 휴대전화의 화면을 보니, 머리까지 덮어 썼던 이불 안에서 읽은 기사가 머릿속에 멍하니 떠올랐다.

「은퇴를 표명한 오키노하라 마도카의 마지막 무대 '왈츠의 심박수는 맞지 않는다'에 절찬 잇따라. 본인의 은퇴 선언과 배역의 상황이 비슷하여 화제」

그 기사에 의하면 마도카는 지금 어떤 이유 때문에 꿈을 포기해야만 하는 사람을 연기하는 중이라고 한다. 그 원인이 불치병 때문인지, 아니면 불의한 사고 때문인지 다 파악하기도 전에 츠카사는 그 화면을 닫아버렸다.

치사하다. 가슴 속에 가라앉아버린 마음을 다시 위로 밀어 올리려는 듯이 츠카사는 변기에서 일어섰다. 벨트를 풀고 두꺼운 컬러 팬츠를 내렸다. 단순히 기분의 문제일 테지만, 이렇게 하고 있으면 몸 안에 있는 나쁜 것들이 모두 빠져 나갈지도 모른다는 생각이 들었다.

이제 몇 분 뒤면 자신은 히에이 마사토시 앞에 서게 된다. 츠카사는 상상했다. 히에이 마사토시가 가져다줄 부가가치. 그가 끌어와 여백을 채워줄 스토리는 마도카의 과거나 설명이 없으면 알 수 없는 그 병명을 이겨낼 수 있을까.

"희로애락. 네 가지 패턴의 에튀드를 선보이셨는데, 자신이 생각하기에 어떤 연기가 가장 쉬웠다고 생각하십니까?"

생각보다 조용한 사람이다. 책상을 사이에 두고 마주 앉아 있는 히에이 마사토시를 보면서, 츠카사는 냉정하게 생각했다.

"원래 무대에 섰던 배우여서 그런지, 역시 기쁨이나 분노처럼 과장되게 표현할 수 있는 모습이 연기하기 편했습니다."

네 가지 패턴 설정을 즉흥 연기로 표현하고 바로 면접. 히에이 마사토시가 앉아 있는 책상에 놓여 있는 페트병은 츠카사가 스튜디오에 들어왔을 때 이미 반 이상이 줄어 있었다. 츠카사 이외에도 오디션을 본 사람이 몇 명인가 있었던 게 틀림없다.

츠카사의 대답에 만족했는지 어떤지는 모르지만, 히에이 마사토시는 한 번 눈을 천천히 깜빡였다.

"고호쿠 츠카사 씨는 신비한 배우시군요."

신비, 그 말을 듣고 츠카사의 마음은 살짝 부풀어 올랐다.

"감사합니다."

"고후쿠 츠카사 씨. 오키노하라 마도카 씨와 같은 시기에 같은 극단에서 데뷔해 같은 구미에 계셨죠?"

히에이 마사토시가 꺼낸 이름은 부풀어 오르던 마음을 순식간에 쪼그라들게 하는 마법 같았다.

"이 기획은 사실 몇 년 전에 한 번 추진되다가 중단된 적이 있습니다. 그때 제가 출연을 제안했던 분이 오키노하라 씨였습니다."

츠카사는 대답도 하지 않고, 고개를 끄덕이지도 않고, 히에이의 이야기를 듣고 있었다.

"저는 같이 일을 하는 배우들에게 자주 옛날 이야기를 묻습니다. 그러면 이 일을 시작하기 전에 어떤 사람이었는지 이해할 수 있을 것만 같은 기분이 들거든요."

히에이 마사토시는 그렇게 말을 한 뒤, 물을 한 모금 마시고 말을 계속 이었다.

"오키노하라 씨는 학교에서 문제아였다고 들었습니다. 통금 시간을 어길 뻔하거나, 이쪽이 더 어울린다며 고호쿠 츠카사 씨의 의상을 멋대로 개조하거나……. 의상을 개조해서 무대 감독에게 굉장히 크게 혼났다는 이야기도 하시더군요."

츠카사는 머릿속에서 컴퓨터를 켰다. 쓰다가 말고 저장해둔 그 블로그의 글을 다시 밖으로 꺼낸다.

"고호쿠 츠카사 씨는 기숙사에서도, 무용학교의 반에서도 리더 같은 존재였죠?"

"네."

마도카는 확실히 문제아였다. 하지만 그것은 노래나 댄스가 서

틀다는 의미의 문제아가 아니라, 아빠에게 편지를 보내고 싶어서 통금 직전까지 기숙사 밖을 헤맨 것 같이, 어디까지나 아름다운 에피소드로 남을 만한 문제를 일으킨 문제아였다.

츠카사는 히에이 마사토시를 바라본 채 그 자리에 계속 서 있었다. 그리고 머릿속에서 타닥타닥 키보드를 계속 두드렸다.

"오키노하라 씨의 연기를 보면 그분이 문제아였다는 사실이 살짝 엿보이는 듯합니다. 본인도 자각하지 못한 채 주변 사람들을 말려들게 했을 거라는 생각이 들더군요."

의자에 앉아 있는 히에이 마사토시 뒤 벽은 일부만 거울로 덮여 있었다.

"고호쿠 츠카사 님의 연기를 보면, 고호쿠 씨가 옛날부터 리더 같은 존재였고, 우등생이었다는 사실이 잘 엿보입니다."

츠카사는 거울에 비친 세계를 바라보았다. 그 세계의 한가운데에는 실제로는 꿈쩍도 하고 있지 않을 자신이 단정치 못한 자세로 멍하니 서 있었다.

"고호쿠 츠카사 씨는 주변에 민폐를 끼친 적도 없고, 주변 사람들로 인해 피해를 받은 적도 없는 것처럼 보입니다."

거울에 비친 세계가 지금, 히에이 마사토시의 눈에 비친 세계 그 자체라고 한다면, 자신은 이 오디션에 떨어질 게 틀림없다.

"그런데 무대에 서서 사람의 마음을 흔들려고 하다니, 조금 교활하다는 생각이 들지 않습니까?"

츠카사는 쓰러지지 않으려고 발가락에 힘을 주었다.

마도카가 더 치사하다. 노래나 연기, 이른바 표현이라고 불리는 것으로 돈을 벌어도 용서받을 수 있을 수준의 불행, 세상 대부분의 사람들이 참고 감수하는 노동을 하지 않아도 아무에게도 질책받지 않을 만큼의 불행. 그런 것들을 선천적으로 지니고 있는 마도카가 훨씬 치사하다. 사라진 아빠에게 무대에 서는 모습을 보여주겠다니, 그런 값싼 스토리로 설득력을 더하고 있는 마도카가 훨씬 치사하다.

"오키노하라 씨는 고호쿠 츠카사 씨가 무대에 서고 싶어 하는 이유를 딱 한 번 물어본 적이 있다고 했습니다. 아직 극단에 들어와 몇 년 되지 않았을 때라고 하던데요."

머릿속에서 키보드의 소리가 멈추지 않았다. 엔터키를 누르는 힘이 점점 더 강해져 갔다.

"저에게도 고호쿠 씨가 이 일을 목표로 삼게 된 이유를 말씀해 주시면 안 될까요?"

이유, 그 다큐멘터리 방송이 특히 마도카에게 포커스를 맞추었던 이유, 무용학교에 입학한 이유, 마도카가 연예계를 은퇴하는 이유, 이유.

모두 배경에 스토리가 있기를 원한다. 그곳에 스토리가 없으면, 그 결과 만들어진 것은 아무것도 아니라는 듯한 눈으로 탐욕스럽게 스토리를 갈구한다.

그래서 거짓말을 했다.

츠카사는 메마른 입 안을 혀로 핥았다.

"긴장돼?"

사쿠라기 레이의 말에 마도카가 "아니요, 전혀"라고 어깨를 으쓱 들어 올리며 대답했다.

"엄청 긴장한 것 같은데~."

그렇게 말하고 웃으며 페트병의 물을 마신 사쿠라기 레이는 츠카사가 생각했던 것보다 훨씬 몸집이 작았다.

"전 레이 씨의 팬이라서, 오늘을 얼마나 기다렸는지……."

상기된 목소리로 그렇게 말을 계속하다가 마도카는 바로 "그치?"라고 츠카사에게 도움을 청했다. 갑작스러운 물음에 제대로 된 대답을 하지 못해, 츠카사는 저도 모르게 고개를 숙이고 말았다.

일본무용학교를 운영하는 대극단에는 정기적으로 발행되는 잡지가 있다. 팬은 그 잡지에서 다양한 정보를 얻고 있기 때문에, 극단에게도 팬에게도 매우 중요한 매체이다.

잡지 안에는 신인이 퇴단한 선배를 인터뷰하는 기획 페이지가 있다. 등장하는 선배는 모두 톱스타나 여자 주인공 역할을 맡았던 사람뿐으로, 이 인터뷰를 하도록 선정됐다는 것 자체가 젊은 학생들에게는 일종의 사회적 신분이 되었다.

"그럼 사진 촬영은 인터뷰 후에 하겠습니다. 그 편이 표정도 부드러울 테니까요."

삼각대 앞의 카메라맨에게 한 여성이 그렇게 말하며 안경 안쪽의 눈을 가늘게 떴다. 작가일까. 손에는 노트와 펜을 들고 있다.

연구과에 진학해 3년째가 되는 어느 날, 츠카사와 마도카는 그 인터뷰어로 선정되었다. 입학 자격이 되는 가장 어린 나이에 무용 학원에 입학해, 한쪽은 키가 큰 남자역, 한쪽은 키가 작은 여자역. 게다가 기숙사에서는 같은 방에 살고 있다. 그래서인지 두 사람은 이때 외에도 페어로 활동할 때가 많았다.

인터뷰 상대가 1년 정도 전에 퇴단한 유메구미의 전 톱스타, 사쿠라기 레이라는 사실을 알았을 때, 마도카는 어린아이처럼 기뻐했다.

"와, 와~. 정말 기뻐. 발레 선생님이 이 선배의 춤을 모범으로 삼으라고 하셨어!"

"그럼 먼저 시간도 있으니 어깨를 푼다고 해야 하나, 긴장을 풀기 위해 수다 좀 떨어볼까?"

츠카사와 마도카를 자리에 앉게 하더니 "응, 그렇지. 인터뷰 때에는 내가 이런저런 질문을 받게 되는 거잖아"라고 말하며 사쿠라기 레이가 힐끔 우리들을 올려다보았다.

"그럼 무용학교에 들어오게 된 계기! 이거면 좋지 않을까?"

사쿠라기 레이에 이어 안경을 쓴 여성도 츠카사와 마도카의 맞은편에 앉았다. 그리고 그 여성은 무전기 같은 녹음기를 책상 중앙에 올려놓았다.

이 안에 목소리가 녹음된다. 츠카사는 그 사실을 깨달았다.

"아, 네가 들어오게 된 계기는 알고 있어."

갑자기 사쿠라기 레이가 마도카를 보고 눈을 크게 떴다.

"다큐멘터리에 나왔었지? 사오 년 전이었나? 아빠에게 무대를 보여주기 위해서라고 했었는데."

"앗, 그걸 봐주신 건가요?"

마도카는 "어쩌지, 정말 기뻐"라고 눈물을 글썽이면서 츠카사의 손을 잡고 흔들었다. 기쁨을 공유해달라는 표시겠지.

"무용학교 입학을 준비하는 학생들의 다큐멘터리라니, 지금까지 별로 없었으니까. 그걸 본 선배들이 꽤 많을걸?"

"네에? 정말요?"

무슨 말을 해도 어린아이처럼 기뻐하는 마도카를 사쿠라기 레이는 부드러운 표정으로 바라보았다. 앞을 보니 안경을 쓴 여성 작가도 같은 표정으로 마도카를 보고 있었다.

이 사람들은 이미 마도카의 보이지 않는 곳을 보며, 멋대로 스토리를 만들어내고 있다. 츠카사는 레코더의 전원 버튼 근처에 있는 붉은 빛을 보면서 그렇게 생각했다.

녹음된 음원을 들으면서 이 작가는 또 마도카의 이야기를 떠올릴 것이다. 그리고 그녀의 이야기는 몇 겹이나 새로운 이미지가 다시 덧칠해져 세상에 나올 것이다.

"그럼 지금은 네 이야기를 들어볼까?"

사쿠라기 레이는 생긋 웃으며 츠카사를 바라보았다. 갑작스러운 일이어서 츠카사는 "제 이야기……"라고 중얼거릴 수밖에 없었다.

"그래, 네 이야기. 이 아이의 이야기는 이미 알고 있으니까."

"그러고 보니 2년이나 같은 방에 살았는데 그런 이야기를 못 물어봤네!"

잔뜩 들뜬 마도카가 츠카사의 손을 더 꽉 쥐었다.

"너는 왜 무대에 서려고 마음먹은 거야?"

괴롭힘을 당한 적도, 큰 병에 걸린 적도 없다. 부모님은 모두 건강하시고, 츠카사를 힘껏 응원해주고 계신다. 공부도 잘했고, 반장이 된 적도 한두 번이 아니었다.

"저는 아주 어렸을 때의 이야기로 거슬러 올라가는데요."

그냥 그랬으면 좋았을 거라고 생각했을 뿐이다. 해보고 싶었을 뿐이다.

"옛날에 다케히로라는 친구가 있었어요."

무심코 입에서 최근 읽은 순정 만화에 등장한 남자아이의 이름이 흘러나왔다.

"부모님끼리 사이가 좋아서 어릴 때부터 같이 놀았던 아이예요."

"응, 응." 호들갑스럽게 고개를 끄덕이는 마도카가 보일 때마다 츠카사의 입은 아주 자연스럽게 움직였다. 마도카처럼 알기 쉬운 불행은 아니지만 어딘가 감각적이고, 표현자가 될 사람의 원점을 느끼게 해줄 수 있는 어린 시절의 에피소드. 그러니 이 사람의 표현은 이렇게 심오하구나, 그렇게 사람들이 생각할 수 있게 만들어줄 신비한 설득력을 지닌 이야기. 거짓말이라도 좋으니, 그런 이야기를 해주어야 한다.

"어느 날 같이 체육 교실에 갔는데, 그때."

입을 움직이는 것과 같은 속도로 마구 새어나오는 거짓 이야기. 그 이야기에 빨려 들어가지 않게 조심하면서, 츠카사는 레코더의 전원 램프를 바라보았다. 이 음원을 다시 듣는 저 사람은 나의 상상 속에만 존재하는 이 야야기를 과연 어떻게 받아들이고 덧칠해줄까.

6

회의실 책상에는 A4 크기의 기획서 세 개가 놓여 있었다.

"이건 이미 결정된 공연이에요."

책상을 사이에 두고 맞은편에 앉아 있는 매니저가 제일 오른쪽 기획서를 츠카사에게 내밀었다. 전부터 출연하기로 결정되어 있는 공연으로 내년 봄에 시작된다. 심야 버라이어티 방송을 통해 유명해진 남자 아이돌이 집결하는 무대로, 인터넷에서는 나름 화제가 되고 있는 듯했다.

"그리고 두 가지 이야기가 더 있습니다. 전에도 살짝 상의했었는데, 일단 다시 한 번 읽어주세요. 히에이 씨의 공연이 취소되었으니, 일정에는 비교적 여유가 있으니까요."

"히에이 씨의 무대, 일단 백지화된다고 합니다."

어젯밤 공연이 끝난 뒤의 분장실에서 매니저가 그렇게 말을 꺼냈다. 의상을 벗고, 무대용 화장을 지우고, 사복으로 갈아입은 뒤였기 때문에 츠카사는 자신을 그대로 드러낸 채로 사실을 모두 받아들여야만 했다.

"이 기획은 벌써 두 번이나 백지화되는 거래요. 츠카사 씨의 문제가 아니라 모든 캐스팅, 각본을 포함해 다시 원점으로 돌아간다고 하네요. 고집이 센 사람이라고 들었는데, 이렇게까지 하다니 정말 놀라워요."

분장실을 정리하면서 그렇게 말하던 매니저의 말투는 가벼웠지만 츠카사와 거의 눈을 마주치지 않았다.

"일단 앞으로의 스케줄에 대해 지금 제의가 들어온 기획서나 대본을 읽으면서 검토해주세요. 내일 밤 공연 전에 사무실에서 한 번 더 미팅을 해볼까요?"

늘어선 두 가지 기획서를 시선으로만 좇았다. 모두 작은 무대다. 크래딧에는 유명한 배우도, 스태프도 없다. 가이카쓰 극장이나 도쿄다이토카이자 등 1,000석이 넘는 객석이 있는 무대에 설 기회는 매년 줄어들고 있었다.

"이건 어떤 거였지?"

츠카사는 두 가지 가운데 오른쪽에 있는 기획서를 가리키며 물었다. 사오 년 전에 레코드 대상 신인상을 수상했던 아이돌 가수가 주연을 맡는 뮤지컬, 장소는 아트시어터 신주쿠, 최근 생긴 곳이지만 객석이 200석 정도 되는 작은 극장이다.

"이건 그거죠. 규모는 그다지 크지 않지만, 내용은 좋다고 들었습니다. 하지만 아직 각본이 완성되지 않아서……. 앗!"

태블릿 화면에서 매니저가 급히 고개를 들었다.

"기적! 방금 각본이 도착했어요. 4교를 한 각본이라는데요. 배역을 선정하기도 전에 꽤 많이 다듬네요. 인쇄해올게요."

매니저가 그렇게 말하며 회의실 밖으로 나갔다. 타악. 문이 세게 닫혔다. 새하얀 직육면체 안에 혼자 남겨지면, 뭔가 실험대 위에 올라와 있는 것만 같다.

'그 블로그의 글을 공개해버릴까. 후~.'

번뜩이는 달콤한 예감이 좁은 회의실 안을 순식간에 가득 채웠다.

지금 그 문장을 공개하면 마도카 정도의 스토리는 없지만, 나름 아쉬워하는 사람들이 있을 테지. 퍼밀리어도 아직 나름 꽤 남아 있고, 히에이 미사토시 같은 연출가들이 연락을 해올지도 모른다. 지금이라면 마도카의 은퇴와 함께 크게 다루어질 수도 있다.

잠시 흥분했던 마음을 가라앉히려고, 츠카사는 매니저가 내준 차에 손을 뻗었다. 두 겹으로 겹쳐진 종이컵에서 흰 수증기가 올라오고 있다.

매니저는 뜨거운 차를 내줄 때면, 이렇게 컵을 두 겹으로 겹쳐준다. 가끔 그 작은 친절에 울면서 매달리고 싶을 때가 있다. 그

때 철컥 하고 문이 열렸다.

"어라?"

얼굴을 내민 사람은 마도카였다.

"어, 잘못 들어온 건가? 이 사무실이 아닌가?"

목과 소매에 모피가 달려 있는 코트를 벗으면서 마도카는 방 안을 이리저리 둘러보았다. 아무리 봐도 츠카사 외에는 아무도 없는데, 마도카는 좀처럼 사무실에서 나가려고 하지 않았다.

"여기서 미팅 중이었거든."

츠카사는 될 수 있는 한 목소리에 억양이 드러나지 않도록 노력하며 말했다. 차가 들어 있는 종이컵의 위치를 조절하면서 테이블에 펼쳐져 있던 기획서를 모두 거꾸로 뒤집었다. 마도카는 여전히 회의실의 안과 밖을 번갈아 두리번거리고 있었다.

마도카를 만날 기회가 있으면 무슨 말을 할까. 그 정도는 반복, 또 반복해서 생각했는데, 막상 그녀가 눈앞에 나타나자 아무런 말도 나오지 않았다. 자신이 얼마나 마도카와 만난다는 사실을 현실적이지 못하다고 생각했는지, 츠카사는 깨달았다.

마도카는 조금 열린 문 옆에 서 있다. 팔에 힘을 주고 있는지 가슴 높이로 들고 있는 코트에 꽈악 주름이 졌다. 아무도 말을 하지 않는 시간, 종이컵 안에 떠오른 찻잎 부스러기만이 흔들리고 있다.

"사무실을 그만 둘 때 절차가 왜 이렇게 많고 복잡한지."

그리고 잠시 뒤, 마도카가 머리카락을 오른쪽 귀 뒤로 넘기면서 말하기 시작했다.

"난 그런 거 잘 몰라서. 매니저기 이야기해준 주의점이라든가 진작에 다 잊어버렸으니까."

마도카는 키가 작다. 마도카는 머리카락과 눈의 색이 다르다. 마도카의 손목은 특히 가늘다. 퇴단한 뒤에는 자주 만나지 못했지만, 츠카사가 알고 있는 마도카 그대로였다.

"뭔가 굉장히 오랜만이네."

그렇게 말하면서 마도카는 회의실 안으로 들어와 문을 닫았다. 그리고 면목이 없다는 듯이 눈썹을 모으더니, 살짝 중얼거렸다.

"교활하지? 병으로 은퇴라니."

마도카의 목소리가 회의실 안을 작게 울렸다.

"지금까지 내가 한 모든 행동은 교활한 짓이었어."

츠카사는 머리끝에 뜨거운 열 덩어리가 올려진 것만 같았다.

"텔레비전에 나와 아빠 이야기를 하거나, 학교에 다닐 때 문제아였다고 하거나, 그런 거 말이야. 게다가 병으로 은퇴라니. 정말 이렇게 교활하게 살다니. 스스로도 그런 생각을 하게 돼."

자신이 교활하다는 사실을 자각하고 있다니, 그게 가장 교활하다. 입으로 나오지 않는 말만이 그 뜨거운 열 덩어리 안에서 스멀스멀 밖으로 새어 나왔다.

"동기나 선배들이 블로그나 트위터에다 그러더라. 수고했어라든가, 멋진 연기를 보여줘서 고마워라든가. 내가 잘 이해할 수 없는 말, 문자나 전화가 아니라 블로그나 트위터, 와이드쇼에서 다루어질 이벤트 뒤의 취재 같은 걸로 나한테 감사의 기분이라든가 물어보는 건."

마도카가 닫은 문 너머에서 사람들이 일하는 소리가 들린다.

"하지만 츠카사만은 그러지 않았잖아. 문자도 전화도 없었지만, 그 외에도."

머리끝에 깃든 열기가 몸 전체로 퍼져 나갔다.

"간파당한 느낌이었어. 내 안의 교활함이라든가 그런 걸 전부……."

흔들흔들 흔들리던 찻잎 부스러기가 종이컵 아래로 가라앉았다.

"아직도 선명하게 기억나. 통금시간이 아슬아슬한데도 아빠한테 편지를 부치러 갔을 때."

"눈이 내렸었지?"

마도카는 살짝 웃었다.

"츠카사, 아빠를 떠올리고 울었던 나를 굉장히 차가운 눈으로 봤었잖아. 얘는 대체 뭘 하는 거야, 그런 표정이었어. 다른 사람은 아빠에 대한 사랑 때문에 저도 모르게 기숙사를 뛰쳐나온 가여운 소녀라는 눈빛으로 봐줬는데."

그리고 마도카가 이야기를 계속했다.

"유메구미에 들어갔을 때, 갑자기 선배가 연극을 쉬게 된 날 있었잖아. 내가 츠카사의 의상에 멋대로 노란색 스톨을 매놨을 때."

"그런 일이 있었어?"

츠카사의 말을 신경 쓰지 않은 채 마도카가 말을 이었다.

"그거 사실은 그 스톨이 나한테 안 어울릴 것 같아서 츠카사한테 떠넘긴 것뿐이었거든. 근데 나는 그게 더 츠카사에게 어울릴 것 같아서 그랬다고 주변 사람들한테 말했었어. 그런 거, 감정이 앞서는 사람 같아서 꽤 만화 주인공처럼 보이지 않아?"

마도카는 이때 자학적으로 웃었다.

"그때, 츠카사는 좀 화난 표정을 지었었지? 눈치 채고 있었구나, 교활한 내 모습을."

째깍째깍. 시계의 초침이 움직였다. 매니저는 아직 돌아오지 않았다.

"미안해."

츠카사는 생각했다.

"계속 내가 교활하게 행동해서."

마도카는 아무리 생각해도 자신이 교활하다는 사실을 자각하지 못하는 척해야 했었다.

"밤에 무대 있지? 토크 쇼도 있다고 들었어."

누구나가 가지고 싶어 하는 스토리를 짊어진 마도카는, 그런 스토리를 아무런 자각도 없는 것처럼 사람들에게 선보여야만 했다. 그에 더해 자신처럼 되지 못한 사람들에게 미움받는 존재가 되어야만 했다.

"힘내."

마도카는 힐끔 츠카사의 눈을 들여다보았다.

"……미안해."

마도카가 그렇게 말했을 때, 밖에서 문이 열렸다.

"앗, 죄송합니다!"

열린 문이 마도카에게 부딪치자 매니저가 가슴에 안고 있던 각본 뭉치를 파다닥 하는 소리와 함께 떨어뜨렸다.

"츠카사 님!"

출입구를 열자마자 큰 목소리가 날아왔다.

"여러분, 오늘 정말 고마워요."

츠카사가 인사를 하자, 떠들썩했던 퍼밀리어가 순식간에 조용해졌다.

"여러분의 노란 옷, 항상 눈에 잘 띄어서 정말 기뻐요. 항상 감사합니다."

쓰가사는 고개를 숙였다. 4열로 늘어서 있는 퍼밀리어가 와아 하고 환성을 질렀다. 토크 쇼가 있는 공연에는 이렇게 퍼밀리어라고 불리는 팬클럽 사람들이 똑같은 옷을 맞춰 입고 공연을 보러 올 때가 많다.

그날의 연기가 좋든 나쁘든, 퍼밀리어는 이렇게 양손을 벌리고 자신을 맞이해준다. 그에 격려를 받을 때도 있고, 어딘가 잘 알지 못하는 곳에 빠져 들어가는 듯한 느낌을 받을 때도 있다.

츠카사는 출입구에 가까운 곳에 있던 퍼밀리어부터 순차적으로 팬레터를 받아들기 시작했다. 오늘 같은 날은 이렇게 한 사람, 한 사람에게 팬레터를 직접 받는 경우가 많다.

"고마워요, 토크 쇼까지 봐주셔서 고맙습니다."

이렇게 팬들 앞에 서면 사복으로 갈아입은 뒤인데도 불구하고, 그만 무대 위에서와 같은 말투가 되어버린다.

"고마워요. 아, 이 감상은 공연이 끝나고 바로 써준 건가요?"

한 번 건네받은 팬레터나 선물은 어느 정도 모이면 매니저가 들고 있는 커다란 봉투에 넣는다. 오늘은 지금까지 자신이 해온 공연 중에서 가장 연기가 나빴다고 해도 과언이 아닌 날이었다. 극단에 있었을 때라면 무대 감독에게 혼쭐이 났으리라.

"고마워요, 고마워요."

미소를 지으면서 츠카사는 퍼밀리어의 멤버가 얼마나 되는지 눈으로 세 보았다. 지난번 토크 쇼 때와 비교해봐도 찾아준 팬의 수는 크게 줄지 않은 듯했다.

"고마워요, 토크 쇼는 재미있었나요?"

아무리 연기가 나빴던 무대였다 하더라도, 팬의 수가 늘었어도 줄었어도 모두 '좋았어요'라고 말해준다.

대체 뭐가 좋았던 걸까. 연기는 엉망진창이었는데……. 츠카사는 계속해서 적어 놓았던 그 문장을 눈앞에서 데구르 굴려보고 싶었다. 이 사람들은 어떤 반응을 보일까. 오싹하는 감각에 몸을 떨었을 때, 어떤 여성이 츠카사의 눈에 들어왔다.

모두 똑같이 노란 옷을 입고 있는 가운데 딱 한 사람만, 노란 옷을 입고 있지 않았다. 특정한 한 사람의 성원에만 대답을 해 주면, 그 팬을 특별히 생각하고 있다는 말이 된다. 팬들과 접촉하는 사람이 절대로 해서는 안 될 행동이라는 사실을 츠카사도 잘 알고 있다. 하지만 무심코 츠카사는 말을 걸고 말았다.

"저기."

큰 키에 쇼트커트가 아주 잘 어울리는 그 여성은 어딘가 자신과 닮아 보이기도 했고, 어디서 많이 보던 것을 목에 감고 있었다.

"그 스톨."

츠카사는 목소리가 떨리지 않도록 조심했다.

"아주 잘 어울려요."

"꺄아." 그 여성 옆에 있던 사람이 크게 소리를 질렀다.

"같은 옷을 안 입어서 더 눈에 띄는 걸지도 모르겠네요."

츠카사는 평소의 '고호쿠 츠카사'의 이미지를 부수지 않기 위해, 입에 손을 대고 키득거리며 웃었다. 그 여성 주변의 퍼밀리어 멤버들이 "꺄아, 꺄아" 하고 멋대로 들뜬 목소리를 내기 시작했다. 동요해서는 안 된다. 그렇게 생각하면서도 츠카사는 노란 스톨에서 눈을 떼지 못했다.

"오늘 정말 대단했어요."

그 여성이 말했다. 츠카사는 정말 대단하지 못했다는 사실을 되씹으면서 "고마워요"라고 대답했다. 큰 키, 쇼트커트, 노란색 스톨. 마치 그때의 자신이 그곳에 서 있는 것만 같았다.

"저기."

다시 걸음을 내디디려는 츠카사를 그 여성이 불러 세웠다.

"레몬옐로 스톨, 예전에 하셨던 적이 있죠?"

"네?"

무심코 얼빠진 소리가 나오고 말았다.

"옛날에 어떤 방송에서 본 적이 있어요. 스타의 젊은 시절 같은 방송이었는데……. 그때 흐르던 영상에서 잠깐 이런 느낌의 노란 스톨을 하고 계셨어요. 그게 무척 잘 어울려서 기억하고 있는 거예요."

그 여성은 다른 퍼밀리어 멤버들과는 달리 소리를 지르지도, 그렇다고 만나서 영광이라는 듯이 몸을 앞으로 숙이지도 않고 말했다. 애매한 기억을 언급한 그녀를 퍼밀리어의 간부들이 째려보고 있었다. 더 이상 개인적으로 말을 나누면 나중에 저 아이가 간부들에게 혼날지도 모른다.

"고마워요."

츠카사는 특별한 의미가 드러나지 않게 조심하면서 자연스럽게 웃었다. 그리고 다시 줄을 선 팬들 앞을 걷기 시작했다. 오른쪽에서는 팬레터가, 왼편에서는 선물이 전달되었다.

"대단하다, 아키. 츠카사 님이 기억해주신 거 아니야?"

등 뒤에서 퍼밀리어의 목소리가 들려왔다. 츠카사는 눈을 감았다.

'미안해. 계속 내가 교활하게 행동해서.'

머릿속에서 마도카의 목소리가 들렸다. 새카만 시야 속에서 유메구미에 들어간 지 얼마 되지 않았을 무렵, 마도카가 츠카사의 목에 노란색 스톨을 매주었다.

그날, 유메구미의 공연이 시작되기 두 시간 전에 선배의 공연 출연 취소가 발표되었다.

"대역표! 어디 있어?"

"전 의상실에 다녀올게요!"

선배가 출연하지 않는다는 사실이 확정되자, 분장실은 순식간에 바빠졌다. 물론 출연자 중 누군가가 갑자기 병 등으로 쓰러졌을 때를 대비해 미리 대역이 결정되어 있지만, 유메구미에 입단한 지 아직 1년도 되지 않는 츠카사와 마도카에게 있어서 실제로 급작스러운 출연 취소라는 사태가 생긴 것은 이번이 처음이었다.

"연극은 그렇다치고."

츠카사는 평소에 가지고 다니던 대역표를 보면서 자신을 진정시키기 위해 말했다.

"쇼, 쇼가 더 위험해."

연기와 쇼, 2부 구성으로 이루어진 공연은 대역이 나섰을 때 대응하는 법이 각각 다르다. 연극은 대역이 처음부터 끝까지 연기를 하면 아무런 문제도 없다. 하지만 쇼는 장면마다 대역이 모두 달랐다. 그 때문에 이 장면의 대역은 이 사람, 저 장면의 대역은 저 사람, 다른 장면의 대역은 이 사람, 마지막 대역은 그 사람처럼 '대역'이 무수히 많아진다.

"아, 나도 쇼에 대역으로 출연해."

같이 대역표를 보던 마도카가 마치 대사를 읽듯이 말했다. 공연이 진행되는 중, 아직 연차가 오래 되지 않은 젊은 학생들에게는 '보조'라는 일이 주어진다. 각각 보조해주어야 하는 선배가 결정되어 있는데, 그 선배가 옷을 빨리 갈아입도록 의상을 준비하는 등 여러 가지를 보조해주어야 한다. 선배가 오른쪽, 왼쪽, 어느 쪽으로 들어오는가 그리고 나가는가. 장면마다 그 모든 것을 기억해두고, 빗이나 거울 등 그때그때마다 필요한 소품을 준비해두어야 한다. 자신이 맡은 연기를 하면서 선배의 '보조'를 완수해야 하기 때문에, 익숙지 않을 때는 정말 힘든 일이다.

그것에 더해 대역까지 해내야 한다. 츠카사는 상상만 해도 자신의 발밑이 꺼져 가는 듯했다.

"츠카사."

대역표를 보고 있던 마도카가 후우, 하고 숨을 쉬며 츠카사의 눈을 바라보았다.

"대역, 하나씩 밀려서 네 번째 곡 때 추는 페어 댄스를 나랑 추게 됐어. 그 포지션의 댄스 구성이랑 순서 좀 가르쳐줘."

급작스런 출연 취소가 있을 경우, 그 연기자의 대역, 대역의 대역, 그 대역의 대역, 이런 식으로 포지션은 하나씩 하나씩 뒤로 밀리게 된다. 그런 가운데 자신에게는 영향이 없더라도 페어 댄서의 상대가 바뀌는 일은 일어날 수 있다.

“시간이 없어. 미안해, 10분 만에 외울 테니까.”

마도카는 그렇게 말하더니, 스트레칭을 하지도 않고 그 자리에 가만히 섰다.

“페어 댄스니까 나랑 좌우 반대로 외우면…….”

츠카사가 무심코 같이 일어서자 마도카가 “알았어”라고 말하며 고개를 끄덕였다.

쇼의 네 번째 곡은 남자 역할을 하는 사람과 여자 역할을 하는 사람이 페어가 되어 댄스를 추는 것이었다. 연인 사이라는 설정으로, 태도가 차가운 여자 역할에게 남자 역할이 구혼을 하는 스토리가 댄스에 반영되어 있다. 강사에게는 정확한 동작과 순서는 물론, 스토리를 관객들에게 전해주기 위한 감정 표현이 중요하다고 수없이 설교를 들었다. 춤을 추면 출수록 더 맛이 배어 나오는 연기이니 몇 번씩 연습하라고 충고를 듣기도 했다.

일단 한 번 쭉 가르쳐주자 마도카가 “오케이”라고 중얼거렸다. 그 외에도 세세하게 가르쳐줘야 할 게 산더미처럼 많았지만, 이 연기만 시간을 들여 연습할 시간이 없었다.

“마도카, 괜찮아?”

구체적으로 도와줄 만한 방법이 없어 츠카사는 그렇게 말을 걸 수밖에 없었다. 대역으로 인해 자신의 포지션이 바뀌지 않았다는 안심감과 마도카가 안고 있을 불안감에 대한 공감. 어느 것이 더 큰가 하면 당연히 전자였다.

"어떻게든 될 거야. 부디 잘 이끌어줘. 잠깐 대역 문제로 나랑 얽힌 사람들한테 인사하고 올게."

마도카는 "아, 이거 고마워" 하고 대역표를 츠카사에게 돌려주고는, 서둘러 분장실 밖으로 뛰어나갔다. 츠카사는 그 뒷모습을 보면서 냉정하게 생각했다.

이번 프로그램은 방금 가르쳐준 것 정도로는 제대로 연기해낼 수 없다. 기초에서 벗어난 스텝도 많이 포함되어 있어서 무대 위에서 연기로 재치 있게 넘길 수도 없다. 전체적인 진영의 이동 등을 평소부터 잘 관찰하지 않는 한 도저히 제대로 해내기가 힘들다. 그리고 무엇보다 이 곡이 표현하고 있는 것은 남녀의 행복한 연애다.

츠카사는 크게 뛰기 시작하는 심장을 손바닥으로 억눌렀다. 마도카가 연기할 때 발휘하는 설득력은 슬픔을 표현할 때밖에 통하지 않는다.

공연이 시작되면 자신도 무대에 나가야 하고, 선배들도 보조해줘야 하기 때문에 다른 데 신경 쓸 틈이 없어진다. 무대 위와 뒤를 우왕좌왕하고 있는 사이에 순식간에 2부 쇼가 시작되고 말았다.

네 번째 곡은 먼저 여자 역할을 하는 배우가 춤을 추는 장면부터 시작한다. 도중에 남자 역할을 하는 배우가 투입돼 페어 댄스를 추고, 마지막에는 남자 역할 배우들만이 춤을 추는 구성이다.

조명의 빛이 바뀌고 곡이 흐르기 시작했다. 그러자 평소와는 다른 포지션인 마도카가 번쩍 다리를 들었다. 마도카는 그 포지션에서 처음으로 춤을 추는 사람이라는 사실을 잊게 만들 정도로 여자 역할 파트를 소화해내고 있다. 엄청난 배짱이다. 츠카사는 냉정히 그렇게 생각했다. 그리고 투에이트로 남자 역할을 하는 팀이 무대로 나간다. 페어 댄스 장면이 되면 대형 이동이 더 많아지기 때문에 지금까지처럼 계속 춤을 추는 것만으로는 제대로 대응할 수 없다.

"파이브, 식스, 세븐, 에이트."

선배의 카운트에 맞춰 츠카사는 무대 위로 올라갔다. 발꿈치를 올리자, 종아리의 근육이 팽팽하게 뭉쳤다. 무대에 등장한 남자 역할 배우인 츠카사를 여자 역할 배우인 마도카가 우아한 움직임으로 맞아들인다. 남자 역할 배우에게 이끌리듯이 빙글빙글 대형을 바꾸는 여자 역할 배우들 안으로 마도카는 멋지게 녹아들어갔다. 구애하는 남자 역할 배우를 여자 역할 배우가 화려하게 받아들인다. 마도카의 장난스런 표정이 츠카사의 눈에는 마치 진짜 공주님처럼 보였다.

마도카는 제대로 춤을 추고 있다. 어쩌면 계속 이 포지션에서 춤을 추고 있던 자신보다도 더 완벽하게. 그렇게 생각한 순간, 츠카사는 갑자기 운동신경이 제대로 발휘되지 않는 듯한 느낌이 들었다.

순서가 기억나지 않았다. 츠카사는 깨달았다. 오른쪽, 왼쪽, 그다음에 어떻게 움직이면 좋았었지? 움직이는 순서를 떠올린 순간, 몸의 움직임이 느려졌다. 그때 츠카사의 시야가 노랗게 물들었다. 마도카가 자신의 목에서 빼낸 노란색 스톨을 츠카사의 모습을 감추듯이 흔들고 있었다.

"침착해. 다음, 오른쪽으로 턴."

귓가에서 마도카의 목소리가 들렸다. 츠카사는 마도카가 말하는 대로 몸을 오른쪽으로 돌렸다. 그리고 4카운트는 남자 역할 배우의 구애가 성공해 여자 역할 배우가 드레스에 꽂아 놓은 장미꽃을 남자 역할 배우에게 전해주는 부분이었다. 츠카사는 당황해서 주변 남자 역할 배우들에 맞춰 손을 뻗었다.

하지만 마도카는 드레스에서 장미를 빼지 않았다. 대신에 펼쳐 놓았던 노란색 스톨을 모아서 살짝 츠카사의 목에 둘러 주었다. 그때 '와아' 하고 앞줄에 앉은 관객들의 얼굴이 환해지는 모습을 츠카사는 보았다.

공연이 끝난 뒤, 츠카사와 마도카는 무대 감독에 불려갔다. 왜 의상의 스톨을 빼냈는가, 왜 장미가 아니라 스톨을 남자 역할 배우에게 건넸는가에 대한 추궁은 끝이 없었다. 동일하게 검은색 수트를 입은 남자 역할 배우의 의상에 노란 스톨은 매우 눈에 잘 띈다.

"의상을 바꾸어 정말 죄송합니다. 하지만 저는 잘 어울린다고 생각했어요. 츠카사는 말끔한 얼굴이니 검은색보다는 이런 색이 훨씬 어울리지 않을까 하고요."

마도카가 주눅 들지 않은 모습으로 그렇게 말하자 무대감독은 반쯤 어이가 없다는 표정으로 "너는 지금 연출에 문제가 있다는 말을 하고 싶은가 보네"라고 말하며 등을 돌렸다. 그 순간, 무대감독의 입이 살짝 누그러졌다는 사실을 츠카사는 놓치지 않았다.

'정말 문제아라니까.'

'정말 보람이 있는 아이라니까'

'너 같은 애는 처음이야.'

드라마나 만화에서밖에 들은 적이 없는 대사, 마치 환청 같은 대사가 츠카사의 양쪽 귀를 덮쳐 왔다. 떠나간 무대감독의 뒷모습이 보이지 않게 됐을 때, 마도카가 츠카사를 돌아보며 작게 브이 사인을 보냈다.

"세이프."

츠카사는 발가락을 구부려 힘을 꽉 주어야만 간신히 그 자리에 서 있을 수 있었다.

왜 이 아이만 항상 낯간지러운 스토리와 진짜 실력을 모두 갖추고 있는 걸까. 제대로 된 노력을 하고 있다면 그 노력의 성과만 보여주면 될 텐데. 싸구려 스토리를 만들어냈다는 것을 알게 된 순간, 너를 싫어하게 될 것이다.

츠카사는 간신히 그 자리에 계속 서 있었다. 마도카를 교활하다고 욕할 수 있으려면, 마도카는 슬픈 연기에서만 힘을 발휘했어야 한다. 힘든 과거나 불행한 성장과정이 힘을 더해주는 표현 외에는 뛰어나서는 안 되었다. 사랑이나 행복에 가득한 표현까지 사람들의 마음을 울린다는 것, 그것은 이미 틀림없는 마도카의 노력과 실력이었다.

츠카사는 생각했다. 설사 자신에게 어떤 스토리가 있다 하더라도 분명히 마도카에게는 이길 수 없다.

「그렇다면 다시 깨끗하게 결단하자.
이길 방법이 없다면 이 일을 이제 그만두자. 그런 생각에 이 블로그에 글을 쓰고 있습니다.」

본문 입력란 바로 아래에 있는 '임시 저장'이라는 버튼을 천천히 클릭했다. 서른다섯 살을 넘어가자 이제 뭐가 올바르고 나쁘고를 판단할 수 있을 거라며, 사무실에서는 더 이상 블로그를 검열하지 않았다. 즉 '임시저장'의 1센티미터 왼쪽에 있는 '올리기' 버튼을 클릭만 하면, 이 글이 세상에 공개된다.

매일매일 정성스럽게 써내려간 블로그의 글은 드디어 완성되려고 했다. 무용학교에 입학하기 전, 마도카의 다큐멘터리 방송을 엄마와 봤던 일, 기숙사의 통금시간이 거의 가가워졌을 때 마도카를 찾으러 나갔던 눈 오는 밤, 마도카가 노란색 스톨을 목에 둘러 주었던 일, 무심코 거짓말을 했던 그 인터뷰, 태어나서 오늘에 이르기까지의 모든 일.

일부러 간단하게 작성한 '연예계 은퇴 보고'라는 제목과 침착한 인사부터 시작되는 본문, 전개가 풍부했기 때문에 일부러 강약을 조절하지 않은 문장.

마도카가 연예계를 은퇴한다는 사실을 알게 된 날부터 츠카사는 자신의 은퇴 선언 문장을 정성스럽게 써내려갔다.

결혼도 아니고, 사건을 일으켜서도 아니고, 병에 걸려서도 아니다. 라이벌에게 패배한 사실을 인정한 은퇴라니. 거의 없는, 그러면서도 더 이상 강력할 수 없는 스토리라는 생각이 들었다.

컴퓨터를 보고 있지 않을 때에도 츠카사의 머릿속에서는 키보드가 타닥타닥 하는 소리를 냈다. 처음으로 손에 넣게 될지도 모르는 강력한 스토리는 언제 무슨 일을 하든 츠카사의 등을 떠받쳐주었다. 마우스가 책상 위에 아무렇게나 놓여 있던 A4 용지에 닿았다. 결국 어느 쪽을 받아들여야 하나 정하지 못한 채 집으로 가져온 기획서는 아직 한 번도 읽어보지 않았다.

내리막길에 들어선 아이돌이 주연을 맡는 뮤지컬, 객석이 300석에도 미치지 않는 극장에서 하게 될 일, 갑자기 블로그에 올라온 문장이 아름다운 은퇴 선언, 그곳에서 밝혀지는 라이벌에 대한 생각들. 어느 쪽에 매력적인 이야기가 감추어져 있는가, 누가 봐도 명백하다.

츠카사는 기획서를 옆으로 치우고 계속 마우스를 움직였다. 가장 최근에 달린 몇몇 글의 댓글 수를 확인하려고 메인화면으로 이동했다.

〈연예계 은퇴 보고〉, 지금 쓰고 있던 글의 제목이 메인 화면에 나타났을 때의 충격을 새삼 상상해본다. 얼마나 놀랄까. 팬들은 몇 번이나 되풀이해 그 글을 읽을까. 대체 얼마나 댓글이 달릴까. 환송을 위해 기다리는 사람들이 모두 댓글을 달아 봐야 100개가 채 되지 않을지도 모르지만, 인터넷에 뉴스가 올라오면 꽤 화제가 될지도 모른다.

메인 화면에 접속하기 위한 잠시 동안의 시간, 컴퓨터 화면이 잠시 새하얗게 변했다. 그때 휴대전화의 화면에 빛이 들어왔다.

「츠카사 씨.」

전화를 받자 바로 익숙한 매니저의 목소리가 들려왔다.

「여보세요, 지금 통화 가능하세요?」

"……괜찮은데."

츠카사는 의자를 빙글 돌려 책상에서 등을 돌렸다. 매니저의 목소리를 들으면서, 도무지 컴퓨터 화면을 제대로 볼 수가 없었기 때문이다.

「츠카사 씨가 전혀 걱정할 일은 아니지만요.」

매니저는 먼저 부드러운 목소리로 말했다. 그리고 이어서 뉴스를 읽는 아나운서처럼 침착하게 말을 이었다.

「블로그의 아이디가 누군가에게 해킹을 당한 듯합니다.」

"응?"

블로그, 그 말이 매니저의 입에서 나왔다는 사실이 너무나 놀라워, 츠카사는 무심코 휴대전화를 잡은 손에 힘을 주었다.

「블로그 관리 회사의 시스템이 해킹을 당했나 봐요. 사무소뿐만 아니라 다양한 사람들의 블로그에 허위 정보가 게재되는 일이 많아요. 벌써 인터넷에 뉴스로 나올 정도라, 그 블로그의 글을 읽은 일반 사람들도 진심으로 받아들이지는 않겠지만.」

츠카사는 천천히 책상 쪽으로 몸을 돌렸다.

「혹시 벌써 보셨을지도 모르지만, 금방 대처할 테니 너무 신경 쓰지 마세요.」

새로 고침을 한 블로그의 메인 페이지에는 이런 글자가 적혀 있었다.

「연예계 은퇴 보고」

파악 하고 등 뒤의 누군가가 등을 떠민 듯한 기분이 들었다.

「안녕하세요, 여러분. 여러분의 앞날에 항상 밝은 미래가 있기를 기원합니다. 다름이 아니라, 저는 ××월 ××일을 기해, 현재 소속되어 있는 사무실과의 계약을 해제하기로 결정하였습니다. 항상 한결같이 응원해주셨던 팬 여러분 그리고 오랫동안 고락을 함께 해준 사무실 스태프 여러분, 먼저 저를 도와주시고 지지해주신 여러분께 감사의 말씀 올립니다. 정말로, 정말로 감사합니다. 이제 은퇴의 이유에 대해 말씀드리고자…….」

츠카사는 글을 읽다 말았다.

「내용을 부정하는 글을 따로 올리시지 않아도 되니까요.」

츠카사는 높은 곳에서 아래로 떨어지는 것처럼 곧장 그런 생각을 했다.

「츠카사 씨가 따로 하실 일은 없어요. 단지 시스템의 확인이 끝날 때까지는 새로운 글을 올리지 못하게 될 겁니다.」

길고 긴 은퇴 선언문을 세세하게 읽을 사람은 아마도 없을 것이다. 전개와는 달리 강약의 조절이 없는 문장이야 어찌되든 상관없다.

「복구 일정이 잡히는 대로 연락할 테니 그때까지는 블로그에 글을 올리거나 지우지 말아주세요.」

해킹을 당했다고는 하지만 스스로도 자신의 은퇴 선언을 읽다 말았다. 그 명백한 사실에 츠카사는 도무지 거역할 수가 없었다.

어찌되든 상관없다. 그 사람 주변에 흐르는 수많은 것 따위는. 아무리 용을 써도 그곳에서 멋대로 읽어낼 수 있는 무언가는, 멋대로 읽어낼 수 있는 무언가 이상의 것으로는 변하지 않는다.

「여보세요? 츠카사 씨?」

"있잖아."

매니저의 목소리와 목소리 사이에 끼어들 듯이 츠카사는 겨우 목소리를 쥐어 짜냈다.

"나, 안 그만둬."

자신의 목소리가 자신의 귀에 흘러들어왔다. 그래, 나는 이 일을 그만둘 생각이 전혀 없다. 츠카사는 마치 자기 일이 아닌 것처럼 그렇게 생각했다.

「그거야 저도 잘 알죠. 왜 그러세요?」

"안 그만둬."

"안 그만둬."

한 번 더 말한 뒤 츠카사는 마우스를 움직였다.

"이 일을 시작한 이유 같은 건, 딱히 없어."

「네? 무슨 말씀이세요?」

츠카사는 임시저장 상태의 문장 마지막으로 커서를 옮겼다.

"신체조 교실에서 몸이 유연하고 표현도 좋다는 소릴 들어서 그냥 가벼운 마음으로 시험을 봤을 뿐이야."

그리고 오른손의 중지를 백스페이스키에 가져다 댔다.

"친구에게 괴롭힘을 당한 적도 없어. 학교에서는 여자애들한테 멋지다는 소릴 들었을 정도니까. 괴로울 때 연극에서 힘을 얻은 기억도 없어. 극단에 들어간 뒤에도 크게 좌절한 적도 없었고, 부모님의 이혼이나 가까운 지인이 죽은 불행한 기억도 없어. 이제부터는 무슨 일이 생길지도 모르지만, 지금은 정말로 아무것도 없어. 내 배경에는 아무것도."

중지에 꽉 힘을 주었다.

「츠카사 씨?」

그렇게도 정성스럽게 써내려간 글자가 정의의 히어로가 날리는 빔보다도 빨리 사라져 갔다.

"나에 대해 여러 가지를 밝혔지만, 전부 나중에 만들어낸 것들이야. 작품에 관한 인터뷰도, 이 일을 시작하게 된 계기도 전부.

전부 나중에 생각해서 갖다 붙인 거야."

이 사람은 이런 일을 하고 있으니 이런 스토리를 짊어지고 있을 것이다. 이런 연기를 펼쳤으니, 이 여백에는 이런 말이 적절할 것이다. 그런 배경을 지닌 상태에서 이런 일을 해냈으니 아름다운 것이다. 아니다. 그런 것은 미학이 아니다. 저주다. 하지만 미학처럼 보이게 만든 저주니까, 스스로 깨닫지 않으면 영원히 풀리지 않는다.

"나한텐 몸을 깎아 표현해야 할 게 아무것도 없어."

「츠카사 씨? 왜 그러세요?」

매니저가 계속 이름을 불렀다.

"하지만 그래도 난 계속 해도 되는 거지?"

츠카사는 중지에 더욱 힘을 주었다.

"특별한 스토리가 없어도, 그래도……."

사라져가는 글자들을 바라보았다. 저주가 풀려간다. 츠카사는 그렇게 생각했다. 분명히 나는 정말로 이 업계에서 은퇴하게 될 때에도 아마 특별한 이유가 없으리라. 스토리 따위는 그 어디에도 없다. 하지만 그래도 괜찮다. 그래도 괜찮은 것이다.

그 사람의 배경이나 여백, 스토리는 그 이상의 것이 될 수 없다. 그보다 더 큰 의미를 지닌 것처럼 보일 때도 있지만, 결코 끝까지 이어지지는 않는다. 순간순간의 만남을 반복하다, 바로 뱉어내며 살아가는 우리들에게 순간순간 상상으로 떠올릴지도 모르는 스토리 따위, 어떻게 되든 상관없다. 그곳에 있는 것이라고는 그 순간의 바로 자신, 그뿐이다.

「일단 끊고 다시 걸겠습니다.」

도망치는 듯한 말을 남기고 매니저는 전화를 끊었다. 츠카사 외에도 전화를 걸어야 할 사람들이 많이 있을 것이다.

커서가 어느새 본문 입력란의 왼쪽 최상단에 도착해 있었다. 이제 지워야 할 글자는 없다. 하지만 츠카사는 그대로 잠시 동안, 백스페이스키를 계속 누르고 있었다. 스토리가 될 만한 모든 것이 새하얗게 변해버릴 때까지.

'소설현대' 2013년 4월호, 7월호~2014년 1월호